全新

專為華人設計的西班牙語教材

自學西班牙語
看完這本就能說!

發音＋單字＋文法＋會話一次學會!

全MP3一次下載

http://booknews.com.tw/mp3/9786269640997.htm

全 MP3 一次下載為 zip 壓縮檔,
部分智慧型手機需安裝解壓縮程式方可開啟,iOS 系統請升級至 iOS 13 以上。
此為大型檔案,建議使用 WIFI 連線下載,以免占用流量,並確認連線狀況,以利下載順暢。

Features
本書特色

◎ 內容全面，搭配心智圖輔助學習

本書包含西班牙語發音、基本文法、常用單字、情境對話等章節，符合學習規律，並且以心智圖幫助理解記憶，發揮學習潛能，適合初學者、自學者快速入門。

◎ 母語人士朗讀＋影片示範

聘請母語人士錄製全書音檔，並提供字母發音示範短片，視聽結合，QR碼隨掃隨學，輕鬆掌握最道地、最標準的西班牙語發音。

◎ 詞性＋句法，基礎文法一學就會

文法講解依照先詞性後句法的順序，由淺入深，逐一詳解常見文法重點。心智圖搭配表格和實用例句，告別枯燥的文法學習模式。

◎ 常用基礎單字場景式分類，集中記憶，發散擴展

嚴選最生活化的 24 個主題，收錄約 1000 個常用單字，以心智圖自由聯想並展開記憶，達到長期記憶的目的。

◎ 設置實際情境，列舉常用短句和情境對話，日常交流沒問題

選取 15 個最常用的日常生活場景，提供該場景下使用最頻繁的交流短句及其同義句、反義句、問句等相關擴展句。每個場景另設 2 組對話，讓您在任何場合下都能遊刃有餘地用西班牙語進行交流。另外，每個場景後設置「文法點播」和「文化連結」欄位，作為對正文各小節內容的補充，為您營造更加真實的學習氛圍。

本書編寫過程中，難免有所疏漏，歡迎各位讀者指正，以便完善本教材。

影音輔助學發音
心智圖聯想常用單字
零基礎也能輕鬆學西班牙語！

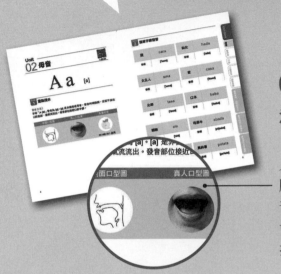

01 | 西班牙發音真的好簡單

沒學過西班牙語，也能輕鬆說出口

　　為完全沒有任何西班牙語基礎的人設計，搭配字母發音示範影片及口腔發聲位置圖，從最基本的子音、母音到雙母音，每個音只要跟著唸就學會。搭配相關練習單字與國際音標，打好西班牙語發音基礎。

02 | 西班牙語單字輕鬆記

初學西班牙語，這些單字就夠了！

　　除了基本食、衣、住、行…等必備單字之外，還收集跟西班牙語圈特有文化與習俗相關的用詞，例如：佛拉明哥、騷沙舞、玉米粽子…等，一網打盡所有常有字彙。使用心智圖分類整理，讓記憶更深刻，輕鬆學習無負擔。

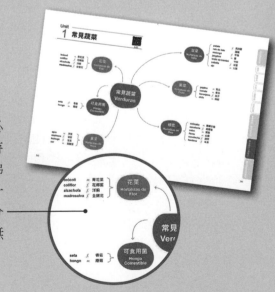

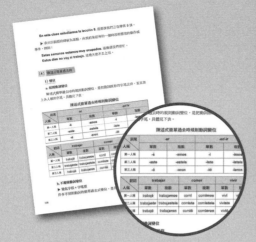

03 ｜基礎文法體系徹底整理

再多學一點，實力就從這裡開始！

　　用最濃縮、統整的方式，將所有初級到中級必須知道的文法概念整理起來。你可以從表格清楚了解各種動詞變化，並且學到生活中用得上的多樣句型。

04 ｜什麼狀況都能套用的常用短句

從單句快速累積會話實力

　　在會話單元中，先提供最常用的情境短句、同反義句與衍生句，輔以簡單的說明，讓你從基礎開始學習，累積溝通實力。

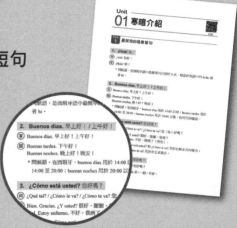

05 ｜場景式生活會話

隨時隨地都能用西班牙聊天

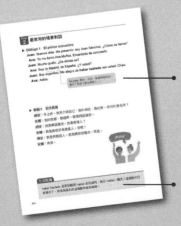

(1) 真實情境模擬會話

　　精選 15 個貼近生活的主題，包括寒暄介紹、電話交流、餐廳用餐、飯店住宿…等，西班牙人日常生活一定會用到的會話都在這裡！

(2) 文法點播、文化連結

　　貼心的文法及文化補充，讓你和西班牙人更靠近。

CONTENTS 目錄

1 發音課
西班牙語發音

2 文法課
書寫規則、詞性和文法

    1. 名詞　　　　**2.** 冠詞

    3. 形容詞　　　**4.** 代名詞

    5. 動詞　　　　**6.** 介系詞

    7. 副詞　　　　**8.** 連接詞

    9. 感嘆詞

3 │ 單字課
最常用的場景詞彙

4 會話課
最常用的日常會話

1

發音課
西班牙語發音

字母發音示範影片

影片以發音相似性重新排序，
順序與書中不同，並且不包括
三重母音部分。

Unit 01 西班牙語簡介

西班牙語是世界上二十餘個國家和地區的母語和官方語言，為聯合國六種正式語言之一。全球有五億多人說西班牙語，主要分布在西班牙和拉丁美洲。此外，美國南部的幾個州、菲律賓以及非洲的部分地區，也有相當數量的使用者。

西班牙語屬印歐語系羅曼語族西支。西元前 218 年，羅馬人入侵伊比利半島，拉丁語逐漸通行於該地區。西元 5 世紀，羅馬帝國崩潰，拉丁語逐漸分化。羅馬平民和士兵們講的通俗拉丁語逐漸演變為羅曼諸語言，包括伊比利半島上的卡斯提亞語、加泰隆尼亞語、加利西亞語、葡萄牙語，以及法語、義大利語、羅馬尼亞語、普羅旺斯語等等。12-13 世紀，卡斯提亞王國成為伊比利半島上最強大的國家，也使得卡斯提亞語成為半島上最具優勢的語言，現代西班牙語就是由中世紀的卡斯提亞語演變而來的。因此，西班牙語又稱為卡斯提亞語，尤其在拉丁美洲。另外，值得一提的是，上述語言如法語、義大利語、葡萄牙語等都是源自通俗拉丁語，與西班牙語有血緣關係，因此這些語言之間的相似程度很高。

西班牙語由拉丁語演變而來，因此它的語音、詞彙、文法體系等諸多方面繼承了拉丁語的特點。由於歷史上民族間的接觸，西班牙語還受到日爾曼語和阿拉伯語的影響。15 世紀，哥倫布在西班牙王室的支持下發現美洲新大陸，西班牙語遂傳入美洲，同時也吸收了美洲本地語言中的一些詞彙。

經過幾個世紀的演變，拉丁美洲的西班牙語形成了若干地區方言，它們在語音、詞彙和文法的某些方面有別於西班牙半島的西班牙語，但這樣的差異並不影響兩個地區的人互相交流及理解。

西班牙語被譽為「和上帝對話的語言」，發音簡單，主要體現在以下幾個方面：第一，西班牙語只有 a、e、i、o、u 五個母音。母音沒有長短音的

西班牙語發音

母音

雙母音

子音

三重母音

語音知識

書寫規則、詞性和文法

最常用的分類單字

最常用的日常會話

區分，但可以組合成雙重母音和三重母音。第二，子音的數量也只有 19 個（不包含音位變體）。有些子音也可以組合成子音連綴。第三，語音和字母的對應關係也很簡單，通常一個字母對應一到兩個語音（即一個字母只有一種或兩種發音），極少數字母對應三個語音。第四，重音也很有規律，有些單字的重音符號直接打在單字上；沒有重音符號的單字，可以根據重音規則來判斷重音位置。第五，西班牙語發音很規則，不需借助音標即可知曉單字的發音。

西班牙語屬於屈折語。經過長期演變，它的詞尾屈折變化已大大簡化。除了代名詞的主格、受格和反身形式以外，拉丁語的格系統幾乎消失。名詞有陰陽性和單複數之分。形容詞、代名詞、冠詞的性、數與名詞保持一致。動詞仍保留相當多的詞尾變化，但很有規則，並與主詞保持人稱和數的一致。由於動詞詞尾已足以表示人稱，所以在句子中主詞往往省略。

大致上，西班牙語可以分為兩種：在西班牙使用的「半島西班牙語」和在拉丁美洲使用的「美洲西班牙語」。兩者在發音、語法、詞彙等方面有一些細微的差別。為方便讀者系統學習，本書以「半島西班牙語」為基礎進行編寫。

A a [a]

Step 1 重點提示

發音方法〉

字母「A (a)」發音為 [a]。[a] 是非圓唇低母音。發音時嘴張開，舌頭平放在口腔底部，讓氣流流出。發音部位接近口腔中部。

側面口型圖	真人口型圖	形象代言
		manzana 蘋果

讀單字練發音

臉	cara
音標	['kaɾa]

仙女	hada
音標	['aða]

女主人	ama
音標	['ama]

家	casa
音標	['kasa]

比率	tasa
音標	['tasa]

口水	baba
音標	['baba]

翅膀	ala
音標	['ala]

母犀牛	abada
音標	[a'βaða]

這裡	acá
音標	[a'ka]

馬鈴薯	patata
音標	[pa'tata]

E e [e]

Step 1 重點提示

發音方法〉

字母「E (e)」發音為 [e]。[e] 是非圓唇中前母音。發音時，嘴稍微張開，
舌面抬起至口腔中部，雙唇向兩側咧開，讓氣流流出。發音部位在口腔前
部。

側面口型圖	真人口型圖	形象代言
		bebé 嬰兒

蜜蜂	abeja
音標	[a'βexa]

懶惰	pereza
音標	[pe'reθa]

基地	base
音標	['base]

蠶絲	seda
音標	['seða]

東方	este
音標	['este]

蠟燭	vela
音標	['bela]

高原	meseta
音標	[me'seta]

日期	fecha
音標	['fetʃa]

魚	pez
音標	['peθ]

獎學金	beca
音標	['beka]

1-02-03

I i [i]

發音方法〉

字母「I (i)」發音為 [i]。[i] 是非圓唇高前母音。發音時嘴微張,舌面中前部抬起,貼近上顎。發音部位在口腔中前部。

側面口型圖	真人口型圖	形象代言
		bikini 比基尼

西班牙語發音

母音

雙母音

子音

三重母音

語音知識

書寫規則、詞性和文法

最常用的分類單字

最常用的日常會話

Step 2 讀單字練發音

生命	vida
音標	['biða]

鈔票	billete
音標	[bi'ʎete]

鳳梨	piña
音標	['piɲa]

煙斗	pipa
音標	['pipa]

彌撒	misa
音標	['misa]

水平	nivel
音標	[ni'βel]

簽證（拉美）	visa
音標	['bisa]

物理	física
音標	['fisika]

領袖	líder
音標	['lideɾ]

鉛筆	lápiz
音標	['lapiθ]

O o   [o]

Step 1 | 重點提示

發音方法〉

字母「O (o)」發音為 [o]。[o] 是圓唇中後母音。發音時，舌面高度和開口程度與發 [e] 時相同，但雙唇撮圓向前突出。發音部位在口腔中後部。

側面口型圖	真人口型圖	形象代言

OSO 熊

西班牙語發音

母音

雙母音

子音

三重母音

語音知識

書寫規則、詞性和文法

最常用的分類單字

最常用的日常會話

讀單字練發音

秋天	**otoño**	機車	**moto**
音標	[o'toɲo]	音標	['moto]

黃金	**oro**	方法	**modo**
音標	['oɾo]	音標	['moðo]

波浪	**ola**	鍋	**olla**
音標	['ola]	音標	['oʎa]

眼睛	**ojo**	椰子	**coco**
音標	['oxo]	音標	['koko]

極地	**polo**	照片	**foto**
音標	['polo]	音標	['foto]

1-02-05

U u [u]

  重點提示

發音方法〉

字母「U (u)」發音為 [u]。[u] 是圓唇高後母音。發音時，嘴張得比較小，雙唇撮圓，比發 [o] 音時更向前突出，舌面更加貼近上顎。發音部位在口腔後部。

側面口型圖	真人口型圖	形象代言
		uva 葡萄

西班牙語發音

母音

雙母音

子音

三重母音

語音知識

書寫規則、詞性和文法

最常用的分類單字

最常用的日常會話

果汁 （拉美）	jugo
音標	['xuɣo]

健康	salud
音標	[sa'luð]

搖籃	cuna
音標	['kuna]

毛蟲	gusano
音標	[gu'sano]

屁股	culo
音標	['kulo]

佛	buda
音標	['buða]

拳頭	puño
音標	['puɲo]

吸吮	chupar
音標	[tʃu'par]

鬥爭	lucha
音標	[lutʃa]

硬度	dureza
音標	[du'reθa]

03 雙母音

AI ai [ai]

重點提示

發音方法〉
雙母音「AI (ai)」發音為 [ai]。

側面口型圖	真人口型圖	形象代言
		baile 舞蹈

香草	vainilla		風笛	gaita
音標	[bai'niʎa]		音標	['gaita]

空氣	aire		開羅	Cairo
音標	['aire]		音標	['kairo]

紙牌	naipe		鱷魚	caimán
音標	['naipe]		音標	[kai'man]

派系	taifa		雉雞	faisán
音標	['taifa]		音標	[fai'san]

風景	paisaje		舊式洗臉盆	jofaina
音標	[pai'saxe]		音標	[xo'faina]

西班牙語發音

母音

雙母音

子音

三重母音

語音知識

書寫規則、詞性和文法

最常用的分類單字

最常用的日常會話

IA ia [ia]

 Step 1 重點提示

發音方法 〉

雙母音「IA (ia)」發音為 [ia]。

側面口型圖	真人口型圖	形象代言
		piano 鋼琴

Step 2 讀單字練發音

新娘	novia		喜劇	comedia
音標	['noβia]		音標	[ko'meðia]

莉莉婭	Lilia		本質	esencia
音標	['lilia]		音標	[e'senθia]

對話	diálogo		旅行	viaje
音標	['dialoɣo]		音標	['biaxe]

亞洲	Asia		聖經	Biblia
音標	['asia]		音標	['biβlia]

消息	noticia		鑽石	diamante
音標	[no'tiθia]		音標	[dia'mante]

EI ei [ei]

Step 1 重點提示

發音方法〉
雙母音「EI (ei)」發音為 [ei]。

側面口型圖	真人口型圖	形象代言
		afeitar 刮鬍子

西班牙語發音

母音

雙母音

子音

三重母音

語音知識

書寫規則、詞性和文法

最常用的分類單字

最常用的日常會話

油	aceite		法律	ley
音標	[a'θeite]		音標	['lei]

梳子	peine		藝妓	geisha
音標	['peine]		音標	['xeisa]

棒球	beisbol		王國	reino
音標	[beiz'βol]		音標	['reino]

王后	reina		木棉樹	ceiba
音標	['reina]		音標	['θeiβa]

六	seis		神	deidad
音標	['seis]		音標	[dei'ðað]

IE ie [ie]

Step 1 重點提示

發音方法〉

雙母音「IE (ie)」發音為 [ie]。

側面口型圖	真人口型圖	形象代言
		pie 腳

西班牙語發音

母音

雙母音

子音

三重母音

語音知識

書寫規則、詞性和文法

最常用的分類單字

最常用的日常會話

Step 2 讀單字練發音

孫子	**nieto**
音標	['nieto]

派對	**fiesta**
音標	['fiesta]

腿	**pierna**
音標	['pierna]

天空	**cielo**
音標	['θielo]

住房	**vivienda**
音標	[bi'βienda]

耐心	**paciencia**
音標	[pa'θienθia]

恐懼	**miedo**
音標	['mieðo]

音樂會	**concierto**
音標	[kon'θierto]

除夕	**nochevieja**
音標	[notʃe'βiexa]

冬天	**invierno**
音標	[in'bierno]

03 雙母音

OI oi [oi]

 Step 1 重點提示

發音方法〉
雙母音「OI (oi)」發音為 [oi]。

側面口型圖	真人口型圖	形象代言
		boina 貝雷帽

西班牙語發音

母音

雙母音

子音

三重母音

語音知識

書寫規則、詞性和文法

最常用的分類單字

最常用的日常會話

Step 2 讀單字練發音

籃子狀的嬰兒床	**moisés**	妾	**coima**
音標	[moi'ses]	音標	['koima]

今天	**hoy**	堅忍的	**estoico**
音標	['oi]	音標	[es'toiko]

泊（物理上的黏度單位）	**poise**	無生代的	**azoico**
音標	['poise]	音標	[a'θoiko]

軟口魚	**loina**	抵制	**boicoteo**
音標	['loina]	音標	[boiko'teo]

英勇的	**heroico**	吊床	**coy**
音標	[e'roiko]	音標	['koi]

1-03-06

IO io   [io]

 重點提示

發音方法〉
雙母音「IO (io)」發音為 [io]。

側面口型圖	真人口型圖	形象代言
		diosa 女神

小提琴	violín	內部	interior
音標	[bio'lin]	音標	[inte'rior]

乾淨的	limpio	學院	colegio
音標	['limpio]	音標	[ko'lexio]

激情	pasión	開始	inicio
音標	[pa'sion]	音標	[i'niθio]

印度人	indio	臥室	dormitorio
音標	['indio]	音標	[dormi'torio]

報紙	periódico	衣櫃	armario
音標	[pe'rioðiko]	音標	[ar'mario]

西班牙語發音

母音

雙母音

子音

三重母音

語音知識

書寫規則、詞性和文法

最常用的分類單字

最常用的日常會話

AU au [au]

Step 1 重點提示

發音方法〉
雙母音「AU (au)」發音為 [au]。

側面口型圖	真人口型圖	形象代言
		aula 教室

高喬人	**gaucho**		籠子	**jaula**
音標	['gautʃo]		音標	['xaula]

公車	**autobús**		晨曦	**aurora**
音標	[auto'βus]		音標	[aurora]

航海學	**náutica**		動物相	**fauna**
音標	['nautika]		音標	['fauna]

原因	**causa**		蒸氣浴	**sauna**
音標	['kausa]		音標	['sauna]

作者	**autor**		暫停	**pausa**
音標	[au'tor]		音標	['pausa]

西班牙語發音
母音
雙母音
子音
三重母音
語音知識
書寫規則、詞性和文法
最常用的分類單字
最常用的日常會話

UA ua [ua]

Step 1 重點提示

發音方法〉

雙母音「UA (ua)」發音為 [ua]。

側面口型圖	真人口型圖	形象代言
		agua 水

Step 2 讀單字練發音

母音

雙母音

子音

三重母音

語音知識

書寫規則、詞性和文法

最常用的分類單字

最常用的日常會話

二元論	dualismo
音標	[dua'lizmo]

局勢	situación
音標	[situa'θion]

房間	cuarto
音標	['kuarto]

公車 （古巴）	guagua
音標	['guaɣua]

雕塑	estatua
音標	[es'tatua]

海關	aduana
音標	[a'ðuana]

現在的	actual
音標	[ak'tual]

手套	guante
音標	['guante]

警衛	guardia
音標	['guarðia]

語言	lengua
音標	['lengua]

1-03-09

EU eu [eu]

 Step 1 重點提示

發音方法〉
雙母音「EU (eu)」發音為 [eu]。

側面口型圖	真人口型圖	形象代言
		euro 歐元

中性	neutro		輪胎	neumático
音標	['neutro]		音標	[neu'matiko]

歐洲	Europa		神經瘤	neuroma
音標	[eu'ropa]		音標	[neu'roma]

債務	deuda		宙斯	Zeus
音標	['deuða]		音標	['θeus]

封地	feudo		會議	reunión
音標	['feuðo]		音標	[reu'nion]

假名	seudónimo		角膜白斑	leucoma
音標	[seu'ðonimo]		音標	[leu'koma]

西班牙語發音

母音

雙母音

子音

三重母音

語音知識

書寫規則、詞性和文法

最常用的分類單字

最常用的日常會話

03 雙母音

1-03-10

UE ue [ue]

 重點提示

發音方法〉
雙母音「UE (ue)」發音為 [ue]。

側面口型圖	真人口型圖	形象代言
		abuelo 爺爺

火	fuego		地面	suelo
音標	['fueɣo]		音標	['suelo]

奶奶	abuela		遊戲	juego
音標	[a'βuela]		音標	['xueɣo]

臼齒	muela		回答	respuesta
音標	['muela]		音標	[res'puesta]

死亡	muerte		雞蛋	huevo
音標	['muerte]		音標	['ueβo]

輪廓	silueta		兒媳	nuera
音標	[si'lueta]		音標	['nuera]

西班牙語發音

母音

雙母音

子音

三重母音

語音知識

書寫規則、詞性和文法

最常用的分類單字

最常用的日常會話

OU ou [ou] [u]

重點提示

發音方法〉

ou 有時候是因為複合字組合產生，發音為 [ou]；有些出現在外來語中的 ou 則唸成 [u]。

側面口型圖	真人口型圖	形象代言

souvenir 紀念品
（發音為 [u]）

生殖泌尿系統的	genitourinario	旅遊	tour
音標	[xenitouri'nario]	音標	['tur]

魅力	glamour	歐洲一烏克蘭的	euroucraniano
音標	[gla'mur]	音標	[euroukra'niano]

時裝店	boutique	法國一烏克蘭的	francoucraniano
音標	[bu'tik]	音標	[frankoukra'niano]

舒芙蕾	soufflé	西班牙一烏克蘭的	hispanoucraniano
音標	[su'fle]	音標	[ispanoukra'niano]

紀念品	souvenir	美國人	estadounidense
音標	[suße'nir]	音標	[estaðouni'ðense]

西班牙語發音

母音

雙母音

子音

三重母音

語音知識

書寫規則、詞性和文法

最常用的分類單字

最常用的日常會話

UO uo [uo]

Step 1 重點提示

發音方法〉

雙母音「UO (uo)」發音為 [uo]。

側面口型圖	真人口型圖	形象代言
		monstruo 怪物

西班牙語發音

母音

雙母音

子音

三重母音

語音知識

書寫規則、詞性和文法

最常用的分類單字

最常用的日常會話

Step 2 讀單字練發音

愚昧的	fatuo
音標	['fatuo]

十二指腸	duodeno
音標	[duo'ðeno]

份額	cuota
音標	['kuota]

多汁的	acuoso
音標	[a'kuoso]

古老的	antiguo
音標	[an'tiɣuo]

常客	asiduo
音標	[a'siðuo]

空洞的	vacuo
音標	['bakuo]

相互的	mutuo
音標	['mutuo]

曲折的	tortuoso
音標	[tor'tuoso]

連續的	continuo
音標	[kon'tinuo]

Unit

03 雙母音

1-03-13

IU iu [iu]

Step 1 重點提示

發音方法〉

雙母音「IU (iu)」發音為 [iu]。

側面口型圖	真人口型圖	形象代言

ciudad 城市

西班牙語發音

母音

雙母音

子音

三重母音

語音知識

書寫規則、詞性和文法

最常用的分類單字

最常用的日常會話

Step 2 讀單字練發音

泌尿	**diuresis**	日曬床	**solarium**
音標	[diu'resis]	音標	[so'larium]

蟯蟲	**oxiuro**	公民的	**ciudadano**
音標	[ok'siuro]	音標	[θiuða'ðano]

寡婦	**viuda**	白天的	**diurno**
音標	['biuða]	音標	['diurno]

陰險的人	**miura**	源於什麼的	**oriundo**
音標	['miura]	音標	[o'riundo]

造物主	**demiurgo**	勝利	**triunfo**
音標	[de'miurɣo]	音標	['triunfo]

UI ui [ui]

發音方法〉

雙母音「UI (ui)」發音為 [ui]。

側面口型圖	真人口型圖	形象代言

ruina 廢墟

西班牙語發音

母音

雙母音

子音

三重母音

語音知識

書寫規則、詞性和文法

最常用的分類單字

最常用的日常會話

Step 2 讀單字練發音

瑞士人	suizo		自殺者	suicida
音標	['suiθo]		音標	[sui'θiða]

小心	cuidado		套房	suite
音標	[kui'ðaðo]		音標	['suite]

使苦惱	acuitar		狒狒	babuino
音標	[akui'tar]		音標	[ba'βuino]

噪音	ruido		禿鷲	buitre
音標	['ruiðo]		音標	['buitre]

直覺的	intuitivo		見解	juicio
音標	[intui'tiβo]		音標	['xuiθio]

1-04-01

L l [l]

 重點提示

發音方法〉

字母「L (l)」發音為 [l]。[l] 是有聲舌尖齒齦邊近音。發音時，舌尖接觸上齒齦，舌面下降，氣流從舌頭兩側通過。聲帶振動。

側面口型圖	真人口型圖	形象代言
		lámpara 燈

母音

雙母音

子音

三重母音

語音知識

書寫規則、詞性和文法

最常用的分類單字

最常用的日常會話

Step 2 讀單字練發音

檸檬	**limón**		手掌	**palma**
音標	[li'mon]		音標	['palma]

繩結	**lazo**		脈搏	**pulso**
音標	['laθo]		音標	['pulso]

背	**lomo**		太陽	**sol**
音標	['lomo]		音標	['sol]

萵苣，生菜	**lechuga**		紙	**papel**
音標	[le'tʃuɣa]		音標	[pa'pel]

波浪號，重音記號	**tilde**		放大鏡	**lupa**
音標	['tilde]		音標	['lupa]

04 子音

1-04-02

LL ll [ʎ]

Step 1 重點提示

發音方法〉

「字母「LL (ll)」發音為 [ʎ]。[ʎ] 是有聲舌前硬顎邊音。發音時，舌面前部抬起，稍微接觸硬顎，氣流從舌部一側或兩側通過。聲帶振動。

側面口型圖	真人口型圖	形象代言
		llama 羊駝

街道	calle		母雞	gallina
音標	['kaʎe]		音標	[ga'ʎina]

平原	llana		大膽的	agalludo
音標	['ʎana]		音標	[aɣa'ʎuðo]

到達	llegada		雨	lluvia
音標	[ʎe'ɣaða]		音標	['ʎuβia]

火焰	llama		公雞	gallo
音標	['ʎama]		音標	['gaʎo]

流淚	lloro		小雞	pollito
音標	['ʎoro]		音標	[po'ʎito]

1-04-03

M m [m]

重點提示

發音方法〉

字母「M (m)」有兩種發音：在字尾發 [n]，其他情況發 [m]。[m] 是有聲雙唇鼻音。發音時，雙唇緊閉，氣流從鼻腔通過。聲帶振動。[n] 是有聲舌尖齒齦鼻音。發音時，舌尖接觸上齒齦和上顎前部，氣流從鼻腔通過。聲帶振動。

側面口型圖	真人口型圖	形象代言

mamá 媽媽

Step 2 讀單字練發音

母音

雙母音

子音

三重母音

語音知識

書寫規則、詞性和文法

最常用的分類單字

最常用的日常會話

礦	mina
音標	['mina]

穆斯林	muslim
音標	[muz'lin]

錢幣	moneda
音標	[mo'neða]

繁榮	boom
音標	['bun]

音樂	música
音標	['musika]

相簿	álbum
音標	['alβun]

手	mano
音標	['mano]

項目	ítem
音標	['iten]

甜瓜	melón
音標	[me'lon]

伊斯蘭教	islam
音標	[iz'lan]

N n [n]

Step 1 重點提示

發音方法〉

字母「N (n)」發音為 [n]。[n] 是有聲舌尖齒齦鼻音。發音時，舌尖接觸上齒齦和上顎前部，氣流從鼻腔通過。聲帶振動。

| 側面口型圖 | 真人口型圖 | 形象代言 |

naranja 柳橙

---

* n 後接雙唇音時容易變成 [m]，接軟顎音時容易變成 [ŋ]，故影片部分示範了三種發音，但這種發音時的變異不影響理解與表達。

Step 2 讀單字練發音

麵包	pan	山	montaña
音標	['pan]	音標	[mon'taɲa]

蕪菁	nabo	雖然	aunque
音標	['naβo]	音標	['aunke]

人	gente	錨	ancla
音標	['xente]	音標	['ankla]

菜單	menú	世界	mundo
音標	[me'nu]	音標	['mundo]

探戈	tango	結束	fin
音標	['taŋɣo]	音標	['fin]

P p [p]

重點提示

發音方法〉

字母「P (p)」發音為 [p]。[p] 是無聲雙唇塞音。發音時,雙唇緊閉,然後氣流衝開阻礙,爆破而出。聲帶不振動。

側面口型圖	真人口型圖	形象代言
		pera 梨

母音

雙母音

子音

三重母音

語音知識

書寫規則、詞性和文法

最常用的分類單字

最常用的日常會話

Step 2 讀單字練發音

頭髮	**pelo**		飛行員	**piloto**
音標	['pelo]		音標	[pi'loto]

地圖	**mapa**		瞳孔	**pupila**
音標	['mapa]		音標	[pu'pila]

難過	**pena**		美洲獅	**puma**
音標	['pena]		音標	['puma]

木棒	**palo**		井	**pozo**
音標	['palo]		音標	['poθo]

雞肉	**pollo**		電池	**pila**
音標	['poʎo]		音標	['pila]

Unit

04 子音

1-04-06

S s [s] [z]

Step 1 重點提示

發音方法〉

字母「S (s)」發音為 [s]。[s] 是無聲舌尖齒齦擦音。發音時，舌尖靠近上齒齦，留下縫隙讓氣流通過。聲帶不振動。在字尾時，[s] 發音較短，不能拖長而發成中文的「斯」。[s] 在有聲子音之前，會變成有聲的 [z] 音，發音部位和方法與發 [s] 時相同，但聲帶振動。

側面口型圖	真人口型圖	形象代言
		sopa 湯

西班牙語發音

母音

雙母音

子音

三重母音

語音知識

書寫規則、詞性和文法

最常用的分類單字

最常用的日常會話

Step 2 讀單字練發音

大豆	soja
音標	['soxa]

眼鏡	gafas
音標	['gafas]

深淵	sima
音標	['sima]

地震	sismo
音標	['sizmo]

乳房	seno
音標	['seno]

島	isla
音標	['izla]

客廳	sala
音標	['sala]

驢	asno
音標	['azno]

總和	suma
音標	['suma]

以色列人	israelí
音標	[izrae'li]

T t [t]

重點提示

發音方法〉

字母「T (t)」發音為 [t]。[t] 是無聲舌尖齒背塞音。發音時，舌尖和上排齒背
接觸，然後氣流衝開阻礙，爆破而出。聲帶不振動。

側面口型圖	真人口型圖	形象代言
		tela 布料

西班牙語發音

母音

雙母音

子音

三重母音

語音知識

書寫規則、詞性和文法

最常用的分類單字

最常用的日常會話

主題	tema	射擊	tiro
音標	['tema]	音標	['tiro]

蓋子	tapa	隧道	túnel
音標	['tapa]	音標	['tunel]

天花板	techo	大學生樂隊	tuna
音標	['tetʃo]	音標	['tuna]

鞋跟	tacón	一切	todo
音標	[ta'kon]	音標	['toðo]

番茄	tomate	阿姨	tía
音標	[to'mate]	音標	['tia]

C c [k] [θ]

發音方法〉

字母「C (c)」有兩種發音：[k] 和 [θ]。

「c」與 a、o、u 組合時，發 [k] 音。[k] 是無聲舌後軟顎塞音。發音時，舌後與軟顎閉合，然後氣流衝開阻礙，爆破而出。聲帶不振動。

「c」與 e、i 組合時，發 [θ] 音。[θ] 是無聲舌尖齒間擦音。發音時，舌尖從上下門齒之間微微伸出，讓氣流通過。聲帶不振動。

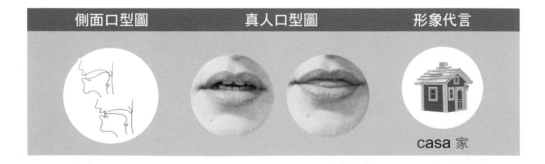

| 側面口型圖 | 真人口型圖 | 形象代言 |

casa 家

西班牙語發音

母音

雙母音

子音

三重母音

語音知識

書寫規則、詞性和文法

最常用的分類單字

最常用的日常會話

Step 2 讀單字練發音

ca co cu	
技術員	**técnico**
音標	**['tekniko]**
場合	**caso**
音標	**['kaso]**
電感器	**inductor**
音標	**[induk'toɾ]**
刀	**cuchillo**
音標	**[ku'tʃiʎo]**
高腳杯	**copa**
音標	**['kopa]**

ce ci	
電影院	**cine**
音標	**['θine]**
虛構	**ficción**
音標	**[fik'θion]**
暴死的	**occiso**
音標	**[ok'θiso]**
事故	**accidente**
音標	**[akθi'ðente]**
塞拉 （姓氏）	**Cela**
音標	**['θela]**

1-04-09

Q q [k]

發音方法〉

字母「Q (q)」後面加 u，再與 e, i 構成音節，發音是 [k]。[k] 是無聲舌後軟顎塞音。發音時，舌後與軟顎閉合，然後氣流衝開阻礙，爆破而出。聲帶不振動。

側面口型圖	真人口型圖	形象代言
		queso 乳酪

西班牙語發音

母音

雙母音

子音

三重母音

語音知識

書寫規則、詞性和文法

最常用的分類單字

最常用的日常會話

Step 2 讀單字練發音

que

宵禁時間	**queda**
音標	**['keða]**

給納笛	**quena**
音標	**['kena]**

控告	**querella**
音標	**[ke'reʎa]**

抱怨	**queja**
音標	**['kexa]**

親愛的	**querido**
音標	**[ke'riðo]**

qui

也許	**quizá**
音標	**[ki'θa]**

誰	**quién**
音標	**['kien]**

克拉	**quilate**
音標	**[ki'late]**

這裡	**aquí**
音標	**[a'ki]**

幻想	**quimera**
音標	**[ki'mera]**

CH ch [tʃ]

發音方法〉

字母組合 "CH (ch)" 發音為 [tʃ]。[tʃ] 是舌前前硬顎塞擦清輔音。發音時，舌面前部頂住前硬顎，氣流衝開阻礙，發出擦音。聲帶不振動。

側面口型圖	真人口型圖	形象代言
		muchacho 男孩

西班牙語發音

母音

雙母音

子音

三重母音

語音知識

書寫規則、詞性和文法

最常用的分類單字

最常用的日常會話

讀單字練發音

牛奶	leche
音標	['letʃe]

煙囪	chimenea
音標	[tʃime'nea]

外套	chaqueta
音標	[tʃa'keta]

排骨	chuleta
音標	[tʃu'leta]

支票	cheque
音標	['tʃeke]

吸吮（第三人稱單數現在）	chupa
音標	['tʃupa]

小別墅	chalé
音標	[tʃa'le]

碰撞	choque
音標	['tʃoke]

香腸	chorizo
音標	[tʃo'riθo]

中國	China
音標	['tʃina]

D d [d] [ð]

發音方法〉

字母「D (d)」有兩種發音：[d] 和 [ð]。在停頓後的字首*或 l、n 後面發 [d] 音；在其他情況下發 [ð] 音。

[d] 是有聲舌尖齒背塞音。發 [d] 時，發音部位和方法與 [t] 相同，即舌尖和上排齒背接觸，然後氣流衝開阻礙，爆破而出。但 [d] 是有聲子音，聲帶要振動。[t] 是無聲子音，發音時聲帶不振動。

[ð] 是有聲舌尖齒擦音。發音時，舌尖微微伸向上排齒緣，留出縫隙讓氣流通過，同時聲帶振動。

這兩個音的差異並不影響理解和表達。

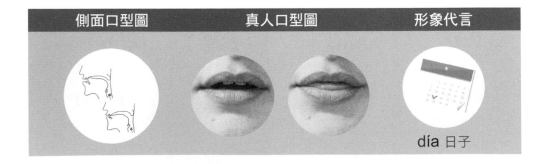

側面口型圖	真人口型圖	形象代言

día 日子

---

* 指在一句話中間，出現停頓時，停頓後面那個單字的字首。例如 Hola, Daniel. 之中，Hola 後面會停頓一下，這裡的 Daniel 開頭的字母 d 就是停頓後的字首。

西班牙語發音

母音

雙母音

子音

三重母音

語音知識

書寫規則、詞性和文法

最常用的分類單字

最常用的日常會話

Step 2 讀單字練發音

拋棄	abandono
音標	[aβan'dono]

數據	dato
音標	['dato]

夜店，舞廳	discoteca
音標	[disko'teka]

總部	sede
音標	[seðe]

工業	industria
音標	[in'dustria]

時尚	moda
音標	['moða]

餘額	saldo
音標	['saldo]

教育	educación
音標	[eðuka'θion]

村莊	aldea
音標	[al'dea]

年齡	edad
音標	[e'ðad]

Unit
04 子音

1-04-12

B b   [b]   [β]

Step 1 重點提示

發音方法〉

字母「B (b)」有 [b] 和 [β] 兩種發音。在停頓後的字首或 m 後面發 [b] 音；在其他情況下發 [β] 音。

[b] 是有聲雙唇塞音，發音部位和方法與發 [p] 相同，即雙唇緊閉，然後氣流衝開阻礙，爆破而出。但 [b] 是有聲子音，聲帶要振動。[p] 是無聲子音，發音時聲帶不振動。

[β] 是有聲雙唇擦音，發音時，雙唇之間留下一條小縫讓氣流通過，雙唇略有摩擦震動的感覺，同時聲帶振動。應避免雙唇之間的縫隙過寬，而變成漢語「瓦」的發音。

這兩個音的差異並不影響理解和表達。

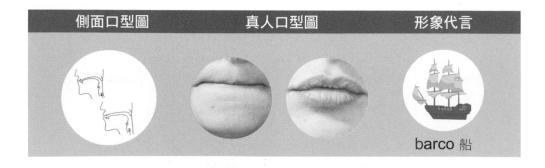

側面口型圖	真人口型圖	形象代言

barco 船

西班牙語發音

母音

雙母音

子音

三重母音

語音知識

書寫規則、詞性和文法

最常用的分類單字

最常用的日常會話

Step 2 讀單字練發音

頭髮	cabello	比基尼	bikini
音標	[ka'βeʎo]	音標	[bi'kini]

床單	sábana	罩袍	bata
音標	['saβana]	音標	['bata]

機艙	cabina	範圍	ámbito
音標	[ka'βina]	音標	['ambito]

嘴	boca	象徵	símbolo
音標	['boka]	音標	['simbolo]

吻	beso	圍巾	bufanda
音標	['beso]	音標	[bu'fanda]

Unit
04 子音

1-04-13

V v [b] [β]

Step 1 重點提示

發音方法〉

字母「V (v)」發音和 B (b) 相同，有兩種發音：[b] 和 [β]。當它出現在停頓後的字首，或出現在 n 後面時，發 [b]；其他情況下發 [β]。

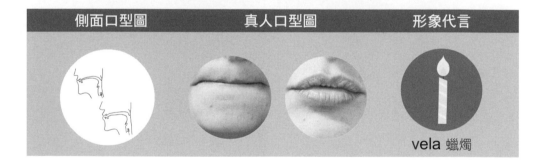

側面口型圖	真人口型圖	形象代言

vela 蠟燭

Step 2 讀單字練發音

發明	invento		杯子	vaso
音標	[in'bento]		音標	['baso]

客人	invitado		鑰匙	llave
音標	[inbi'taðo]		音標	['ʎaβe]

容器，包裝	envase		恐懼	pavura
音標	[en'base]		音標	[pa'βura]

夏天	verano		廁所	lavabo
音標	[be'rano]		音標	[la'βaβo]

聲音	voz		火雞	pavo
音標	['boθ]		音標	['paβo]

04 子音

R r [r] [ɾ]

 Step 1 重點提示

發音方法〉

字母「R (r)」有兩種發音：[r] 和 [ɾ]。在字首或 l、n、s 後面，以及兩個 r 書寫在一起時（rr），發成多擊顫音 [r]。其他情況發成單擊顫音。發 [ɾ] 時，舌尖抬起，與上齒齦接觸，然後讓氣流通過，使舌尖輕微顫動一下，同時聲帶振動。發 [r] 時，發音部位和方法與單擊顫音 [ɾ] 相同，只是舌尖要顫動多次。

側面口型圖	真人口型圖	形象代言
		rosa 玫瑰花

Step 2 讀單字練發音

母音

雙母音

子音

三重母音

語音知識

書寫規則、詞性和文法

最常用的分類單字

最常用的日常會話

租金	alquiler	以色列	Israel
音標	[alki'ler]	音標	[izra'el]

病毒	virus	塔	torre
音標	['birus]	音標	['tore]

愛	amor	帽子	gorra
音標	[a'mor]	音標	['gora]

海	mar	榮譽	honra
音標	['mar]	音標	['onra]

周圍	alrededor	岩石	roca
音標	[alreðe'ðor]	音標	['roka]

Z z [θ]

 重點提示

發音方法〉

字母「Z (z)」的發音為 [θ]，[θ] 是無聲舌尖齒間擦音。發音時，舌尖從上下門齒之間微微伸出，讓氣流通過。聲帶不振動。

側面口型圖	真人口型圖	形象代言
		caza 打獵

Step 2 讀單字練發音

斑馬	**zebra**
音標	[θe'βra]

左撇子	**zurdo**
音標	['θurðo]

咖啡杯	**taza**
音標	['taθa]

果汁（西班牙）	**zumo**
音標	['θumo]

沸石	**zeolita**
音標	[θeo'lita]

地區	**zona**
音標	['θona]

藍寶石	**zafiro**
音標	[θa'firo]

受精卵	**zigoto**
音標	[θi'ɣoto]

動物園	**zoo**
音標	['θoo]

1-04-16

F f [f]

發音方法〉

字母「F (f)」發音為 [f]。[f] 是無聲唇齒擦音。發音時，上排門齒與下唇輕輕接觸，上齒露出，嘴角向兩旁咧開，氣流從唇齒之間的縫隙通過。聲帶不振動。

側面口型圖	真人口型圖	形象代言
		forma 形狀

Step 2 讀單字練發音

母音

雙母音

子音

三重母音

語音知識

書寫規則、詞性和文法

最常用的分類單字

最常用的日常會話

咖啡	café
音標	[ka'fe]

行列	fila
音標	['fila]

名氣	fama
音標	['fama]

未來	futuro
音標	[fu'turo]

現象	fenómeno
音標	[fe'nomeno]

逃亡	fuga
音標	['fuɣa]

疲勞	fatiga
音標	[fa'tiɣa]

頁 （墨西哥）	foja
音標	['foxa]

焦點	foco
音標	['foko]

簽名	firma
音標	['firma]

J j [x]

Step 1 重點提示

發音方法〉

字母「J (j)」的發音為 [x]。[x] 是無聲舌後軟顎擦音。發音時，舌後與軟顎不完全閉合，留出縫隙讓氣流通過，聲帶不振動。

側面口型圖	真人口型圖	形象代言
		jade 玉

西班牙語發音

母音

雙母音

子音

三重母音

語音知識

書寫規則、詞性和文法

最常用的分類單字

最常用的日常會話

老闆	jefe
音標	['xefe]

騎士	jinete
音標	[xi'nete]

玉	jade
音標	['xaðe]

法學家	jurista
音標	[xu'rista]

雪利酒	jerez
音標	[xe'reθ]

宣誓	jura
音標	['xura]

火腿	jamón
音標	[xa'mon]

毛衣	jersey
音標	[xer'sei]

珠寶	joya
音標	['xoʝa]

長頸鹿	jirafa
音標	[xi'rafa]

G g [g] [ɣ] [x]

發音方法〉字母「G (g)」的發音有三種：[g], [ɣ], [x]。

當「G (g)」與母音 a, o, u（ga, go, gu）或子音 l, r 組合（即子音連綴 gl, gr），或「G (g)」後加 u 再與 e, i 組合（gue, gui）時，發 [g] 或 [ɣ]。在停頓後的字首，或者 n 之後，發 [g]。其他情況下發 [ɣ]。[g] 和 [ɣ] 的差異並不影響理解和表達。[g] 是有聲舌後軟顎塞音，發音部位和方法與發 [k] 相同，即舌後與軟顎閉合，然後氣流衝開阻礙，爆破而出，但聲帶振動。[k] 是無聲子音，聲帶不振動。[ɣ] 是有聲舌後軟顎擦音。發音時，舌後與軟顎不完全閉合，留出縫隙讓氣流通過，聲帶同時振動。「G (g)」與 e、i（ge, gi）組合時，發 [x]。[x] 是無聲舌後軟顎擦音。發音時，舌後與軟顎不完全閉合，留出縫隙讓氣流通過，聲帶不振動。注意「gue, gui」組合中，u 不發音；如果 u 要發音，則會添加分音符號（¨），即 güe, güi。

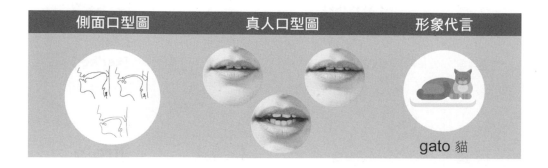

| 側面口型圖 | 真人口型圖 | 形象代言 |

gato 貓

西班牙語發音

母音

雙母音

子音

三重母音

語音知識

書寫規則、詞性和文法

最常用的分類單字

最常用的日常會話

Step 2 讀單字練發音

ga go gu

湖	lago
音標	['laɣo]

欺騙	engaño
音標	[engaɲo]

愛好；味道	gusto
音標	['gusto]

ge gi

向日葵	girasol
音標	[xira'sol]

天才	genio
音標	['xenio]

gue gui

吉他	guitarra
音標	[gi'tara]

老鷹	águila
音標	['aɣila]

戰爭	guerra
音標	['gera]

güe güi

鸛	cigüeña
音標	[θi'ɣueɲa]

企鵝	pingüino
音標	[pin'guino]

Ñ ñ [ɲ]

Step 1 重點提示

發音方法〉

字母「Ñ (ñ)」發音為 [ɲ]。[ɲ] 是有聲舌前硬顎鼻音。發音時,整個舌面前部與硬顎接觸。氣流在口腔受阻,而從鼻腔通過。聲帶振動。

請注意 [ɲ] 加上母音與 [n] 加上雙母音(ia, ie, io, iu)的差異。在發 [ɲ] 時,整個舌面前部與硬顎接觸。而發 [nia], [nie], [nio], [niu] 時,只有舌尖與硬顎接觸。

側面口型圖	真人口型圖	形象代言
		niño 小男孩

Step 2　讀單字練發音

玩偶	muñeca	智利桑寄生	ñipe
音標	[mu'ɲeka]	音標	['nipe]

小女孩	niña	缺指的	ñuco, ñuca
音標	['niɲa]	音標	['ɲuko] ['ɲuka]

力量	ñeque	繩結	ñudo
音標	['ɲeke]	音標	['ɲuðo]

標誌	seña	小指	meñique
音標	['seɲa]	音標	[me'ɲike]

年，歲	año	先生	señor
音標	['aɲo]	音標	[se'ɲor]

H h

Step 1 重點提示

發音方法〉

「h」在西班牙語中不發音，但在書寫中不能省略。

形象代言

haba 蠶豆

Step 2 讀單字練發音

冰淇淋	helado
音標	[e'laðo]

線	hilo
音標	['ilo]

蠶豆	haba
音標	['aβa]

潮濕	humedad
音標	[ume'ðað]

英雄	héroe
音標	['eroe]

煙	humo
音標	['umo]

習慣	hábito
音標	['aβito]

飯店	hotel
音標	[o'tel]

爐子	horno
音標	['orno]

打嗝	hipo
音標	['ipo]

Y y [j] [i]

重點提示

發音方法〉

字母「Y (y)」有兩種發音：[j] 和 [i]。在母音前發 [j]。在母音後或單獨使用時，發音和母音「i」一樣是 [i]。

[j] 是有聲舌前硬顎擦音。發音時，舌面前部向硬顎前部抬起，留下比發母音 [i] 時更小的縫隙，同時讓氣流通過，聲帶振動。

側面口型圖	真人口型圖	形象代言
		yogur 優格

Step 2 讀單字練發音

妓女 （阿根廷，輕蔑語）	**yira**	我是	**soy**
音標	**['ʝira]**	音標	**['soi]**

遊艇	**yate**	和	**y**
音標	**['ʝate]**	音標	**[i]**

瑜伽	**yoga**	很	**muy**
音標	**['ʝoɣa]**	音標	**[mui]**

蛋黃	**yema**	國王	**rey**
音標	**['ʝema]**	音標	**['rei]**

牛軛	**yugo**	有	**hay**
音標	**['ʝuɣo]**	音標	**['ai]**

1-04-22

X x [s] [ks] [ɣs] [x]

Step 1 重點提示

發音方法〉

字母「X (x)」的發音有四種情況：[s], [ks], [ɣs] 和 [x]。在字首或子音前發 [s]；在母音之間或字尾發 [ks] 或 [ɣs]，但通常在口語中也可以簡化為 [s]；在特定單字如「México」發 [x]。

側面口型圖	真人口型圖	形象代言
[k] [s]		taxi 出租車

西班牙語發音

母音

雙母音

子音

三重母音

語音知識

書寫規則、詞性和文法

最常用的分類單字

最常用的日常會話

仇外心理	xenophobia	混合物	mixtura
音標	[seno'foβia]	音標	[miks'tura] / [mis'tura]

黃嘌呤	xantina	成功	éxito
音標	[san'tina]	音標	['eksito] / ['esito]

木琴	xilófono	考試	examen
音標	[si'lofono]	音標	[ek'samen] / [e'samen]

木糖	xilosa	課文	texto
音標	[si'losa]	音標	['teksto] / ['testo]

04 子音

1-04-23

K k [k]

 Step 1 重點提示

發音方法〉

字母「K (k)」發音為 [k]，與「C (c)」在「ca, co, cu」或「qu」在「que, qui」
中的發音一樣。[k] 是無聲舌後軟顎塞音。發音時，舌後與軟顎閉合，然後氣
流衝開阻礙，爆破而出，聲帶不振動。

側面口型圖	真人口型圖	形象代言
		kumis 馬奶酒

Step 2　讀單字練發音

法國軍帽	**kepí**		奇異果	**kiwi**
音標	[ke'pi]		音標	['kiwi]

空手道	**karate**		（俄國歷史上的）富農	**kulak**
音標	[ka'rate]		音標	[ku'lak]

肯亞	**Kenia**		馬奶酒	**kumis**
音標	['kenia]		音標	['kumis]

柿子樹	**kaki**		無尾熊	**koala**
音標	['kaki]		音標	[ko'ala]

柯達照相機	**Kodak**		公斤	**kilo**
音標	[ko'ðak]		音標	['kilo]

W w [b] [β] [w]

Step 1 重點提示

發音方法〉

字母「W (w)」只用於拼寫外來語,發音有三種情況。在來自西哥德語或德語的單字中,發 [b] 或 [β]。在來自英語的單字中,發 [w]。

側面口型圖	真人口型圖	形象代言

waterpolo 水球

Step 2 讀單字練發音

纖維鋅礦	**wurtzita**
音標	[bur'θita]

馬鹿	**wapití**
音標	[wapi'ti]

黑鎢礦	**wolframita**
音標	[bolfra'mita]

威士忌	**whisky**
音標	['wiski]

維爾茨堡（德國城市）	**Wurzburgo**
音標	[burθ'βuryo]

視窗	**Windows**
音標	['windows]

鎢	**wolframio**
音標	[bol'framio]

網路	**web**
音標	['weβ]

西部片	**western**
音標	['western]

華盛頓	**Washington**
音標	['wasinton]

UAY/UAI

uay/uai

[iai]

重點提示

發音方法〉
三重母音「UAY/UAI (uay/uai)」發音為 [uai]。

形象代言

guaira 三角帆

西班牙語發音

母音

雙母音

子音

三重母音

語音知識

書寫規則、詞性和文法

最常用的分類單字

最常用的日常會話

Unit 05 三重母音

1-05-02

UEY/UEI

uey/uei

[uei]

重點提示

發音方法〉

三重母音「UEY/UEI (uey/uei)」發音為 [uei]。

形象代言

buey 牛

IAU iau [iau]

Step 1 重點提示

發音方法〉
三重母音「IAU (iau)」發音為 [iau]。

形象代言

miau 喵

Unit
05 三重母音

1-05-04

母音

雙母音

子音

三重母音

語音知識

書寫規則、詞性和文法

最常用的分類單字

最常用的日常會話

IEU ieu [ieu]

Step 1 重點提示

發音方法〉

三重母音「IEU (ieu)」發音為 [ieu]。

形象代言
monsieur 先生（法語式說法）

IAY/IAI
iay/iai

[iai]

重點提示

發音方法〉
三重母音「IAY/IAI (iay/iai)」發音為 [iai]。

estudiáis 你們學習

西班牙語發音

母音

雙母音

子音

三重母音

語音知識

書寫規則、詞性和文法

最常用的分類單字

最常用的日常會話

Unit
05 三重母音

1-05-06

IEI iei [iei]

 Step 1 重點提示

發音方法〉
三重母音「IEI (iei)」發音為 [iei]。

形象代言

ludiéis 你們發酵（埃斯特雷馬杜拉方言，虛擬式現在）

IOI ioi [ioi]

重點提示

發音方法〉

三重母音「IOI (ioi)」發音為 [ioi]。

形象代言

bioingeniería 生物工程

西班牙語發音

母音

雙母音

子音

三重母音

語音知識

書寫規則、詞性和文法

最常用的分類單字

最常用的日常會話

Unit

05 三重母音

1-05-08

UAU uau

[uau]

Step 1 重點提示

發音方法〉
三重母音「UAU (uau)」發音為 [uau]。

形象代言
guauchinango 笛鯛

Unit
06 語音知識

　　西班牙語被譽為「和上帝對話的語言」，發音相對簡單。學好了語音知識，我們無需借助音標，就可以正確地朗讀任意一個西班牙語單字和句子。下面附西班牙語字母表。

西班牙語字母表

大小寫	名稱	音標	大小寫	名稱	音標
A a	a	[a]	N n	ene	[n]
B b	be	[b, β]	Ñ ñ	eñe	[ɲ]
C c	ce	[k, θ]	O o	o	[o]
CH ch	che	[tʃ]	P p	pe	[p]
D d	de	[d, ð]	Q q	cu	[k]
E e	e	[e]	R r	erre	[r, ɾ]
F f	efe	[f]	S s	ese	[s, z]
G g	ge	[g, ɣ, x]	T t	te	[t]
H h	hache	不發音	U u	u	[u]
I i	i	[i]	V v	uve	[b, β]
J j	jota	[x]	W w	uve doble	[b, β, w]
K k	ca	[k]	X x	equis	[s, ks, ɣs, x]
L l	ele	[l]	Y y	ye [i griega]	[j, i]
LL ll	elle	[ʎ]	Z z	zeta	[θ]
M m	eme	[m]			

西班牙語發音

母音

雙母音

子音

三重母音

語音知識

書寫規則、詞性和文法

最常用的分類單字

最常用的日常會話

一、字母和音標

我們知道，和英語一樣，西班牙語的單字是由字母構成的。字母是一種文字形式，是用來記錄口說語言的。而口說語言是由一個個音位①依次排列組合起來的。字母就是一個個音位的書寫形式。因此，字母和音位是有對應關係的。與其他一些語言（如英語）相比，西班牙語的音位和字母的對應情況相對簡單。除少數情況外，音位和字母幾乎是一對一的。也就是說，在多數情況下，一個字母只有一種發音，一種發音只對應一種字母書寫形式。

西班牙語共有 27 個字母②，每個字母有大寫和小寫兩種形式。其中有 5 個母音字母（a，e，i，o，u）和 22 個子音字母（b，c，d，f，g，h，j，k，l，m，n，ñ，p，q，r，s，t，v，w，x，y，z）。這 27 個字母對應 24 個音位，即 24 種發音。其中，母音音位 5 個（以下簡稱母音），子音音位（以下簡稱子音）19 個（不包含音位變體③）。

二、母音和子音

母音是在發音過程中氣流通過發音器官而不受阻礙發出的音。母音在西班牙語中的功能相當於我們中文語音的韻母。子音是在發音過程中受到發音器官阻礙而形成的音。子音在西班牙語中的功能類似於我們漢語語音的聲母。

根據不同的原則，母音和子音又可以進一步分類。西班牙語的母音主要有四個分類標準：

▶ 根據所含母音的個數，可以分為單母音、雙母音和三重母音。
▶ 根據發音時舌位高低不同，可以分為高母音、中母音和低母音。
▶ 根據發音時舌位前後不同，可以分為前母音和後母音。

---

① 音位是一個語音系統中能夠區別意義的最小語音單位。

② 根據西班牙皇家語言學院的決定，在字典上，單字按字母排列的時候，ch 和 ll 不再作為單獨的字母列出。以 ch 和 ll 開頭的詞或包含 ch 和 ll 的詞，分別視為以 c 和 l 開頭或者視為包含 c、h 以及兩個 l。但 ch 和 ll 是擁有自己的發音的。所以，為了教學方便，我們仍然把它們列入字母表中。

③ 音位變體是屬於同一個音位的不同發音，是同一個音位的不同變異形式。

▶ 根據發音時唇形的不同，可以分為圓唇母音和非圓唇母音。

子音有三種分類方式：

▶ 根據發音時聲帶是否振動，分為無聲子音和有聲子音。發音時聲帶不振動的，是無聲子音；發音時聲帶振動的，是有聲子音。

▶ 根據發音方式的不同，分為塞音、擦音、塞擦音、鼻音、邊音和顫音。

▶ 根據發音部位的不同，分為雙唇音、唇齒音、齒間音、齒背音、齒齦音、硬顎音和軟顎音。

三、音節

音節是聽覺能感受到的最自然的語音單位，由一個或幾個音位按一定規律組合而成。母音和子音的組合情況有四種：母音；母音 + 子音；子音 + 母音；子音 + 母音 + 子音。每個音節都有一個音節核心，是該音節的音峰。這個核心是必不可少的，由母音擔任。所以，母音是音節的基礎。子音不能單獨構成音節，需出現在母音前或後，與母音一起構成音節。西班牙語的一個音節裡可以包含 1～3 個母音和 0～4 個子音，即由一個單母音（a），或一個雙母音（au-la），或一個三重母音（es-tu-diáis），加上 0～4 個子音構成（如 E-ma, pla-to, cons-ti-tu-ción, trans-crip-ción）。

四、分音節規則

我們提到過，西班牙語發音規則相對簡單，不需要音標就可以朗讀單字。事實上，要想正確朗讀單字，需要掌握每個字母的發音以及重音規則。而想要學習重音規則，掌握分音節規則是前提。

▶ 音節可以僅由 1 個母音構成，如 a。

▶ 子音放在母音前或後，與之共同構成音節，但子音不能單獨構成音節，如 tú, en。

▶ 子音位於兩個母音之間時，子音和後面的母音構成音節，如 a-mi-go。

▶ 兩個相鄰的子音（位於字首或屬於子音連綴時除外）分屬前後兩個音

西班牙語發音

母音

雙母音

子音

三重母音

語音知識

書寫規則、詞性和文法

最常用的分類單字

最常用的日常會話

節，如 es-tu-dian。

▶ 位於字首的兩個子音，以及子音連綴，和後面的母音構成音節，如 psi-co-lo-gí-a, pla-to, ta-bla。

▶ 兩個 l（即 ll）在劃分音節時，視為一個子音，如 e-lla。

▶ c 和 h 的組合在劃分音節時，視為一個子音，如 chi-co。

▶ 雙母音和前面的子音構成一個音節，如 tam-bién。但是，兩個強母音（a, e, o）在一起的時候，或者強弱母音組合中的弱母音（i, u）有重音符號時，不構成雙母音，而是屬於兩個音節，如 em-ple-a-do, dí-a。

▶ 三重母音和前面的子音構成一個音節，如 a-ve-ri-güéis。但當弱母音帶有重音符號時，就不構成三重母音，而是分成兩個音節，如 vi-ví-ais。

▶ 相鄰的三個子音，在劃分音節時分為以下兩種情況：

● 包含子音連綴，如 mal-tra-tar。

● 不包含子音連綴，如 ins-ti-tu-to。

五、重音符號和重音規則

音節可分為重讀音節和非重讀音節。發音時，重讀音節的音調較高、強度較大。西班牙語中有些單字用重音符號（寫成「´」）標出了重讀音節。例如 difícil, papá, ética 等等，有重音符號的音節就是重讀音節。

但不是所有單字都有重音符號。沒有重音符號的單字，重音遵循以下規則：

▶ 如果單字以母音或子音 n、s 結尾，重音在倒數第二音節，如 cocinero, joven, mesas。

▶ 如果單字以 n、s 以外的子音結尾，重音在最後一個音節，如 español, profesor, nariz。

▶ 形容詞 +mente 構成的副詞，有一個主重音（在形容詞的重讀音節上）和一個次重音（在字尾 mente 的 men 這個音節上），如 principalmente。

註：重音符號會影響單字的意義。如 mas（但是）和 más（更），papa（馬鈴薯〔拉美〕）和 papá（爸爸）等。另外，當連接詞 o 和數詞連用時，會加上重音符號，作為和 0（零，cero）的區分。如 17 ó 18（17 或 18）。

六、重讀詞和非重讀詞

在句子中，有些詞重讀，有些詞不重讀。一般來說，名詞、數詞、主格代名詞、動詞、形容詞、重讀所有格形容詞、所有格代名詞、副詞、疑問詞等實詞為重讀詞；冠詞、介系詞、連接詞、非重讀所有格形容詞、直接與間接受格代名詞為非重讀詞。如：

Hoy vamos a aprender una nueva lección: la diez. 今天我們要學習新的一課：第 10 課。

Mi empresa no está en el centro de la ciudad. 我的公司不在市中心。

在以上兩個例句中，有顏色標示的是非重讀詞，其餘的是重讀詞。

七、語調

1　陳述句的語調

▶ 西班牙語中，簡單陳述句的語調從第一個重音節到最後一個重音節始終保持同高，直到最後一個音節才逐漸下降。如：

La película es interesante. 這部電影很有趣。

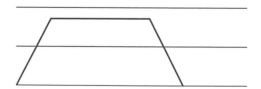

▶ 當句子中出現兩個以上的並列成分時，最後兩個中間通常用連接詞 y（和）連接，其他成分之間以逗號隔開。說話或朗讀時，逗號位置應該稍微停頓，語調平直。y 的前面語調上升，最後以降調收尾。如：

En la habitación hay una mesa, una silla y una estantería.
房間裡有一張桌子、一把椅子和一個書架。

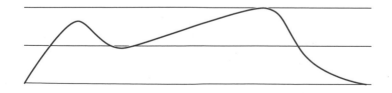

西班牙語發音

母音

雙母音

子音

三重母音

語音知識

書寫規則、詞性和文法

最常用的分類單字

最常用的日常會話

▶ 兩個用 y 連接的列舉成分構成一個語調群。在動詞前的語調群以升調結尾。如：

Ana y Ema son amigas. 安娜和艾瑪是朋友。

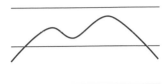

2　疑問句的語調

▶ 使用疑問詞的問句，疑問詞放在句首，並且重讀。語調在句首上升到最高，然後逐漸下降，直到收尾。如：

¿Qué hay en la mesa? 桌子上有什麼？

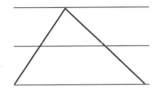

疑問詞有 quién（誰）、quiénes（誰〔複數〕）、qué（什麼），dónde（哪裡），adónde（往哪裡），cómo（怎麼樣），cuánto（多少），cuándo（什麼時候），cuál（哪個），cuáles（哪些），por qué（為什麼）等等。

▶ 不使用疑問詞的問句，句首語調稍高，句中語調略低，最後以升調收尾。如：

¿Hay muchos libros en la estantería? 書架上有很多書嗎？

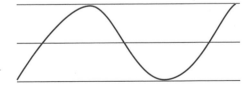

八、語調群

較長的句子，不能一口氣說完或者讀完，須在句子中間做適當的停頓。

處於兩次停頓之間的片語構成語調群。語調群是語言中語調的基本單位。語調群在語義上必須具有相對完整性，如 Pedro, Manolo y yo / estudiamos chino en la universidad.

8 個音節以內的短句只有 1 個語調群，如 Este libro es mío. 。

8 個以上至 15 個左右音節的句子可以分為 2 個語調群，在兩者之間要有適當停頓，並提升語調，如 Lucía y yo / somos viejos amigos.

15 個音節以上的句子可分為 3 個甚至更多的語調群，語調群之間要有適當停頓，並提升語調，如 El número de nuestra habitación / es el 1863 / y está en el piso 18. 。

九、連讀

西班牙語中有連讀的現象。在說話和朗讀時，前一個單字的字尾音素和後一個單字的字首音素緊密銜接。連音有三種情況：母音－母音、子音－母音，以及子音－子音。

▶ 母音－母音連讀：Ella es mi amiga. 她是我的朋友。

▶ 子音－母音連讀：Él es mi padre. 他是我的父親。

▶ 子音－子音連讀：Ellas son españolas. 她們是西班牙人。

在子音－子音連讀中，兩個相同的子音合而為一。

2

文法課
書寫規則、詞性和文法

Unit 01 基礎書寫規則

文法是指任一自然語言中單字、片語、句子等單位背後的結構和組織規律。從廣義上來說，文法包括語音、詞彙、句法、語義等語言的各個層面；從狹義上來說，文法一般指詞性和句法。所以本章主要針對西班牙語的詞性和句法進行講解。本章第一節介紹西班牙語的書寫規則；第二節介紹西班牙語的各種詞類，時態和語態會融入動詞小節進行講解；第三節講解西班牙語的句子成分和句子類型。

西班牙語的書寫規則主要包括正確使用字母、大小寫、標點符號、重音符號以及行尾單字的斷字換行等一系列規則。本節中，講解基本的書寫規則，包括大小寫規則、問號和感嘆號的書寫規則與換行規則。

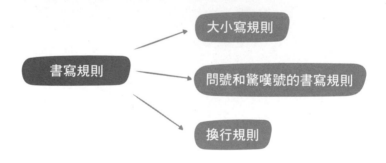

一、大小寫規則

西班牙語使用拉丁字母拼寫。其中，句首單字的第一個字母必須大寫。如：

— **¿Es él argentino?** 他是阿根廷人嗎？
— **No, es chileno.** 不，他是智利人。

另外，專有名詞也必須大寫。如 España（西班牙）、Juan（胡安）等。西班牙語中表示國籍和語言、月份、星期的詞不用大寫。如 chino（中國人，中文）、agosto（八月）、lunes（週一）等。

二、問號和驚嘆號的書寫規則

西班牙語的疑問句和感嘆句首尾都有問號和驚嘆號；句首的問號、驚嘆號必須倒寫。

¿Quién es él? 他是誰？
¡Dios mío! 我的上帝啊！

三、換行規則

當一個單字到了行尾沒有寫完而需要拆開、將一部分移到下一行開頭時，需要遵循以下規則。

▶ 單字必須按照音節斷開換行，行尾加上「-」符號。如：

Mis padres están en su habi-
tación. 我父母在他們的房間裡。
Las revistas son muy intere-
santes. 這些雜誌很有趣。

▶ 單音節的單字不能拆開換行。如：

La escuela de Raquel está en el centro de la ciudad. Es
grande. 拉桂兒的學校在市中心。學校很大。
El marido de Pilar es español. Se
llama Roger. 碧拉兒的丈夫是西班牙人。他叫羅傑。

西班牙語發音

母音

雙母音

子音

三重母音

語音知識

書寫規則、詞性和文法

最常用的分類單字

最常用的日常會話

Unit
02 基礎詞性

　　詞是構成文法結構的基本單位。詞性又叫詞類，是根據詞在句子中的文法功能和作用劃分出的類別。根據在句子中的作用，西班牙語的單字可以分為九大詞性，即名詞、動詞、形容詞、代名詞、冠詞、副詞、連接詞、介系詞、感嘆詞。根據詞是否具有實際意義，又可以把詞分為實詞和虛詞，所以名詞、動詞、形容詞和副詞是實詞，代名詞、冠詞、介系詞、連接詞和感嘆詞是虛詞。另外，從字尾是否有變化的角度來看，還可以分為有字尾變化（學術上稱為屈折變化）和沒有字尾變化的詞性。名詞、動詞、形容詞、代名詞、冠詞屬於前者，會隨著指稱、表達的實際內容而發生形態上的變化。副詞、連接詞、介系詞、感嘆詞屬於後者，也就是在任何情況都不會改變形態。

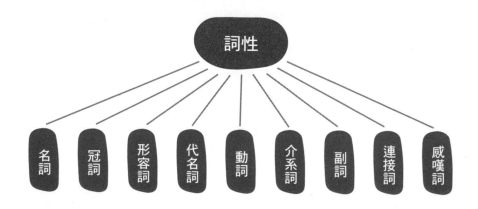

一、名詞

　　針對名詞，本書從名詞的分類、名詞的性、名詞的數以及名詞在句子中的角色等方面進行講解。

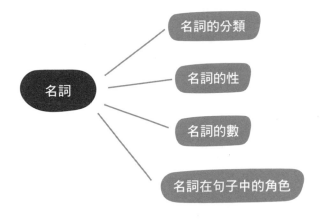

西班牙語發音

母音

雙母音

子音

三重母音

語音知識

書寫規則、詞性和文法

最常用的分類單字

最常用的日常會話

1 名詞的分類

　　名詞可以指具體的人、事、物、時間、地點，也可以指抽象的概念。根據所指示的對象，名詞可以分為具體名詞和抽象名詞。具體名詞是表示具體的人或事物的名詞，如 niño（小孩）、mesa（桌子）、España（西班牙）等；抽象名詞不表示具體的人或事物，而是抽象的性質特徵或現象，如 debilidad（虛弱）、movimiento（運動）、conjunto（整體）等。

　　具體名詞又可以分為普通名詞和專有名詞。普通名詞用來指稱某一類人、某一類事物、某種物質或抽象概念。專有名詞用來指稱個別的人、團體、地方、機構或事物。

2 名詞的性

　　西班牙語的名詞有陰陽性的區分。一般來說，以 o、e、aje 結尾的名詞多為陽性，以 a、d、ción 結尾的名詞多為陰性（特殊情況除外）。還有少數名詞的陰陽性同形，既可以是陽性也可以是陰性，隨實際指稱對象的性別而定。陰陽性同形的名詞，稱為「共性名詞」。名詞常見字尾與性見下表。

性	字尾	例
陽性	o e aje	ajo（蒜） estante（架子） garaje（車庫）
陰性	a d ción sión	ala（翅膀） ciudad（城市） habitación（房間） convulsión（痙攣）
陰陽性同形	ista	periodista（記者） turista（遊客）

對於有性別差異的對象，名詞陽性形式指男性（雄性），陰性形式指女性（雌性）。名詞從陽性變成陰性時，遵循以下規則。

▶ 以 o 結尾的名詞變成陰性時，把 o 變成 a，如下：

chino 中國男人 ─ **china** 中國女人

chileno 智利男人 ─ **chilena** 智利女人

cubano 古巴男人 ─ **cubana** 古巴女人

▶ 以其他母音、子音結尾的名詞沒有性的變化，可以指稱陽性或陰性。這時，名詞的陰陽性顯現在修飾名詞的冠詞或形容詞上。如：

el atleta 男運動員 ─ **la atleta** 女運動員

el conserje 男管理員 ─ **la conserje** 女管理員

el militar 男軍人 ─ **la militar** 女軍人

el cónsul 男領事 ─ **la cónsul** 女領事

el portavoz 男發言人 ─ **la portavoz** 女發言人

▶ 以 ante 或 ente 結尾的名詞，大部分是陰陽性同形，可以指稱男性或女性。但是，仍然有一部分要把 e 變成 a，如下：

el dependiente 男售貨員 ─ **la dependienta** 女售貨員

el presidente 男主席 ─ **la presidenta** 女主席

▶ 以 n 或 s 結尾，且重音在最後一個音節的名詞，以及以 or 結尾的名詞變成陰性時，在字尾加 a，如下：

guardián 男看守人 ─ **guardiana** 女看守人
bailarín 男舞者 ─ **bailarina** 女舞者
marqués 侯爵 ─ **marquesa** 侯爵夫人
dios 男神 ─ **diosa** 女神
escritor 男作家 ─ **escritora** 女作家
profesor 男教師 ─ **profesora** 女教師

3 名詞的數

西班牙語的名詞有數的區別。指單一人或事物時，用單數形；指兩個以上的人或事物時，用複數形。名詞變成複數時，遵循以下規則。

▶ 以母音結尾的名詞，字尾加 s，如下：

chino ─ **chinos** 中國人
chileno ─ **chilenos** 智利人

▶ 以子音結尾的名詞，字尾加 es，如下：

señor ─ **señores** 先生
vegetal ─ **vegetales** 蔬菜

但外來語通常加 s，如下：

cómic ─ **cómics** 漫畫
zigzag ─ **zigzags** 之字形

▶ 大多數以 s 結尾的單字沒有單複數的變化，如下：

lunes ─ **lunes** 星期一
gafas ─ **gafas** 眼鏡

▶ 名詞變成複數後，要保持原本的發音及重音位置，所以拼字或重音標記可能產生變化，如下：

lápiz ─ **lápices** 鉛筆
habitación ─ **habitaciones** 房間

joven — jóvenes 年輕人

只有少數名詞在變成複數後會改變重音位置，如下：

régimen — regímenes 制度
carácter — caracteres 漢字
espécimen — especímenes 標本

4　名詞在句子中的角色

名詞在句子裡可以是主詞、表語、受詞，也可以是各類補語。

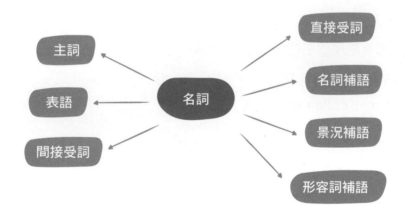

（1）主詞

Juan es alto. 胡安很高。

（2）表語

Luisa es estudiante. 路易莎是學生。

（3）直接受詞

Estudiamos español. 我們學習西班牙語。

西班牙語發音

母音

雙母音

子音

三重母音

語音知識

書寫規則、詞性和文法

最常用的分類單字

最常用的日常會話

（4） 間接受詞

Voy a comprar un regalo para mi madre. 我會買個禮物給我的媽媽。

（5） 名詞補語(同位語)

Beijing, capital de China, es muy grande. 北京，中國的首都，很大。

（6） 景況補語

名詞當景況補語，有不加介系詞與加介系詞兩種情況。

1〉不加介系詞

根據意義，名詞可以在句子中充當不同類型的景況補語，如時間、數量、程度等。

Voy a verlo esta tarde. 我今天下午會去看望他。
Anduve tres meses a pie. 我走了 3 個月。
Lo pasamos fenómeno. 我們玩得很痛快。

2〉加介系詞

名詞前面加介系詞時，名詞是介系詞的補語，並且和介系詞一起作為景況補語。

Viaja en tren. 他乘火車旅行。

（7） 形容詞補語

名詞接在介系詞後，一起構成形容詞的補語，如下：

Es ágil en la escalada. 他攀登敏捷。

二、冠詞

冠詞本身沒有意義，它放在名詞之前，表示名詞的性、數，並且顯示名

詞是特定對象或泛指一般對象、是整體還是部分。西班牙語的冠詞有定冠詞和不定冠詞兩類。

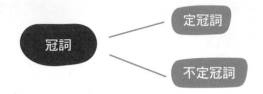

1 定冠詞

西班牙語的定冠詞如下表。

定冠詞

陽性		陰性		中性
單數	複數	單數	複數	
el	los	la	las	lo

表示所指名詞為已知訊息，是定冠詞最基本的功能之一。定冠詞用在名詞前，並與名詞保持性、數的一致。定冠詞不帶重音，與名詞連讀，構成一個語音單位。

Aquél es el dormitorio de mi hermano. 那是我兄弟的臥室。
En la casa hay una sala, una cocina y dos dormitorios.
房子裡有一個客廳、一個廚房和兩間臥室。

2 不定冠詞

西班牙語的不定冠詞如下表。

不定冠詞

陽性單數	陰性單數
un	una

不定冠詞通常用在不指特定對象、或者初次提到的名詞前面，並與名詞保持性、數的一致。不定冠詞不帶重音，與名詞連讀，構成一個語音單位。

Un anciano tocó a la puerta. 一位老人敲了門。

En el jardín hay una silla. 花園裡有一把椅子。

註：有的語法學派認為不定冠詞也有複數形式，即 unos 和 unas，表示「一些」。但本書不採納這種說法，而把 unos 和 unas 歸為形容詞。

三、形容詞

形容詞用來修飾名詞或限定名詞的範圍。西班牙語的形容詞也有性、數的變化。另外，還有級的變化。本書中關於形容詞的講解包括形容詞的性、形容詞的數、形容詞的級、形容詞的分類、形容詞的位置、形容詞在句子中的角色。

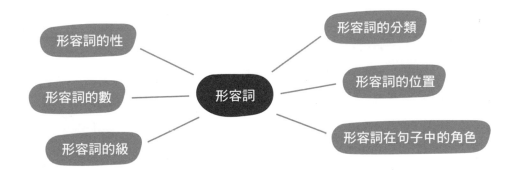

| 1 | 形容詞的性 |

西班牙語的形容詞有陰陽性的區分。作為名詞的修飾語，形容詞必須和名詞保持性的一致。形容詞性的變化遵循以下規則。

▶ 以 o 結尾的形容詞修飾陽性名詞時，字尾不變；修飾陰性名詞時，把 o 變成 a，如下：

un coche nuevo 一輛新車

un jardín bonito 一個漂亮的花園

una casa nueva 一棟新房子

una muchacha bonita 一個漂亮的女孩

▶ 以其他母音或以子音結尾的形容詞沒有字尾的變化，如下：

un jardín grande 一個大花園

una casa grande 一棟大房子

un vestido rosa 一件玫瑰色連衣裙

una chaqueta rosa 一件玫瑰色的外套

un examen fácil 一次容易的考試

una lección fácil 簡單的一課

但以 ete、ote 結尾的形容詞修飾陰性名詞時，把 e 變成 a，如下：

un niño regordete 一個胖胖的小男孩

una niña regordeta 一個胖胖的小女孩

un jardín grandote 一個大花園

una casa grandota 一棟大房子

▶ 以 án、ón、or 結尾的形容詞修飾陽性名詞時，字尾不變；修飾陰性名詞時，在字尾加 a，如下：

un hombre haragán 一個懶散的男人

una mujer haragana 一個懶散的女人

un hombre fanfarrón 一個吹噓的男人

una mujer fanfarrona 一個吹噓的女人

un obrero trabajador 一個勤勞的男工人

una obrera trabajadora 一個勤勞的女工人

▶ 以子音結尾，表示國籍、來源地的形容詞修飾陽性名詞時，字尾不變；修飾陰性名詞時，在字尾加 a；以 í 結尾表示國籍、來源地的形容詞，沒有陰陽性的變化。如下：

un profesor español 一位西班牙男老師

una profesora española 一位西班牙女老師

un profesor alemán 一位德國男老師

una profesora alemana 一位德國女老師

un profesor francés 一位法國男老師

una profesora francesa 一位法國女老師

un profesor catarí 一位卡達男老師

una profesora catarí 一位卡達女老師

2　形容詞的數

作為名詞的修飾語，形容詞也必須與名詞保持數的一致。形容詞變複數要遵循以下規則。

▶ 以非重音母音結尾的形容詞，在字尾加 s，如下：

un jardín pequeño 一個小花園

unos jardines pequeños 一些小花園

una chica alta 一個高個子女孩

unas chicas altas 一些高個子女孩

▶ 以子音結尾，或以重音母音結尾的形容詞，在字尾加 es，如下：

un texto difícil 一篇有難度的課文

unos textos difíciles 幾篇有難度的課文

un obrero trabajador 一位勤勞的工人

unos obreros trabajadores 一些勤勞的工人

un comerciante israelí 一位以色列商人

unos comerciantes israelíes 一些以色列商人

▶ 形容詞變複數後，原來的重音位置不變，所以重音標記可能產生變化，如下：

inglés — ingleses 英國的

joven — jóvenes 年輕的

3 形容詞的級

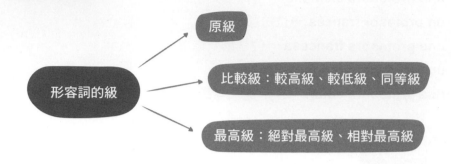

人或事物所具有的性質或特徵，在程度上可高可低，因此表示這些性質或特徵的形容詞就有了級的劃分。西班牙語形容詞有原級、比較級和最高級。其中，比較級有較高級、較低級和同等級三種形式。最高級又分為絕對最高級和相對最高級。

（1）原級

原級只是說明名詞具有的某種性質或特徵，不涉及程度的高低，也不與其他對象進行對比。如：un cuento divertido（一個有趣的故事）。

（2）比較級

某種性質或特徵在程度上的高低，往往是透過比較而得知的。形容詞的比較級是把不同的人或事物進行對比，說明他（它）們某種性質或特徵在程度上相同或者有差異。所以，比較級可分為較高級、較低級和同等級。

1〉較高級

較高級（或稱「優等比較」）的結構為：más + 形容詞 + que/de，如下：

Enrique es más alto que yo. 恩力奎比我高。

Es más inteligente de lo que parece. 他比（外表）看起來聰明。

2〉較低級

較低級（或稱「劣等比較」）的結構為：menos + 形容詞 + que/de，如下：

Pedro es menos listo que su hermano. 佩德羅沒他的兄弟聰明。
Esta novela es menos larga de lo que imaginaba.
這本小說沒我想像的那麼長。

  註：這裡需要闡釋一下在比較的對象之前使用 que 和 de 的區別。當兩個不同的對象之間進行比較時，使用 que；當比較對象是同一個，僅僅比較其在某方面的不同程度時，使用 de。

3〉同等級

同等級（或稱「同等比較」）的結構為：tan + 形容詞 + como，如下：

Josefa es tan baja como su padre. 荷塞法和她爸爸一樣矮。
Estos coches son tan caros como aquellos. 這些車和那些一樣貴。

  從以上例句可以看出，形容詞的性、數需要和主詞保持一致。

4〉特殊形式的比較級

有些形容詞有特殊的較高級形式。如：

bueno 好 — **mejor** 更好 **malo** 壞 — **peor** 更壞
mucho 多 — **más** 更多 **poco** 少 — **menos** 更少
Juan es mejor que tú. 胡安比你好。
Verónica es peor que Marta. 薇若尼卡比瑪爾塔更壞。
Tengo más libros que tú. 我有的書比你多。
Tienes menos hermanas que yo. 你的姐妹比我的少。

  除此之外，有兩個單字的較高級形式有兩種說法：

grande 大 — **mayor / más grande** 更大
pequeño 小 — **menor / más pequeño** 更小

  如果指年齡的大小，一般用 mayor 或 menor；如果指體積、規模、

西班牙語發音
母音
雙母音
子音
三重母音
語音知識
書寫規則、詞性和文法
最常用的分類單字
最常用的日常會話

面積的大小，用 más grande 或 más pequeño。如：

Felipe es mayor que yo. 費利佩比我年長。

Felipe es más grande que yo. 費利佩比我個子高大。

Margarita y Julia son menores que tú.
瑪格麗塔和胡莉亞年紀比你小。

Margarita y Julia son más pequeñas que tú.
瑪格麗塔和胡莉亞的個頭比你小。

　　從以上例句可以看出，mejor、peor、más、menos、mayor 和 menor 沒有性的變化。mejor、peor、mayor 和 menor 有數的變化。

（3） 最高級

　　人或者事物某方面的性質或特徵可以達到最高程度，這就是形容詞的絕對最高級，是同一事物性質或特徵的程度加深的寫照，可以看作是一種縱向比較。如果人或者事物在某方面的性質或特徵是在一個範圍內，相對於其他參考的人或事物，是程度最高的，這就是形容詞的相對最高級，和比較級一樣，用於不同的人和事物的比較，屬於橫向比較。

1〉絕對最高級

　　絕對最高級表示「非常」、「極其」的意思，表達非常強烈的感情色彩。構成形容詞絕對最高級有兩種方法：一是在形容詞前加副詞 muy（很，非常），二是在形容詞後面接上字尾 -ísimo，如下：

Esto es un problema muy grave. 這是一個非常嚴重的問題。

Esto es un problema gravísimo. 這是一個極其嚴重的問題。

Ella es una mujer muy guapa. 她是一個很漂亮的女人。

Ella es una mujer guapísima. 她是一個極其漂亮的女人。

　　從以上例句可以看出，-ísimo 有性、數的變化。（problema 是陽性）

　　有些形容詞的絕對最高級是不規則的，如下：

amable—amabilísimo 和藹可親的 　**amigo—amicísimo** 友好的
ardiente—ardentísimo 熱心的 　**cruel—crudelísimo** 殘酷的
fiel—fidelísimo 忠實的 　**frío—frigidísimo/friísimo** 冷的
fuerte—fortísimo 強壯的 　**noble—nobilísimo** 崇高的
nuevo—novísimo 新的 　**valiente—valentísimo** 勇敢的
célebre—celebérrimo 著名的 　**íntegro—integérrimo** 正直的
libre—libérrimo 自由的 　**mísero—misérrimo** 不幸的
pobre—paupérrimo 貧困的 　**pulcro—pulquérrimo** 乾淨的
malo—pésimo 壞的
bueno—bonísimo/buenísimo/óptimo 好的

2〉相對最高級

　　形容詞的相對最高級表達「最…」的意思。相對最高級的結構為「定冠詞＋形容詞比較級（＋ de/entre/en ＋比較的範圍或對象）」。比較範圍或對象明確的情況下，可以省略，如下：

Pablo es el mejor alumno（**de su clase**）.
帕布羅是（他班上）最好的學生。
Juana es la menos aplicada（**entre sus hermanos**）.
胡安娜是（她兄弟姊妹中）最不用功的人。
Adolfo es la persona más importante（**en toda la comarca**）.
阿道夫是（全區）最重要的人物。

4 形容詞的分類

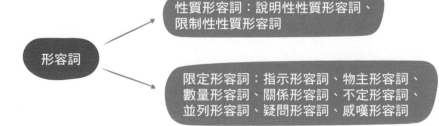

西班牙語發音
母音
雙母音
子音
三重母音
語音知識
書寫規則、詞性和文法
最常用的分類單字
最常用的日常會話

（1） 性質形容詞

性質形容詞用來描述名詞的屬性和特徵。屬性是一類客體所共有的，而特徵一般是個體所擁有的。按照性質形容詞表示的是屬性還是特徵，可以分為說明性和限制性兩類。前者起說明作用，後者起限制作用。如：

la blanca nieve 白雪（說明性性質形容詞）
la camisa blanca 白色的襯衫（限制性性質形容詞）

上面的兩個例子中，同一個形容詞 blanco（白色的），在第一個例子中，說明 nieve（雪）本身固有的一種屬性，起解釋說明的作用，是說明性性質形容詞。如果去掉形容詞 blanco，不會影響人們對名詞 nieve 的理解。

在第二個例子中，blanco 所表明的不是襯衫的普遍屬性，因為不是所有襯衫都是白色的。這時候，這個形容詞描寫的是個體的特徵，將它和同類中的其他成員（即其他襯衫）相區別，起限定作用，是限制性性質形容詞。

（2） 限定形容詞

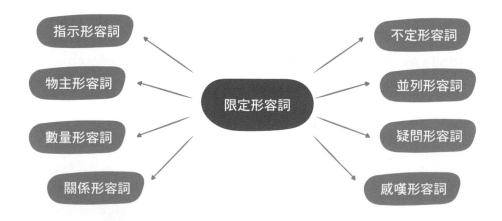

1〉指示形容詞

指示形容詞用來標明談及的事物與對話者雙方的相對位置。西班牙語中共有三組指示形容詞，見下表。

指示形容詞

組別 ＼ 數 / 性	單數		複數	
	陽性	陰性	陽性	陰性
第一組	este	esta	estos	estas
第二組	ese	esa	esos	esas
第三組	aquel	aquella	aquellos	aquellas

其中，第一組（這、這些）指與說話者較近的人或物；第二組（那、那些）指與聽話者較近的人或物；第三組（那、那些）指與對話雙方都較遠的人或物。指示形容詞位於所修飾的名詞之前，與名詞保持性、數一致；指示形容詞前不再添加冠詞。如下：

¿Quién es esta muchacha? 這位女孩是誰？

Aquel señor rubio es mi padre. 那位金黃色頭髮的先生是我的父親。

註：ese 在修飾人的時候，有輕蔑、不敬的口吻。這時候，通常用定冠詞來替代。例如較少使用 ese señor，而用 el señor 來替代。

2〉物主形容詞

物主形容詞表示所屬關係。西班牙語中有兩種物主形容詞：非重讀物主形容詞、重讀物主形容詞。

a. 非重讀物主形容詞

非重讀物主形容詞不重讀，也被稱為「前置物主形容詞」或「短尾物主形容詞」，具體見下表。

非重讀物主形容詞

	單數	複數
第一人稱	**mi, mis** 我的	**nuestro, nuestra; nuestros, nuestras** 我們的
第二人稱	**tu, tus** 你的	**vuestro, vuestra; vuestros, vuestras** 你們的
第三人稱	**su, sus** 他的，她的，您的	**su, sus** 他們的，她們的，您們的

這類物主形容詞放在修飾的名詞前面，並與之保持數的一致。第一人稱和第二人稱的複數形式，除了與名詞保持數的一致外，還要保持性的一致。如下：

mi amigo 我的朋友

mis amigos 我的朋友們

tu compañero 你的同事

tus compañeros 你的同事們

su dormitorio 他（她，您，他們，她們，您們）的臥室

sus padres 他（她，您，他們，她們，您們）的父母

nuestra habitación 我們的房間

nuestros libros 我們的書

vuestro jefe 你們的老闆

vuestras oficinas 你們的辦公室

注意：置於名詞前的物主形容詞，性與數的變化取決於所修飾的名詞，與所有者無關。如下：

su dormitorio 他（她，您，他們，她們，您們）的臥室

nuestra oficina 我們的辦公室

b. 重讀物主形容詞

重讀物主形容詞會重讀，也被稱為「後置物主形容詞」或「長尾物主形容詞」，具體見下表。

重讀物主形容詞

	單數	複數
第一人稱	**mío, mía,** **míos, mías** 我的	**nuestro, nuestra;** **nuestros, nuestras** 我們的
第二人稱	**tuyo, tuya** **tuyos, tuyas** 你的	**vuestro, vuestra;** **vuestros, vuestras** 你們的
第三人稱	**suyo, suya** **suyos, suyas** 他的，她的，您的	**suyo, suya** **suyos, suyas** 他們的，她們的，您們的

這類物主形容詞放在修飾的名詞後面，並與之保持性、數的一致。
具體用法如下所示。

▶ 與帶冠詞的名詞連用，如下：

un amigo mío 我的一個朋友

unas amigas mías 我的幾個女性朋友

el primo tuyo 你的那個表兄弟

los primos tuyos 你的那些表兄弟

la escuela suya 他（她，您，他們，她們，您們）的學校

las hermanas suyas 他（她，您，他們，她們，您們）的姐妹們

la fábrica nuestra 我們的工廠

los grupos nuestros 我們的團體

el compañero vuestro 你們的那個同學

los compañeros vuestros 你們的那些同學

▶ 當成名詞與謂語之後的表語，如下：

Este libro es tuyo. 這本書是你的。

Estas revistas son vuestras. 這些雜誌是你們的。

▶ 在感嘆句和稱呼語中，與不帶冠詞的名詞連用，如下：

¡Madre mía! El examen es muy difícil. 我的媽呀！這次考試好難。

¡Dios mío! El piso es muy caro. 我的上帝啊！這套公寓好貴。

¡Amigo mío! ¡Cuánto tiempo sin verte! 我的朋友！好久不見！

3〉數量形容詞

數量形容詞包括基數、集合數、序數、倍數和分數。

a. 基數

　　基數 0 ～ 1 000 000 見下表。

基數

西班牙語	數字	西班牙語	數字
cero	0	veinticuatro	24
uno/un/una	1	veinticinco	25
dos	2	veintiséis	26
tres	3	veintisiete	27
cuatro	4	veintiocho	28
cinco	5	veintinueve	29
seis	6	treinta	30
siete	7	treinta y uno / treinta y un / treinta y una	31
ocho	8	treinta y dos	32
nueve	9	treinta y tres	33
diez	10	cuarenta	40
once	11	cincuenta	50
doce	12	sesenta	60
trece	13	setenta	70
catorce	14	ochenta	80
quince	15	noventa	90
dieciséis	16	cien(to)	100
diecisiete	17	doscientos, tas	200
dieciocho	18	trescientos, tas	300
diecinueve	19	cuatrocientos, tas	400
veinte	20	quinientos, tas	500
veintiuno/veintiún/veintiuna	21	seiscientos, tas	600
veintidós	22	setecientos, tas	700
veintitrés	23	ochocientos, tas	800

西班牙語發音

母音

雙母音

子音

三重母音

語音知識

書寫規則、詞性和文法

最常用的分類單字

最常用的日常會話

西班牙語	數字	西班牙語	數字
novecientos, tas	900	billón	1 000 000 000 000
mil	1 000	trillón	1 000 000 000 000 000 000
millón	1 000 000		

使用基數詞時，要注意以下幾點。

▶ treinta 至 noventa 這幾個十位數，在數字為整十（即個位為零）的時候才重讀；當數字的個位不為零時，不重讀。doscientos 至 novecientos 這幾個百位數，在數字為整百（即十位和個位均為零）的時候才重讀；當數字的十位數或個位數不為零時，不重讀。mil（千）、millón（百萬）、billón（在西班牙表示兆，在美國表示十億）、trillón（在西班牙表示百京，即百萬個兆，在美國表示兆）需要重讀，但它們前面的數位不重讀。

▶ 基數詞通常位於名詞前面，如下：

dos mesas 兩張桌子
veinticuatro alumnos 24 名學生

▶ 基數詞可以單獨當成代名詞使用，如下：

—**¿Cuántos alumnos hay en tu clase?** 你班上有多少人？
—**Treinta y dos.** 32 人。
Uno de estos libros es de Luis. 這些書裡面有一本是路易士的。

▶ 基數詞也可以和定冠詞連用，這時候的「冠詞＋基數詞」有代名詞的功能，如下：

Marisa es profesora, y Elia también. Las dos trabajan en la misma universidad. 瑪麗莎是老師，艾麗亞也是。她們倆在同一所大學工作。

▶ cien 100 及以上的數詞舉例如下。

cien 100
ciento treinta y ocho 138
doscientos once 211

quinientos cinco 505

setecientos setenta 770

mil 1 000

cinco mil seiscientos noventa y ocho 5 698

dos mil diecinueve 2 019

mil trescientos ocho 1 308

tres mil ochocientos noventa 3 890

cuatro mil cinco 4 005

ocho mil novecientos 8 900

diez mil 10 000

cien mil 100 000

un millón 1 000 000

diez millones 10 000 000

cien millones 100 000 000

▶ 有些數詞後面接名詞時，要注意形式，如下：

un vaso 一個杯子

una silla 一把椅子

veintiún ordenadores 21 台電腦

veintiuna niñas 21 個小女孩

treinta y un días 31 天

treinta y una revistas 31 本雜誌

un millón de habitantes 100 萬居民

cuatro billones de dólares 4 兆美元（西班牙）或 40 億美元（美國）

　　註：

　　● uno（1）以及以 uno 結尾的數量形容詞修飾陽性名詞時，變成 un；修飾陰性名詞時，變成 una。uno（1）放在 mil（千）前面時有兩種情況。第一，不管名詞是陽性還是陰性，都用 un。這是傳統的用法，也是最普遍的用法。第二，如修飾陰性名詞，用 una，這是最近出現的用法。

　　● veintún（21）上有重音符號。

　　● ciento（百）在名詞前省略字尾 to。

128

● doscientos（200）至 novecientos（900）有性的變化。在陰性名詞前時，字尾 -tos 變成 -tas。但在 millón 之前時不改變字尾。

● millón（百萬）的複數形式為 millones，與名詞連用時，需加介系詞 de。

b. 集合數

集合數是表示一定數目的單數名詞。常用的集合數詞見下表。

集合數

西班牙語	集合數	西班牙語	集合數
decena	十	cincuentena	五十
docena	十二（一打）	centena/centenar	一百
quincena	十五	milar	一千
veintena	二十		

集合數詞和後面的名詞中間需加介系詞 de。如 una decena de campesinos（10 個農民）、media docena de huevos（半打雞蛋），la primera quincena del mes（上半月）、una veintena de obreros（20 個工人）、una cincuentena de personas（50 個人）、una centena de mesas（100 張桌子）、un centenar de ovejas（100 隻綿羊）。

集合數詞當主詞時，動詞變位可以和集合數詞一致（使用單數），也可以和集合數詞引導的複數名詞一致，如下：

Una veintena de bomberos acudió/acudieron para apagar el fuego.
大約二十個消防員趕去滅火了。

另外，ciento（百）和 mil（千）的複數形式也常當作集合數詞使用。如 cientos de alumnos（幾百個學生）、muchos miles de soldados（成千上萬的士兵）。

c. 序數

第一至第一百萬的序數詞見下表。

序數

西班牙語	序數	西班牙語	序數
primero	第一	trigésimo	第三十
segundo	第二	cuadragésimo	第四十
tercero	第三	quincuagésimo	第五十
cuarto	第四	sexagésimo	第六十
quinto	第五	septuagésimo	第七十
sexto	第六	octogésimo	第八十
séptimo	第七	nonagésimo	第九十
octavo	第八	centésimo	第一百
noveno	第九	ducentésimo	第二百
décimo	第十	tricentésimo	第三百
undécimo/ decimoprimero	第十一	cuadringentésimo	第四百
duodécimo/ decimosegundo	第十二	quingentésimo	第五百
decimotercero	第十三	sexcentésimo	第六百
decimocuarto	第十四	septingentésimo	第七百
decimoquinto	第十五	octingentésimo	第八百
…	…	noningentésimo	第九百
vigésimo	第二十	milésimo	第一千
vigesimoprimero	第二十一	millonésimo	第一百萬

▶ 序數詞放在名詞前面，有性、數的變化，序數詞前要加定冠詞，如下：

los primeros llegados 第一批到達的人

la segunda clase 第二節課

▶ primero 和 tercero 在修飾陽性單數名詞時，要去掉詞尾的 o，如下：

el primer ministro 首相

el tercer puesto 第三名

▶ 第十一以上的序數詞使用頻率很低。其中只有 centésimo, milésimo 稍微多見一些。如：por milésima vez（上千次）。

▶ 西班牙語經常用基數表示順序，結構是「定冠詞 + 名詞 + 基數」，如下：

el piso diecisiete 第十七層

la fila quince 第十五列

el día treinta（日期）三十號

el año dos mil veinte 2020 年

El siglo XXI 21 世紀

Alfonso XIII 阿方索十三世

Ella es el número uno. 她是第一名。

d. 倍數

兩倍至一百倍的說法如下表。

常見倍數詞

西班牙語	數字	西班牙語	數字
doble/duplo	2 倍	séptuple/séptuplo	7 倍
triple/triplo	3 倍	óctuple/óctuplo	8 倍
cuádruple/cuádruplo	4 倍	nónuple/nónuplo	9 倍
quíntuple/quíntuplo	5 倍	décuplo	10 倍
séxtuple/séxtuplo	6 倍	céntuplo	100 倍

西班牙語發音

母音

雙母音

子音

三重母音

語音知識

書寫規則、詞性和文法

最常用的分類單字

最常用的日常會話

倍數詞可以單獨使用，也可以放在名詞前。除了使用倍數詞，也可以用其他方法表示倍數。如下：

Veinte es el quíntuple de cuatro. 20 是 4 的 5 倍。

La población del mundo era cuádruple de la de Europa.
世界人口曾是歐洲人口的 4 倍。

Tengo triple número de años que él. 我的年齡是他的 3 倍。

La producción de acero aumentó en tres veces en comparación con el año 2000. 與 2000 年相比，鋼的產量增加了 3 倍。

La producción petrolera actual es cinco veces la de 1998.
現在的石油產量是 1998 年的 5 倍。

La población de la ciudad se ha duplicado.
這個城市的人口已經翻倍了（變成 2 倍）。

e. 分數

分數的表示方法有好幾種。

▶ 以基數和序數合成

這裡的序數當成名詞，代表分母，而基數代表分子，例如 un tercio（三分之一，注意：不是 tercero）、un cuarto（四分之一）、dos tercios（三分之二）、cuatro novenos（九分之四）；un cuarto de gallina（四分之一隻雞）、un tercio de los alumnos（三分之一的學生）。

▶ 以序數 + parte 合成

這裡的序數當成形容詞，與名詞 parte 的性、數一致，從三分之一開始可用此種表達方式，如 tercera parte（三分之一），quinta parte（五分之一），dos quintas partes（五分之二）。

▶ 二分之一的表示方法

二分之一用 un medio 或 la mitad 來表示。

medio 是形容詞，與名詞連用，並與名詞的性一致，表示「一半」，如 media hora（半小時）、media botella de vino（半瓶酒）。

mitad 是名詞，表示「一半」。如：

La mitad de las mesas están vacías. 一半的桌子空著。

▶ 百分數

百分數用陽性冠詞 + 數字 + por ciento 表示。當百分數是確切數字時，使用定冠詞 el；當百分數是大約數字時，使用不定冠詞 un，如下：

El noventa y dos por ciento de los alumnos han llegado a tiempo.
92% 的學生準時到達了。

Un treinta y cuatro por ciento de los profesores no vinieron a la escuela. 大約 34% 的老師沒來學校。

4〉關係形容詞

西班牙語的關係形容詞主要有 cuyo（他的、她的、它的、他們的、她們的、它們的），用於修飾性的從屬子句中，不和先行詞的數一致，而是和從屬子句中相關的名詞保持性、數一致，這個名詞和從屬子句的先行詞有所屬關係。例如：

Es necesario ayudar a los alumnos cuyos padres están en paro.
必須幫助那些父母失業了的學生。

5〉不定形容詞

不定形容詞所指示的對象或多或少有些模糊。西班牙語的不定形容詞主要有 alguno（某個〔人、物〕）、ninguno（沒有一個）、cierto（某個）、cualquiera（任何一個）、bastante（足夠的、相當多的）、demasiado（過度的、過量的）、harto（極大的、過多的）、todo（所有、一切）、mucho（許多）、poco（很少）、otro（另一個）、demás（其餘的），semejante（如此的）、tal（如此的）、vario（幾個、若干）等。下面我們介紹幾個有特殊用法的不定形容詞。

▶ alguno, ninguno

alguno 和 ninguno 在陽性單數名詞前面，會去掉字尾的母音 o，並且在去掉字尾後的最後一個音節加重音符號，變成 algún 和 ningún，例如 algún libro（某本書）、ningún documento（沒有一份文件）。修飾非陽性單數名詞時，則沒有去掉字尾的問題，例如 algunos alumnos（一些學生）、algunas revistas（一些雜誌）、ninguna mujer（沒有一位女士）。

▶ **cierto**

　　cierto 放在名詞前，才是不定形容詞，意思為「某個」，如 cierto día（某天）、cierta noticia（某條消息）。當 cierto 放在名詞後，就不是不定形容詞了，意思為「真實的」，例如 una noticia cierta（一條真實的消息）。

▶ **cualquiera**

　　cualquiera 在名詞前去掉字尾，例如 cualquier alumno（任何一個學生）、cualquier palabra（任何一個詞語）。它的複數形式也很特別，在中間加 es，而不是在字尾加 s，即 cualesquiera，例如 cualesquiera sucesos（任何事件）、cualesquiera maneras（任何方式）。置於名詞後面時，無須去掉字尾，如 un día cualquiera（任何一天）。

6〉並列形容詞

　　並列形容詞指示同類對象中的每一個或者若干個。西班牙語的並列形容詞主要有 ambos（兩個）、sendos（各自的）、cada（每個，無性數變化）等。如 Ambos salieon.（兩個人都出去了）、ambas partes（雙方）、Sacaron sendas tarjetas.（他們拿出了各自的卡片）、cada día（每天）。

7〉疑問形容詞

　　疑問形容詞對名詞所指的對象進行提問，常用的有 qué（哪個、哪些）、cuánto（多少）等。qué 沒有性數變化，cuánto 有性數變化。如下：

¿Qué hora es? 現在幾點？
¿Cuántas veces te limpias los dientes diariamente?
你每天刷幾次牙？

8〉感嘆形容詞

　　感嘆形容詞對名詞所表示的對象表達感慨，常用的有 qué（多麼）、cuánto（多麼）等。qué 沒有性數變化，cuánto 有性數變化，例如：

¡Qué frío hace! 真冷啊！

¡Cuántas estrellas! 好多星星啊！

5 形容詞的位置

　　形容詞在句子中可以位於所修飾的名詞前，也可以位於名詞後面，但形容詞相對於名詞的位置並非是隨意的。有些形容詞在名詞前面或後面的意思是截然不同的，例如：

cierta noticia 某條消息　　　　**noticia cierta** 真實消息

pobre mujer 可憐的女人　　　　**mujer pobre** 窮女人

simple empleado 普通員工　　　**empleado simple** 頭腦簡單的員工

（1）性質形容詞的位置

　　如前所述，性質形容詞可分為有解釋、說明作用的「說明性性質形容詞」，以及有限制作用的「限制性性質形容詞」。前者一般放在名詞前面，後者常常放在名詞後面。例如：

La blanca nieve cubre la montaña. 白雪覆蓋了山坡。

Vivo en el edificio blanco. 我住在那棟白色大樓裡面。

　　如果把作為解釋用的形容詞放在名詞後面，通常會用逗號將形容詞與名詞隔開，例如：

Las ovejas, mansas, comen en el prado. 溫順的綿羊在草地上吃草。

（2）限定形容詞的位置

　　限定形容詞包括指示形容詞、非重讀物主形容詞、數量形容詞、不定形容詞、關係形容詞、並列形容詞、疑問形容詞、感嘆形容詞等。這些形容詞基本上位於名詞之前。例如：

este trabajo 這份工作（指示形容詞）

mi casa 我的家（非重讀物主形容詞）

dos amigos 兩個朋友（數量形容詞──基數）

el tercer puesto 第三名（數量形容詞──序數）

cualquier momento 任何時刻（不定形容詞）

Te presentaré a un conocido cuyas aficiones son iguales que las tuyas. 我給你介紹一位熟人，他的愛好和你的一樣。（關係形容詞）

cada día 每天（並列形容詞）

¿Qué películas te gustan? 你喜歡哪些電影？（疑問形容詞）

¡Cuántas horas trabajas! 你工作了這麼多個小時！（感嘆形容詞）

不過，重讀物主形容詞和表示順序的基數，則是放在名詞後面。另外，序數也可以放在名詞後面。例如：

madre mía 我的媽呀（重讀物主形容詞）

El siglo XXI 21 世紀（表示順序的基數詞）

el piso cuarto 第四層（序數詞）

（3） 形容詞縮減字尾的現象

有些形容詞在名詞之前，會縮減字尾的一個母音字母，或者一個音節。下表列舉一些常見的形容詞縮減形式：

形容詞	縮減條件	縮減形式	例子
bueno	位於陽性單數名詞前	buen	buen profesor
malo	位於陽性單數名詞前	mal	mal tiempo
primero	位於陽性單數名詞前	primer	primer mes
tercero	位於陽性單數名詞前	tercer	tercer punto
uno	位於陽性單數名詞前	un	un coche
alguno	位於陽性單數名詞前	algún	algún libro
ninguno	位於陽性單數名詞前	ningún	ningún amigo
cualquiera	位於單數名詞前	cualquier	cualquier camino cualquier ciudad

形容詞	縮減條件	縮減形式	例子
grande	位於單數名詞前	gran	gran éxito, gran figura
ciento	位於名詞及 mil 前	cien	cien alumnos, cien pesetas, cien mil
veintiuno	位於陽性名詞及 mil 前	veintiún	veintiún platos, veintiún mil aviones
Santo	位於陽性專有名詞前（Domingo, Tomás, Tomé, Toribio 等除外）	San	San Juan, San Pedro

6　形容詞在句子中的角色

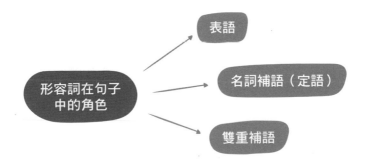

形容詞在句子中扮演的角色有表語、名詞補語和雙重補語。

（1）表語

形容詞可以在句子中作為表語，也就是表達主詞的屬性，例如：

El profesor es bondadoso. 老師和藹善良。

（2）名詞補語（定語）

形容詞可以在句子中作為名詞補語，修飾名詞，例如：

Las relaciones dioplomáticas entre los dos países son buenas.
這兩個國家的外交關係很好。

（3）雙重補語

　　形容詞可以在句子中作為雙重補語，同時修飾主詞和動詞，兼具形容詞和副詞的功能，例如：

Juana y Luisa vuelven a casa contentas.
胡安娜和路易莎高高興興地回家。

四、代名詞

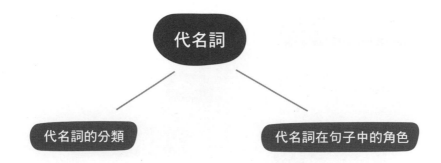

　　西班牙語特別忌諱用詞重複。為避免用詞重複，並保持語句間的關聯，常常使用各種代名詞。代名詞用來代替名詞。某些代名詞有人稱、性、數、格的變化。

1 代名詞的分類

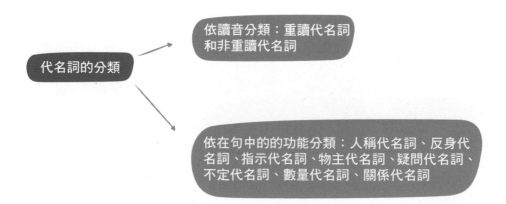

西班牙語發音

母音

雙母音

子音

三重母音

語音知識

書寫規則、詞性和文法

最常用的分類單字

最常用的日常會話

（1） 依讀音分類

從語音上看，代名詞有重讀和非重讀兩種情況。非重讀代名詞不能獨立使用，需要依附在別的詞之前或之後，例如：

Voy a hacerlo. / Lo voy a hacer. 我要做這件事。

（2） 依在句中的的功能分類

1〉人稱代名詞

西班牙語的人稱代名詞有性、數、格的變化。有三種人稱：第一人稱指說話者，第二人稱指聽話者，第三人稱指談到的人或事物。每個人稱都有單數和複數之分。有些人稱代名詞有性的區分。此外，人稱代名詞還有格的變化，通常有四個格，分別是主格、直接受格（賓格）、間接受格（與格）、介系詞受格（奪格）。

a. 主格人稱代名詞

主格人稱代名詞，是句子裡的主詞。日常對話涉及三種人稱，各種人稱又有單數和複數的不同形式。具體見下表。

主格人稱代名詞

數　　性 人稱	單數		複數		中性
	陽性	陰性	陽性	陰性	
第一人稱	yo	yo	nosotros	nosotras	
第二人稱	tú	tú	vosotros	vosotras	
第三人稱	él usted	ella usted	ellos ustedes	ellas ustedes	ello

在對話中，如果說話者要表達自己或自己和別人一起做什麼或者怎麼樣，用第一人稱；如果想表達聽話者或聽話者與第三者一起做什麼或者怎麼樣，用第二人稱；如果是表達說話者和聽話者以外的其他人，或

者談到某個事物，用第三人稱。如下：

Yo iré a verte. 我會去看你。

Y nosotros, ¿dónde vivimos? 那麼我們住哪裡呢？

Tú lo dices y yo lo creo. 這是你說的，那我就信。

Vosotros iréis a Beijing. 你們將去北京。

Ella es mi compañera. 她是我的同學。

¿Cómo está usted? 您好嗎？

Ellos no quieren venir. 他們不想來。

註：tú 和 vosotros 是第二人稱的親暱形式。usted 和 ustedes 是第二人稱的禮貌形式，表達對聽話者的尊敬，但動詞變位用第三人稱的形式。在拉美地區，ustedes 已經完全取代了 vosotros(tras)。

當主詞的人稱代名詞經常省略，尤其是第一、第二人稱，因為經過變位的動詞本身已經包含了關於主詞的訊息。如下：

Ya he llegado. 我已經到了。

（ya = 已經，he llegado 是第一人稱單數現在完成式）

No lo hagas. 你別做這件事。

（no hagas 是第二人稱單數否定命令式）

在所指明確的情況下，第三人稱也可以省略，如下：

Esta chica se llama Cecilia. Es mi amiga.

這個女孩叫賽西莉亞。她是我的朋友。

在西班牙語中，當名詞並列時，「yo」要放在最後，以示謙虛禮貌，如下：

Vamos a la ciudad tú y yo. 我們（你和我）一起去那個城市。

b. 直接受格（賓格）人稱代名詞

直接受格人稱代名詞，用在句子裡的直接受詞位置，具體見下表。

直接受格人稱代名詞

人稱 \ 數性	單數		複數		中性
	陽性	陰性	陽性	陰性	
第一人稱	me	me	nos	nos	
第二人稱	te	te	os	os	
第三人稱	lo	la	los	las	lo

西班牙語發音

母音

雙母音

子音

三重母音

語音知識

書寫規則、詞性和文法

最常用的分類單字

最常用的日常會話

使用直接受格人稱代名詞時，要注意以下幾點。

▶ 必須與所指的名詞保持性、數的一致，如下：

¿Dónde está mi libro? ¿Lo ves? 我的書在哪裡？你看見了嗎？

La novela es muy interesante. Quiero volver a leerla.

這本小說很有趣。我想再讀一遍。

▶ 直接受格代名詞要放在已變位的動詞前，並且分開書寫；如果直接受格代名詞是動詞片語的受詞，可以放在已變位的動詞前分開書寫，或者放在原形動詞後面，與原形動詞連寫。如下：

— **¿Hoy aprendéis la lección 8?** 今天你們學第 8 課嗎？

— **Sí, la aprendemos hoy.** 是的，今天我們學第 8 課。

— **¿Vas a comprar este libro?** 你要買這本書嗎？

— **Sí, lo voy a comprar. / voy a comprarlo.** 是的，我要買。

▶ 當直接受詞出現在動詞前面時，需要用直接受格代名詞再次指稱，如下：

Estos ejercicios los tengo que terminar hoy.

今天我必須完成這些練習。

A mi tía la voy a ver ahora. 我現在去見我的阿姨。

c. 間接受格（與格）人稱代名詞

間接受格人稱代名詞，用在句子裡的間接受詞位置，具體見下表。

間接受格人稱代名詞

人稱 　　　　　　　　　　　數	單數	複數
第一人稱	me	nos
第二人稱	te	os
第三人稱	le	les

▶ 間接受格代名詞沒有性的變化，但有數的變化，如下：

El profesor nos hace preguntas y las contestamos.
老師問我們問題，我們回答。

Le voy a comprar un libro a mi marido y me va a regalar un vestido. 我要給我丈夫買本書，而他將送我一件洋裝。

▶ 由於第一、第二人稱的直接、間接受格形式相同，所以要依照上下文判斷是直接還是間接受格，如以下說明：

Mi madre viene a verme y me va a traer mucha comida. 我媽媽要來看我，還要給我帶很多吃的。（第一個 me 是直接受詞，第二個 me 是間接受詞。）

Quiero verte esta noche y te voy a hacer unas preguntas. 今晚我想見你，並且問你幾個問題。（第一個 te 是直接受詞，第二個 te 是間接受詞。）

▶ 由於 le、les 既可指稱 él、ella、ellos、ellas，也可指稱 usted 和 ustedes，因此在所指不明確的情況下，應該明確表示所指的代名詞或名詞，以免產生歧義，如下：

¿Puedo pedirle a usted un favor? 我能請您幫一個忙嗎？
A María le he dicho la verdad. 我已經把實情告訴瑪麗亞了。

▶ 當動詞和直接、間接受格的代名詞同時連用時，直接、間接受格代名詞的位置遵守以下原則：間接受格代名詞在前，直接受格代名詞在後，兩者都放在已變位的動詞前，並且和動詞分寫；或者同時放在原形動詞後，兩

者和動詞一起連寫，並且在原形動詞原本的最後一個音節加上重音符號。如下：

Quiero leer este libro. ¿Cuándo me lo puedes traer? / ¿Cuándo puedes traérmelo? 我想看這本書。你什麼時候可以帶來給我？

▶ 當第三人稱間接受格代名詞（le、les）和第三人稱直接受格代名詞（lo、los、la、las）同時出現時，間接受格代名詞會變成 se。如下：

Estos son los libros de tu profesor. ¿Puedes llevárselos?
這些是你老師的書。你能帶去給他嗎？
Si usted necesita el diccionario, se lo presto.
如果您需要這本字典，我借給您。

d. 介系詞受格（奪格）人稱代名詞

介系詞受格用在介系詞後面，具體見下表。

介系詞受格人稱代名詞

數 人稱	單數	複數	中性
第一人稱	mí, conmigo	nosotros, nosotras	
第二人稱	ti, contigo	vosotros, vosotras	
第三人稱	él, ella, usted, sí, consigo	ellos, ellas, ustedes, sí, consigo	ello

▶ 與介系詞連用，放在介系詞後面，如下：

A mí me gusta ver la película. 我喜歡看電影。
No puedo vivir sin ellos. 沒有他們，我活不下去。

▶ 但在 entre、según 等少數介系詞後面，代名詞使用主格，如下：

Levantamos la mesa entre tú y yo. 我們倆一起把這張桌子抬起來。
Según yo, es hora de abrir la puerta. 據我看，是開門的時候了。

▶ 介系詞 hasta 表示「甚至」時，詞性轉為副詞，後面的代名詞是主

格，如下：

Hasta tú me engañas. 連你也欺騙我。

Hasta yo no lo sabía. 連我也不知道這件事。

▶ 介系詞 con 與單數第一、第二人稱的介系詞受格連用時，形式為 conmigo、contigo，如下：

— **¿Quieres ir al cine conmigo?** 你想和我一起去看電影嗎？

— **Sí, voy contigo.** 好的，我和你一起去。

▶ 有代動詞表示反身意義時，如果要特別強調所指的人稱，就會加上以 a 等介系詞引導的介系詞受格代名詞。如果是第三人稱的話，介系詞受格會變成 sí。如下：

Me preparé para mí misma un desayuno sencillo.
我給自己做了份簡單的早餐。

Se sirvió un café a sí mismo. 他給自己倒了杯咖啡。

▶ 介系詞 con 和 sí 連用時，變成 consigo。例如：No lleva dinero consigo. 他身上沒有帶錢。

2〉反身代名詞

反身代名詞的形式見下表。

反身代名詞

人稱 ＼ 數	單數	複數
第一人稱	me	nos
第二人稱	te	os
第三人稱	se	se

▶ 反身代名詞和動詞一起構成「有代動詞」（參見「動詞的分類：有代動詞」）。在西班牙語中，反身代名詞位於變位動詞前，與之分寫；或原形動詞後，與之連寫，如下：

Se levanta a las seis. 他 6 點起床。

Voy a encerrarme en el cuarto. 我要把自己關在房間裡。

▶ 反身代名詞 se 與動詞的第三人稱形式一起構成反身被動句（參見「動詞：動詞的語態」），如下：

Las manzanas se venden a cien yuanes el kilo.
蘋果每公斤（賣）100 元。

▶ 反身代名詞 nos, os, se 和動詞的複數形式構成相互動詞，如下：

Nos queremos. 我們愛著彼此。

¿Os habéis separado? 你們分開了嗎？

Se ayudan mutuamente. 他們之間互幫互助。

3〉指示代名詞

指示代名詞和指示形容詞一樣，用來表明談及的事物與對話雙方的相對位置。西班牙語中共有三組指示代名詞，見下表。

指示代名詞

數 性 組別	單數		複數		中性
	陽性	陰性	陽性	陰性	
第一組	este	esta	estos	estas	esto
第二組	ese	esa	esos	esas	eso
第三組	aquel	aquella	aquellos	aquellas	aquello

其中，第一組（這、這些）指與說話者較近的人或物；第二組（那、那些）指與聽話者較近的人或物；第三組（那、那些）指與對話雙方都較遠的人或物。指示代名詞與所指的名詞保持性、數一致。如下：

Esta habitación es de mi hermana. Esa, de mis padres, aquella, de mi abuela.
這間房間是我姐姐的。那間，是我父母的；那邊那間，是我奶奶的。

中性指示代名詞沒有陰陽性、單複數的變化，如下：

—**¿Qué es esto?** 這是什麼？

—**Esto es un nudo chino.** 這是個中國結。

4〉物主代名詞

物主代名詞是在重讀物主形容詞前面加上定冠詞，具體見下表。

物主代名詞

數 人稱	單數	複數
第一人稱	**el mío, la mía, los míos, las mías, lo mío** 我的	**el nuestro, la nuestra, los nuestros, las nuestras, lo nuestro** 我們的
第二人稱	**el tuyo, la tuya, los tuyos, las tuyas, lo tuyo** 你的	**el vuestro, la vuestra, los vuestros, las vuestras, lo vuestro** 你們的
第三人稱	**el suyo, la suya, los suyos, las suyas, lo suyo** 他的，她的，您的	**el suyo, la suya, los suyos, las suyas, lo suyo** 他們的，她們的，您們的

物主代名詞代表所屬的人事物，與指稱的名詞保持性、數一致，如下：

Mi padre es médico. Y el tuyo, ¿en qué trabaja?

我的爸爸是醫生。那你爸爸在哪一行工作呢？

Mi universidad es pequeña. ¿Y la vuestra, cómo es?

我的大學很小。那你們的（大學）怎麼樣呢？

5〉疑問代名詞

西班牙語的疑問代名詞有 qué, quién (quiénes), cuál (cuáles) 等。如果疑問代名詞問及的對象在陳述句中帶有介系詞，提問時應該將介系詞放在疑問代名詞之前。

a. qué

qué 表示「什麼」，在疑問句中代替名詞，它可以是主詞、受詞、

表語或補語，沒有性、數的變化，如下：

¿Qué es lo que dices? 你說的是什麼？（當主詞）

¿Qué quieres? 你想要什麼？（當直接受詞）

¿Qué eres tú? 你是做什麼的？（當表語）

¿En qué piensas? 你在想什麼？（當補語）

「qué + 名詞」表示「什麼…」、「哪些…」的意思（但不是指「一群、一組中的哪個或哪些」），如下：

¿Qué libro quieres leer? 你想要讀什麼書？

¿Qué canciones prefieres? 你喜歡哪些歌曲？

b. quién (quiénes)

quién (quiénes) 表示「誰」，在疑問句中代替表示人的名詞，它可以是主詞、受詞、補語等，有單複數的區分，如下：

¿Quién está ahí? 誰在那裡？（當主詞）

¿Quiénes son estos señores? 這幾位先生是誰？（當表語）

當受詞的時候，quién (quiénes) 前面要加介系詞 a，如下：

¿A quién vas a ver? 你要去見誰？（當直接受詞）

¿A quién vas a decir eso? 你要把這件事告訴誰？（當間接受詞）

¿De quién hablas? 你在說誰？（當補語）

c. cuál (cuáles)

cuál (cuáles) 表示「（一群、一組中的）哪個、哪些」，也就是某個範圍內的「哪個，哪些」，有單複數的區分。它後面不能直接加名詞，但可以加介系詞 de 再加名詞。如下：

¿Cuál es tu libro? 哪本是你的書？

¿Cuáles de los libros quieres comprar? 你想買這些書裡的哪幾本？

¿En cuál de los edificios vives? 你住在這些大樓裡的哪棟？

¿Con cuáles de ellos quieres hablar? 你想和他們之中的哪些人說話？

6〉不定代名詞

　　不定代名詞表示不確指的人或物，它並不明確代替哪個詞。不定代名詞有 alguien（有人、某人）、nadie（無人）、quienquiera（無論誰）、algo（某物、某事）、nada（無物）。

　　有些不定代名詞和不定形容詞拼字相同，它們是 alguno（某人、某物）、ninguno（沒有一個）、cualquiera（任何一個）、mucho（許多）、poco（很少）、varios（幾個、若干）、todo（所有、一切）、otro（另一個）、demás（其他）、uno（某個人或東西）。

a. alguien

　　alguien 的意思是「有人，某人」，沒有性、數變化。例如：

Alguien me lo ha dicho, pero no sé quién.
這件事是有人告訴我的，但我不知道是誰。

　　有時候可以加上指示形容詞，例如：

Alguien lo sabe, pero ese alguien no está aquí.
有人知道這件事，但是那個人不在這裡。

　　有時候含有「重要人物」之意，例如：

Se cree alguien. 他自以為是重要人物。

b. nadie

　　nadie 的意思是「無人」，沒有性、數變化。可以放在謂語動詞前或後，但要在謂語動詞前面有否定副詞 no 時，才會放在謂語動詞後面。例如：

Nadie me ha oído. / No me ha oído nadie. 誰也沒有聽見我。

　　在有些句子裡，nadie 沒有否定的意思，例如：

Me repugna hablar de este asunto con nadie.
我討厭跟別人談起這件事。

　　有時用作名詞，意為「小人物」，例如：

Su padre es un nadie. 他的父親是個小人物。

c. quienquiera

quienquiera 的意思是「無論誰」，有複數形式 quienesquiera，但複數形式用得很少。

Quienquiera que sea vendrá. 不管是誰都會來的。

d. algo

algo 的意思是「某物、某事」，沒有性、數變化，例如：

Tenemos algo que decir. 我們有些話要說。
¿Quieres comer algo? 你想吃點東西嗎？
Falta algo para cinco metros. 離 5 公尺還差一點。

有時含有「重要」或「重要人物」之意，例如：

Ese se cree que es algo. 那傢伙自以為是了不起的人物。

e. nada

nada 的意思是「什麼也沒有」，沒有性、數變化。可以放在謂語動詞前或後，但要在謂語動詞前面有否定副詞 no 時，才會放在謂語動詞後面。例如：

Nada pasa. / No pasa nada. 什麼也沒有發生。

f. alguno

alguno 的意思是「某人，某物」，有性、數變化。指人時，和 alguien 意思相同。但如果要表示「一些人」，或者要表示性別，或者表示整體中的一部分時，就不能用 alguien，只能用 alguno。另外，alguno 還可以指物。例如：

Dale el paquete a alguno/alguien que vaya para allá.
把包裹交給要去那裡的人。
Algunos no lo creen. 有些人不相信這件事。
Que venga alguna que sepa español. 讓一個會西班牙語的女性過來。

西班牙語發音

母音

雙母音

子音

三重母音

語音知識

書寫規則、詞性和文法

最常用的分類單字

最常用的日常會話

Algunos de vosotros han suspendido en el examen.

你們中有些人考試沒過。

¿Has leído algunas de estas obras? 這些作品你讀了幾部？

g. ninguno

ninguno 的意思是「沒有一個」，有性的變化，沒有數的變化。可以指人，也可以指物。可以放在謂語動詞前或後，但要在謂語動詞前面有否定副詞 no 時，才會放在謂語動詞後面。例如：

Ninguno ha venido. / No ha venido ninguno. 沒有人來過。

Ninguna de las casas que has visto es mía.

你看過的這幾棟房子，沒有一棟是我的。

h. cualquiera

cualquiera 的意思是「任意一個」，可以單獨使用，也常與「介系詞 de + 名詞」合用，表明可供選擇的範圍。例如：

Esto lo sabe cualquiera. 這件事誰都知道。

Puedes usar cualquiera de ellas. 你可以用其中的任何一個。

i. mucho

mucho 的意思是「許多」，有性、數變化。例如：

Muchos de nosotros no estamos conformes.

我們之中有許多人不同意。

Me queda mucho por hacer. 我有許多事情要做。

j. poco

poco 的意思是「很少」，有性、數變化。例如：

Pocos de vosotros son profesores. 你們當中很少的人是老師。

He comprado peras, pero me quedan pocas.

我買了梨，但現在我只剩下幾個了。

k. varios

varios 的意思是「幾個、若干」。例如：

Varios piensan que es verdad. 好幾個人認為這是真的。
Preguntó a varias de sus amigas. 她問了好幾個女性朋友。

l. todo

todo 的意思是「所有、一切」，可以用單數形式，作為中性代名詞使用；也可以有複數形式，這時候它有性的變化。當中性代名詞時，如果在句子中當直接受詞，需要用中性直接受格代名詞 lo 再次指稱。例如：

Todo está listo. 一切都準備好了。
Te lo he dicho todo. 我全都告訴你了。
Todos saben que soy español. 大家都知道我是西班牙人。
Todas son mujeres de treinta años. 全都是30 歲的婦人。

m. otro

otro 的意思是「另一個」，有性、數變化。例如：

Que lo haga otro. 讓另外一個人來做這件事吧。
Los otros no vendrán. 其他人不會來。
Las otras dicen que no. 其他幾個女人説不。

n. demás

demás 的意思是「其他」，常見的形式有 lo demás 和 los demás。例如：

Estaban Antonio y demás. 當時安東尼奧和其他人在。
No me importa lo demás. 我不在乎其他事。
Los demás son mis amigos. 其他人是我的朋友。

o. uno

uno 的意思是「某個人或東西」，有性、數變化，有以下四種用法。

▶ 泛指，意為「某個人，某些人」，例如：

Ha venido uno que dice que es tu hijo.
來了一個人，他說是你的兒子。

Unos que están ahí nos dicen que no pasemos.
在那裡的幾個人叫我們不要過去。

▶ 泛指，用在排比並列句中，例如：

Una canta, otra baila. 一個女人唱歌，另一個女人跳舞。

也可以和冠詞連用，例如：

Los unos dicen que sí y los otros que no.
一些人說是，其他人說不。

▶ 表示「一個」，例如：

Ella tiene dos hermanas y yo, una. 她有兩個姐妹，我有一個。
Uno de sus primos trabaja en esta empresa.
他的一個表哥在這家公司上班。

▶ 指說話者自己，例如：

Uno (Una) no sabe qué decir. 我不知道該說什麼。

即使說話者是女性，也可以用 uno，例如：

No te extrañe verme asustada: uno se impresiona con esas cosas.
看到我害怕，你別見怪，因為這些事情使我的情緒波動。

7〉數量代名詞

　　數量代名詞包括表示不定數量的不定代名詞，以及表示具體數量的數詞。

▶ 表示不定數量的不定代名詞，例如：

mucho（多），**poco**（少），**todo**（所有、一切），**vario**（幾個、若干）。

▶ 表示具體數量的數詞，例如：

Han venido dos. 來了兩個人。（基數）
El primero que llega es Luis. 第一個到的人是路易士。（序數）
Aquí cabe el doble de gente que ahí.
比起那裡，這裡能容納雙倍的人。（倍數）

8) 關係代名詞

　　西班牙語中常用的關係代名詞有 que, quien 和 cual。在從屬子句中用來連接從屬子句和主要子句，並且在從屬子句中充當句子裡的某種角色。

a. que

▶ 關係代名詞 que 用於修飾性從屬子句，應用廣泛，可以指人，也可以指物，沒有性、數變化。例如：

El hombre que canta es mi hermano. 那個唱歌的男人是我的兄弟。
Ha venido alguien que no conozco. 來了一個我不認識的人。
El libro que te he prestado es de mi padre.
我借給你的那本書是我爸爸的。
Darán un premio al que llegue antes.
他們會送一個獎品給提早到的人。
La casa en que vivo está detrás del jardín. 我住的房子在花園後面。

b. quien

　　關係代名詞 quien 用於修飾性從屬子句，總是指人，有複數形式 quienes，但很少使用。

▶ 有先行詞，且 quien 在從屬子句為主詞的情況，只會出現在解釋性的修飾子句中（參見「主從複合句：形容詞子句」）。例如：

Voy a ver a mi amigo, quien está enfermo.
我要去看我朋友，他生病了。

▶ quien 可以在從屬子句中作為各種補語。例如：

Ha llegado la señora, de quien hablábamos.

那位女士到了，就是我們談論的那位。

Mario es el compañero con quien estudié español.

馬里奧是那位和我一起學習西班牙語的同事。

Ella es la señora para quien yo trabajo.

她就是我替她工作的那位夫人。

▶ quien 可以沒有先行詞，這時候 quien 具備了包括先行詞和關係代名詞的意義，在從屬子句裡只能當主詞或直接受詞。例如：

A quien madruga, Dios le ayuda.

天道酬勤（神幫助早起的人）。（在從屬子句中當主詞）

No digas esas cosas a quien no conozcas.

你別把那些事情說給你不認識的人。（在從屬子句中當直接受詞）

▶ 一般情況下，quien 可以和 el que, la que 互換。例如：

Quien (El que) no trabaja no come. 不勞動者不得食。

c. cual

▶ 關係代名詞 cual 用於修飾性從屬子句時，必須有先行詞，並且需要和定冠詞連用，定冠詞的性、數與先行詞保持一致。可以指人，也可以指物。例如：

Busco a mi hermano, el cual tiene consigo la llave de la casa.

我在找我哥哥，他拿著家裡的鑰匙。

Entraron en un gran salón, en medio del cual había una escultura.

他們走進了大廳，中間有一座雕像。

Mi marido ha dejado de fumar, lo cual me hace muy feliz.

我丈夫戒菸了，這讓我感到很開心。

▶ 當關係代名詞前面有介系詞時，cual 比 que, quien 常用。例如：

Estaba allí su madre, a la cual (a la que, a quien) hacía mucho que

no había visto. 他母親在那裡，他已經好久沒有見到她了。

▶ 在不帶介系詞的情況下，cual 不能用在修飾性從屬子句中（參見「主從複合句：形容詞子句」）。例如：

El traje el cual llevas puesto es negro.（×）
El traje que llevas puesto es negro. 你穿的那套西裝是黑色的。

2　代名詞在句子中的角色

代名詞的文法功能和它所代替的詞有關，它替代的詞有什麼功能，它通常就有什麼功能。具體來說，代名詞在句子中可以當主詞、表語、直接受詞、間接受詞、名詞補語，或者在前面加上介系詞，當景況補語、形容詞補語等。例如：

Yo soy así. 我就是這樣。（當主詞）
Comprar y vender es lo tuyo. 買賣是你的事情。（當表語）
Nos esperan. 他們正在等我們。（當直接受詞）
Le presento a un amigo mío.
我給您介紹我的一個朋友。（當間接受詞）
Esta es la casa de ellos. 這是他們的家。（當名詞補語）
La miro con mucha atención. 我認真地看著她。（當景況補語）
Es amable con todos. 他對大家都很客氣。（當形容詞補語）

五、動詞

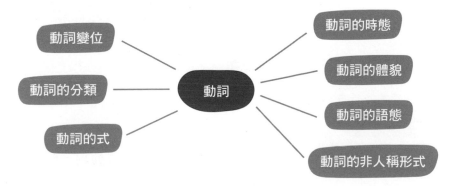

動詞是西班牙語中最重要的詞類之一，是句子的核心。句子的其他成分，如直接受詞、間接受詞和各種景況補語，都圍繞動詞而連接起來。動詞是西班牙語中變化最複雜的詞類。

1 動詞變位

動詞變位是指動詞為了表達不同的式、時態、體、人稱和數而改變動詞字尾的形式。一般情況下，在每一個時態中，動詞都有六個人稱（第一人稱單複數、第二人稱單複數、第三人稱單複數）的變化。動詞必須與主詞保持人稱和數的一致。

動詞變位分為規則和不規則兩種情況。規則動詞遵循動詞變位的規律，按照各個時態的變位法則變化詞尾。不規則動詞不遵循各時態的變位法則，需要逐一記憶。

依照原形動詞的字尾，西班牙語的動詞可以分為三組：以 -ar 結尾的稱為第一變位動詞，-er 結尾的稱為第二變位動詞，-ir 結尾的稱為第三變位動詞。

2 動詞的分類

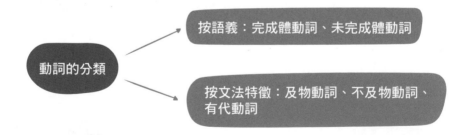

動詞可以按照語義和文法特徵分類。

（1）按語義分類

根據語義，可以把動詞分為未完成體動詞和完成體動詞。前者指行為

或現象未完結，可以無限持續，如 vivir（生活）、estudiar（學習）、existir（存在）、dormir（睡覺）、trabajar（工作）、pasear（散步）、tener（擁有）、querer（愛）等等；後者指行為或現象不可持續、發生後立刻或者一下子就結束，如 saltar（跳）、nacer（出生）、entrar（進入）、caer（掉下）、morir（死亡）、salir（出去）等等。

（2）按文法特徵分類

從動詞的文法特徵來看，可以分為及物動詞和不及物動詞。另外，還有一種「有代動詞」。

1〉及物動詞和不及物動詞

依照動詞能否接直接受詞，可以區分為及物動詞和不及物動詞。能接直接受詞的動詞是及物動詞，不能接直接受詞的是不及物動詞。例如：

Los alumnos leen revistas en el aula. 學生們在教室裡看雜誌。

句中的 revistas（雜誌）是動詞 leen（讀）的直接受詞，所以 leen 是及物動詞。（aula 是陰性，但因為開頭是有重音的 a 音，所以單數定冠詞改用 el）

Vivo en Beijing. 我住在北京。

句中的動詞 vivo 不接受詞，是不及物動詞。

及物動詞和不及物動詞的概念是相對的，只能從具體語境來判斷，例如：

El profesor explica la palabra. 老師說明那個單字。

句中的 la palabra（單字）是動詞 explica 的直接受詞，explica 是及物動詞。

El profesor explica muy mal. 老師說明得很不好。

句中的 explica 不接受詞，是不及物動詞。

2〉有代動詞

句中的名詞如果是動作的執行者，通常會是主詞；如果是動作的承受者，則會是受詞（直接受詞或間接受詞）。不過，有時候名詞可能同時是動作的執行者和承受者。簡單來說，就是一個人或事物同時扮演主詞和受詞的角色。這時候，在西班牙語會以「有代動詞」的形式表達，也就是依照人稱使用相應的反身代名詞。例如：

Me levanto a las seis todos los días. 我每天 6 點起床。

句中的 me levanto 是「有代動詞」的呈現形式，可以把其中的 levanto 理解為「我抬起來」、把 me 理解為「把我」，所以 me levanto 可以說是「我把自己抬起來」，引申為「起床」的意思。「我」同時是主詞和直接受詞。

Después de levantarse, se viste, se asea y desayuna.
他起床後，穿衣、洗漱、吃早餐。

句中的 me visto 和 me aseo 表示「他讓自己穿好衣服」、「他對自己洗漱」。「他」同時是主詞和直接受詞。

上述例子都是一個人同時充當主詞和直接受詞的情況，也就是主詞和直接受詞重疊，這種情況可以稱為「直接反身」。下面我們來看一個人同時充當主詞和間接受詞的情況，這時候主詞和間接受詞重疊，可以稱為「間接反身」。

Voy a cepillarme los dientes y lavarme las manos. 我去刷牙、洗手。

句中的 cepillarme 和 lavarme 表示「我對自己刷」、「我對自己洗」，但直接被「刷」、「洗」的對象（直接受詞）其實是 los dientes（牙齒）和 las manos（手），「我」則是同時充當主詞和間接受詞。（mano 是陰性名詞）

註：反身代名詞 se 位於變位動詞前，並且和動詞分寫；或者位於原形動詞後，並且和動詞連寫。

西班牙語發音

母音

雙母音

子音

三重母音

語音知識

書寫規則、詞性和文法

最常用的分類單字

最常用的日常會話

3　動詞的式

陳述式　　　　　　　　　命令式

動詞的式

虛擬式　　　　　　　　　條件式

　　動詞的式用來表示說話者對所說內容的主觀態度。西班牙語的動詞有四個式：陳述式、虛擬式、命令式和條件式。

（1）　陳述式

陳述式說明過去發生、正在發生或將要發生的客觀事實。例如：

Sabía（yo）que habían llegado. 我知道他們已經到了。（過去發生）
La puerta está cerrada. 門現在是關著的。（正在發生）
No asistiré mañana a la reunión. 明天我不會出席會議。（將要發生）

（2）　虛擬式

　　如前所述，陳述式表示客觀事實，不帶主觀色彩，也就是說，我們說的、想的、相信的都是客觀的真實存在。與此相反，虛擬式則表示人的主觀意志或判斷等，具有不確定性或非現實性等特點。所以，虛擬式很少在獨立句中單獨使用，一般用在複合句的從屬子句中，而主要子句的動詞通常表示願望、情感、懷疑、否定、擔憂、祈使、命令、可能、需要等。虛擬式的所有時態都是相對時態，包括現在時、現在完成時、過去未完成時、過去完成時、將來未完成時和將來完成時（最後兩種時態幾乎不用）。例如：

Temo que la puerta esté cerrada. 我擔心門是關著的。
（虛擬式現在時）

Es posible que se haya marchado. 可能他已經出發了。

（虛擬式現在完成時）

Cuando me llamabas dudaba que estuvieras leyendo.

你打電話給我的時候，我猜你沒有在看書。（虛擬式過去未完成時）

No sabía que hubieran llegado. 我當時不知道他們已經到了。

（虛擬式過去完成時）

（3）命令式

命令式表示命令或請求，例如：

Cierra la puerta. （你）關門。

Asista a la reunión. 請您出席會議吧。

（4）條件式

條件式經常用來表示在某種假定條件下發生的結果，因而得名。但這不是它的唯一用法（參見「動詞的時態：簡單條件式」和「動詞的時態：複合條件式」）。條件式有兩種時態：簡單時態（簡單條件式）和複合時態（複合條件式）。例如：

Me dijo que vendría. 他跟我說他會來。

Al entrar en el aula, no vio a nadie. Todos habrían ido al campo de deportes. 進教室時他沒看見一個人。可能所有人都去了操場。

西班牙語發音

母音

雙母音

子音

三重母音

語音知識

書寫規則、詞性和文法

最常用的分類單字

最常用的日常會話

4　動詞的時態

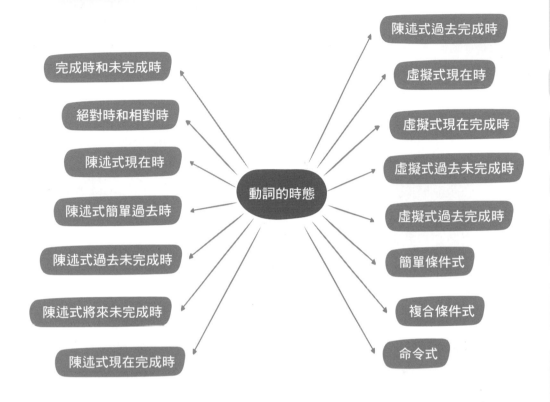

西班牙語中的時態，可以依照表示的行為是未完成的還是完成的，分為完成時和未完成時。也可以按照動作是否以說話時間為參照點，分為絕對時和相對時。常見的時態有陳述式現在時、陳述式簡單過去時、陳述式過去未完成時、陳述式將來未完成時、陳述式現在完成時、陳述式過去完成時、陳述式將來完成時、虛擬式現在時、虛擬式現在完成時、虛擬式過去未完成時、虛擬式過去完成時、簡單條件式、複合條件式等。我們將一一介紹這些時態的變位和用法。另外，關於命令式的變位和用法，我們也會在這一節進行講解。

（1）　完成時和未完成時

動詞所表示的行動狀態不僅受到動詞本身意義的影響（參見「動詞的分類：按語義分類」），而且還受到動詞時的限制。表示未完成行動的時稱為

161

未完成時，表示完成行動的時稱為完成時。用未完成時，說話者關心的是行動的進行和持續，而不關心它的起點和終點；用完成時，說話者要表明的是已經結束的行動，強調時間的界限。所有複合時態和陳述式簡單過去時都是完成時；除陳述式簡單過去時外，其他簡單時態都是未完成時。

（2） 絕對時和相對時

絕對時是以我們說話的時間為標準，它所表示的時間很明確：與說話時間同時發生的行動就是現在的行動，在說話時間以前發生的行動就是過去的行動，在說話時間以後發生的行動就是將來的行動。絕對時包括陳述式現在時、陳述式簡單過去時、陳述式現在完成時、陳述式將來未完成時和命令式。相對時是以我們說話時間以外的另一時間來衡量，它所表示的時間是不明確的，必須靠另外的動詞或時間副詞來說明。除絕對時的五個時態以外，其他時態都是相對時。

（3） 陳述式現在時

1〉變位

a. 規則動詞變位

陳述式現在時的規則動詞變位，是把動詞原形的字尾（-ar, -er, -ir）去掉，並且加上各人稱的字尾，具體見下表。

陳述式現在時規則動詞變位

詞尾 人稱	-ar		-er		-ir	
	單數	複數	單數	複數	單數	複數
第一人稱	-o	-amos	-o	-emos	-o	-imos
第二人稱	-as	-áis	-es	-éis	-es	-ís
第三人稱	-a	-an	-e	-en	-e	-en

動詞 人稱	trabajar（工作）		comer（吃）		vivir（住）	
	單數	複數	單數	複數	單數	複數
第一人稱	trabajo	trabajamos	como	comemos	vivo	vivimos
第二人稱	trabajas	trabajáis	comes	coméis	vives	vivís
第三人稱	trabaja	trabajan	come	comen	vive	viven

b. 不規則動詞變位

陳述式現在時的不規則動詞變位，有很多種情況，大致可以分為以下七種類型。

▶ 分裂型

這類動詞在變位時，有些人稱的字根母音會從一個分裂成兩個。

● e 分裂為 ie

entender（理解）：**entiendo, entiendes, entiende, entendemos, entendéis, entienden**

● i 分裂為 ie

adquirir（獲得）：**adquiero, adquieres, adquiere, adquirimos, adquirís, adquieren**

● o 分裂為 ue

poder（能，可以）：**puedo, puedes, puede, podemos, podéis, pueden**

● u 分裂為 ue

jugar（玩）：**juego, juegas, juega, jugamos, jugáis, juegan**

▶ 變異型

這類動詞在變位時，有些人稱的字根母音從 e 變成 i。

pedir（請求）：**pido, pides, pide, pedimos, pedís, piden**
servir（服務）：**sirvo, sirves, sirve, servimos, servís, sirven**
vestir（穿衣）：**visto, vistes, viste, vestimos, vestís, visten**

註：分裂型和變異型動詞在變位時，第一、第二人稱複數的字根母音不發生分裂或變異。

▶ 第一人稱單數不規則型

這類動詞在變位時，第一人稱單數會發生一些變化，主要有以下三種類型。

● 插入子音 [g]，[ɣ]，[k]，[j]

poner（放）：**pongo, pones, pone, ponemos, ponéis, ponen**（插入 [g]）

salir（出去，離開）：**salgo, sales, sale, salimos, salís, salen**（插入 [ɣ]）

oír（聽見）：**oigo, oyes, oye, oímos, oís, oyen**（注意第一人稱單數字根母音 **o** 分裂為 **oi**）（插入 [ɣ]）

conocer（認識）：**conozco, conoces, conoce, conocemos, conocéis, conocen**（插入 [k]）

conducir（駕駛）：**conduzco, conduces, conduce, conducimos, conducís, conducen**（插入 [k]）

huir（逃跑）：**huyo, huyes, huye, huimos, huís, huyen**（插入[j]）

● 改變子音

hacer（做）：**hago, haces, hace, hacemos, hacéis, hacen**（[θ] 改為 [ɣ]）

● 其他

saber（知道）：**sé, sabes, sabe, sabemos, sabéis, saben**
traer（帶來）：**traigo, traes, trae, traemos, traéis, traen**
ver（看見）：**veo, ves, ve, vemos, veis, ven**
dar（給）：**doy, das, da, damos, dais, dan**

▶ 混合型

這類動詞在變位時，除了第一人稱單數不規則以外，其他人稱還發生分裂或變異。

tener（有）：**tengo, tienes, tiene, tenemos, tenéis, tienen**

venir（來）：**vengo, vienes, viene, venimos, venís, vienen**

decir（説）：**digo, dices, dice, decimos, decís, dicen**

▶ 特別不規則型

這類動詞數量不多，我們這裡列舉常見的幾個。

ser（是）：**soy, eres, es, somos, sois, son**

estar（在）：**estoy, estás, está, estamos, estáis, están**

haber（有〔在某地存在某物〕）：**hay**（只有第三人稱單數變位）

ir（去）：**voy, vas, va, vamos, vais, van**

有的動詞雖然是規則變位，但重音或者書寫方式會發生變化。

▶ 重音發生變化型

enviar（寄）：**envío, envías, envía, enviamos, enviáis, envían**

actuar（行動）：**actúo, actúas, actúa, actuamos, actuáis, actúan**

reunir（聚集）：**reúno, reúnes, reúne, reunimos, reunís, reúnen**

airar（使發怒）：**aíro, aíras, aíra, airamos, airáis, aíran**

aullar（吼）：**aúllo, aúllas, aúlla, aullamos, aulláis, aúllan**

▶ 書寫發生變化型（動詞的正寫法變化）

vencer（戰勝）：**venzo, vences, vence, vencemos, vencéis, vencen**

zurcir（織補）：**zurzo, zurces, zurce, zurcimos, zurcís, zurcen**

coger（拿，取）：**cojo, coges, coge, cogemos, cogéis, cogen**

exigir（要求）：**exijo, exiges, exige, exigimos, exigís, exigen**

extinguir（撲滅）：**extingo, extingues, extingue, extinguimos, extinguís, extinguen**

delinquir（犯罪）：**delinco, delinques, delinque, delinquimos, delinquís, delinquen**

2〉用法

▶ 表示說話時正在進行的動作或發生的事件，例如：

Habla el profesor ahora. 現在老師在講話。

En esta clase estudiamos la lección 9. 這節課我們正在學第 9 課。

▶ 表示以說話的時候為基點，向其前後延伸的一個時段裡慣常的動作或事件，例如：

Estas semanas estamos muy ocupados. 這幾週我們很忙。
Estos días no voy al trabajo. 這幾天我不去上班。

（4） 陳述式簡單過去時

1〉變位

a. 規則動詞變位

陳述式簡單過去時的規則動詞變位，是把動詞原形的字尾去掉，並且加上各人稱的字尾，具體見下表。

陳述式簡單過去時規則動詞變位

詞尾 人稱	-ar		-er/-ir	
	單數	複數	單數	複數
第一人稱	-é	-amos	-í	-imos
第二人稱	-aste	-asteis	-iste	-isteis
第三人稱	-ó	-aron	-ió	-ieron

動詞 人稱	trabajar		comer		vivir	
	單數	複數	單數	複數	單數	複數
第一人稱	trabajé	trabajamos	comí	comimos	viví	vivimos
第二人稱	trabajaste	trabajasteis	comiste	comisteis	viviste	vivisteis
第三人稱	trabajó	trabajaron	comió	comieron	vivió	vivieron

b. 不規則動詞變位

▶ 變化字根＋字尾型

許多不規則動詞的簡單過去式變位，是用經過變化的字根加上字尾 -e,

-iste, -o, -imos, -isteis, -ieron 構成的。

estar（在）：estuve, estuviste, estuvo, estuvimos, estuvisteis, estuvieron

haber（助動詞）：hube, hubiste, hubo, hubimos, hubisteis, hubieron

poder（能，可以）：pude, pudiste, pudo, pudimos, pudisteis, pudieron

poner（放）：puse, pusiste, puso, pusimos, pusisteis, pusieron

querer（想要）：quise, quisiste, quiso, quisimos, quisisteis, quisieron

saber（知道）：supe, supiste, supo, supimos, supisteis, supieron

tener（有）：tuve, tuviste, tuvo, tuvimos, tuvisteis, tuvieron

venir（來）：vine, viniste, vino, vinimos, vinisteis, vinieron

decir（說）：dije, dijiste, dijo, dijimos, dijisteis, dijeron

traer（帶來）：traje, trajiste, trajo, trajimos, trajisteis, trajeron

conducir（駕駛）：conduje, condujiste, condujo, condujimos, condujisteis, condujeron

▶ 第三人稱變位不規則型

這類動詞在變位時，只有第三人稱變位的字根母音發生變化，可以分為以下兩個類型。

● **pedir** 型

字根的母音 e 變成 i。

pedir（請求）：pedí, pediste, pidió, pedimos, pedisteis, pidieron

servir（服務）：serví, serviste, sirvió, servimos, servisteis, sirvieron

vestir（穿衣）：vestí, vestiste, vistió, vestimos, vestisteis, vistieron

sentir（感覺）：sentí, sentiste, sintió, sentimos, sentisteis, sintieron

● **dormir** 型

字根的母音 o 變成 u。

dormir（睡覺）：dormí, dormiste, durmió, dormimos, dormisteis, durmieron

morir（死亡）：**morí, moriste, murió, morimos, moristeis, murieron**

▶ 特別不規則型

ser（是）：**fui, fuiste, fue, fuimos, fuisteis, fueron**
dar（給）：**di, diste, dio, dimos, disteis, dieron**
ver（看見）：**vi, viste, vio, vimos, visteis, vieron**

▶ 書寫發生變化型（動詞的正寫法變化）

sacar（取出）：**saqué, sacaste, sacó, sacamos, sacasteis, sacaron**
pagar（付款）：**pagué, pagaste, pagó, pagamos, pagasteis, pagaron**
alzar（豎立）：**alcé, alzaste, alzó, alzamos, alzasteis, alzaron**
menguar（減少）：**mengüé, menguaste, menguó, menguamos, menguasteis, menguaron**
leer（讀）：**leí, leíste, leyó, leímos, leísteis, leyeron**
oír（聽見）：**oí, oíste, oyó, oímos, oísteis, oyeron**

2〉用法

▶ 陳述式簡單過去時表示過去曾經發生，並且已經結束的動作。常用來表示過去的時間詞有：ayer（昨天），anoche（昨晚），la semana pasada（上週），el año pasado（去年），hace X días（X 天前）等。例如：

Ayer comí en un restaurante muy bueno.
昨天我在一家很好的餐廳吃飯。

Anoche me acosté muy tarde. 昨晚我很晚睡。

▶ 表示過去反覆發生，並且指出次數的動作。如：

Fui al cine dos veces el mes pasado. 上個月我去看了兩次電影。
El padre habló varias veces con su hijo. 那位父親和兒子談過好幾次。

▶ 表示過去連續發生的動作。如：

El profesor entró en el aula, puso el libro en la mesa, se quitó el

abrigo y empezó a dar la clase.

老師走進教室，把書放到桌子上，脱下大衣，然後開始講課。

Abrió la ventana, se sentó en el sofá y empezó a ver la televisión.

她打開窗戶，坐在沙發上，開始看電視。

（5）陳述式過去未完成時

1〉變位

a. 規則動詞變位

陳述式過去未完成時的規則動詞變位，是把動詞原形的字尾去掉，並且加上各人稱的字尾，具體見下表。

陳述式過去未完成時規則動詞變位

詞尾 人稱	-ar		-er/-ir	
	單數	複數	單數	複數
第一人稱	-aba	-ábamos	-ía	-íamos
第二人稱	-abas	-abais	-ías	-íais
第三人稱	-aba	-aban	-ía	-ían

動詞 人稱	trabajar		comer		vivir	
	單數	複數	單數	複數	單數	複數
第一人稱	trabaj**aba**	trabaj**ábamos**	com**ía**	com**íamos**	viv**ía**	viv**íamos**
第二人稱	trabaj**abas**	trabaj**abais**	com**ías**	com**íais**	viv**ías**	viv**íais**
第三人稱	trabaj**aba**	trabaj**aban**	com**ía**	com**ían**	viv**ía**	viv**ían**

b. 不規則動詞變位

陳述式過去未完成時變位不規則的動詞只有 3 個。

ir（去）：**iba, ibas, iba, íbamos, ibais, iban**

ser（是）：**era, eras, era, éramos, erais, eran**

西班牙語發音

母音

雙母音

子音

三重母音

語音知識

書寫規則、詞性和文法

最常用的分類單字

最常用的日常會話

ver（看見）：**veía, veías, veía, veíamos, veíais, veían**

2〉用法

▶ 用於描寫過去的各種場景。如：

Era un día de agosto. Hacía mucho calor.
那是八月的一天。天氣很熱。

En la fiesta todos bailaban, charlaban y se divertían mucho.
大家在派對上跳舞、聊天，玩得很開心。

▶ 表示過去經常或反覆發生，但未指出次數的動作。這時，陳述式過去未完成時相當於英語的 used to 或 would 加動詞原形。如：

El mes pasado iba al cine con mi novia todos los fines de semana.
上個月我每個週末都和女朋友一起去看電影。

La semana pasada hacía ejercicios en el dormitorio todas las noches. 上週我每晚都在臥室裡做運動。

▶ 表示另一個動作（用陳述式簡單過去時表示）發生時正在進行的動作，或與另一個過去的動作（用陳述式過去未完成時表示）同時進行的動作。這時候，相當於英語的過去進行式。如：

Estudiaba cuando alguien llamó a la puerta. 我在學習時有人敲門。
（I was studying when someone knocked on the door.）

Todos escuchaban cuando él hablaba. 大家都在聽他發言。
（Everyone was listening when he was speaking.）

（6）陳述式將來未完成時

1〉變位

a. 規則動詞變位

陳述式將來未完成時的規則動詞變位，是在原形動詞後面加上各人稱的字尾，具體見下表。

陳述式將來未完成時規則動詞變位

詞尾 人稱	-ar/-er/-ir	
	單數	複數
第一人稱	-é	-emos
第二人稱	-ás	-éis
第三人稱	-á	-án

動詞 人稱	trabajar		comer		vivir	
	單數	複數	單數	複數	單數	複數
第一人稱	trabajaré	trabajaremos	comeré	comeremos	viviré	viviremos
第二人稱	trabajarás	trabajaréis	comerás	comeréis	vivirás	viviréis
第三人稱	trabajará	trabajarán	comerá	comerán	vivirá	vivirán

b. 不規則動詞變位

不規則動詞的陳述式將來未完成時變位，是在原形動詞的變體上加上各人稱的詞尾。大致可分為以下四種類型。

▶ poner 型

poner（放）：**pondré, pondrás, pondrá, pondremos, pondréis, pondrán**

salir（出去，離開）：**saldré, saldrás, saldrá, saldremos, saldréis, saldrán**

tener（有）：**tendré, tendrás, tendrá, tendremos, tendréis, tendrán**

venir（來）：**vendré, vendrás, vendrá, vendremos, vendréis, vendrán**

▶ haber 型

haber（助動詞）：**habré, habrás, habrá, habremos, habréis, habrán**

poder（能，可以）：**podré, podrás, podrá, podremos, podréis, podrán**

saber（知道）：**sabré, sabrás, sabrá, sabremos, sabréis, sabrán**

▶ **decir** 型

decir（說）：**diré, dirás, dirá, diremos, diréis, dirán**

hacer（做）：**haré, harás, hará, haremos, haréis, harán**

▶ **querer** 型

querer（想要）：**querré, querrás, querrá, querremos, querréis, querrán**

2) 用法

▶ 陳述式將來未完成時表示將來的事件或動作。句中常搭配的時間詞有 mañana（明天）、la semana próxima（下週）、el año que viene（明年）等。例如：

Mañana tendré que volver a casa. 明天我必須回家。

El año que viene cumpliré veinte años. 明年我滿 20 歲。

▶ 陳述式將來未完成時表示對目前情況的判斷，有「大概、可能」的意思。例如：

Serán las once. No estoy seguro. 現在大概 11 點吧。我不確定。

A estas horas, Pablo estará en la oficina. 在這個時間，巴布羅應該在辦公室。

▶ 在疑問句中禮貌地表示請求或願望，或表示懷疑；在感嘆句中表示驚嘆。例如：

¿Querrá usted decir dónde está la universidad?
您能告訴我那所大學在哪裡嗎？（表示請求）

¿Será útil? 這有用嗎？（表示懷疑）

¡Qué desvergonzado será ese sujeto!
那傢伙真是厚顏無恥！（表示驚嘆，甚至譴責）

▶ 代替命令式，多用於第二人稱，強調它所表達的行動在將來必須實現，或表示禁止。例如：

Me traerás el libro esta tarde. 今天下午你把書拿給我。

No le dirás la verdad. 你不要跟他說實話。

（7）陳述式現在完成時

1〉變位

陳述式現在完成時是複合時態，其變位由助動詞 haber 的陳述式現在時加上動詞的過去分詞構成。助動詞 haber 的陳述式現在時變位見下表。

助動詞 haber 的陳述式現在時變位

人稱 ＼ 數	單數	複數
第一人稱	he	hemos
第二人稱	has	habéis
第三人稱	ha	han

過去分詞的變化規則參見第「動詞的非人稱形式：過去分詞」。

2〉用法

▶ 表示在一段還沒有結束的時間內已經完成的動作，句中常搭配的時間詞有 hoy（今天）、esta semana（這週）、este mes（這個月）、este año（今年）等。例如：

Hoy lo he llamado varias veces. 今天我已經打電話給他很多次了。
（動作發生時，「今天」還沒結束）

Esta semana no hemos vuelto a casa.
這週我們還沒回家。（動作發生時，「這週」還沒結束）

▶ 表示剛剛結束的動作，例如：

西班牙語發音

母音

雙母音

子音

三重母音

語音知識

書寫規則、詞性和文法

最常用的分類單字

最常用的日常會話

Ha salido Fernando. No está en casa. 費南多剛出去。他不在家。

Ha llegado mi padre. Está cansado. 我父親剛到。他很疲憊。

▶ 表示已經完成，並且與目前談及的事物有某種關聯的動作，例如：

Hablas bien español. ¿Lo has estudiado en España?

你西班牙語講得很好。你在西班牙學的嗎？

He conseguido el billete de tren porque me han ayudado.

我是因為他們幫忙才弄到了火車票。

註：目前在拉丁美洲，陳述式現在完成時只有最後一種用法。

（8）陳述式過去完成時

1〉變位

陳述式過去完成時是複合時態，其變位由助動詞 haber 的陳述式過去未完成時加上動詞的過去分詞構成。助動詞 haber 的陳述式過去未完成時變位見下表。

助動詞 haber 的陳述式過去未完成時變位

人稱＼數	單數	複數
第一人稱	había	habíamos
第二人稱	habías	habíais
第三人稱	había	habían

過去分詞的變化規則參見第「動詞的非人稱形式：過去分詞」。

2〉用法

表示在另一個過去的動作之前或過去的某一時間之前已經完成的動作，即「過去的過去」，例如：

Me dijo que había llegado al destino.

他告訴我，他已經到達目的地了。

Ayer había terminado los ejercicios a las diez.

昨天 10 點的時候，我就已經做完練習題了。

（9） 陳述式將來完成時

1〉變位

陳述式將來完成時是複合時態，其變位由助動詞 haber 的陳述式將來未完成時加上動詞的過去分詞構成。助動詞 haber 的陳述式將來未完成時變位見下表。

助動詞 haber 的陳述式將來未完成時變位

人稱　　　　數	單數	複數
第一人稱	habré	habremos
第二人稱	habrás	habréis
第三人稱	habrá	habrán

過去分詞的變化規則參見第「動詞的非人稱形式：過去分詞」。

2〉用法

▶ 表示在將來某一動作或時間之前已經完成的動作。例如：

Habremos llegado a casa cuando vuelvas.

你回來時，我們已經到家了。

Habremos empezado la cena a las seis.

6 點時，我們已經開始吃晚飯了。

▶ 表示對不久之前行動的猜測。例如：

Se habrá ido a la biblioteca. 他大概到圖書館去了。

Se habrá dormido hoy más temprano. 他今天似乎比較早睡著。

▶ 在疑問句或感嘆句中表示對過去行為的驚訝。例如：

西班牙語發音

母音

雙母音

子音

三重母音

語音知識

書寫規則、詞性和文法

最常用的分類單字

最常用的日常會話

¿Habrás terminado ya de estudiar? 你已經學完了？

¡Habrá contestado mal otra vez! 他又一次答錯了呀！

（10） 虛擬式現在時

1〉變位

a. 規則動詞變位

虛擬式現在時的規則動詞變位，是把動詞原形的字尾去掉，並且加上各人稱的字尾，詳見下表。

虛擬式現在時規則動詞變位

詞尾＼人稱	-ar		-er/-ir	
	單數	複數	單數	複數
第一人稱	-e	-emos	-a	-amos
第二人稱	-es	-éis	-as	-áis
第三人稱	-e	-en	-a	-an

動詞＼人稱	trabajar		comer		vivir	
	單數	複數	單數	複數	單數	複數
第一人稱	trabaj**e**	trabaj**emos**	com**a**	com**amos**	viv**a**	viv**amos**
第二人稱	trabaj**es**	trabaj**éis**	com**as**	com**áis**	viv**as**	viv**áis**
第三人稱	trabaj**e**	trabaj**en**	com**a**	com**an**	viv**a**	viv**an**

b. 不規則動詞變位

不規則動詞變位有以下幾種類型。

▶ 陳述式現在時單數人稱字根 + 第一／第二／第三變位動詞的虛擬式現在時字尾（以下冒號和箭頭之間的單字，是陳述式現在時第一人稱單數形）

● 分裂型

e 分裂為 **ie—entender**（理解）：**entiendo → entienda, entiendas,**

entienda, entendamos, entendáis, entiendan

i 分裂為 ie—adquirir（獲得）：adquiero → adquiera, adquieras, adquiera, adquiramos, adquiráis, adquieran

o 分裂為 ue—poder（能，可以）：puedo → pueda, puedas, pueda, podamos, podáis, puedan

u 分裂為 ue—jugar（玩）：juego → juegue, juegues, juegue, juguemos, juguéis, jueguen（注意 g 改寫成 gu）

註：分裂型動詞在變位時，第一、第二人稱複數的字根母音不發生分裂。

● 變異型

pedir（請求）：pido → pida, pidas, pida, pidamos, pidáis, pidan
servir（服務）：sirvo → sirva, sirvas, sirva, sirvamos, sirváis, sirvan
vestir（穿衣）：visto → vista, vistas, vista, vistamos, vistáis, vistan

註：變異型動詞在變位時，第一、第二人稱複數的字根母音會發生變異。

▶ 陳述式現在時第一人稱單數人稱字根 + -er / -ir 動詞的虛擬式現在時字尾。

poner（放）：pongo → ponga, pongas, ponga, pongamos, pongáis, pongan
salir（出去、離開）— salgo → salga, salgas, salga, salgamos, salgáis, salgan
conocer（認識）：conozco → conozca, conozcas, conozca, conozcamos, conozcáis, conozcan
conducir（駕駛）：conduzco → conduzca, conduzcas, conduzca, conduzcamos, conduzcáis, conduzcan
hacer（做）：hago → haga, hagas, haga, hagamos, hagáis, hagan
traer（帶來）：traigo → traiga, traigas, traiga, traigamos, traigáis, traigan

西班牙語發音

母音

雙母音

子音

三重母音

語音知識

書寫規則、詞性和文法

最常用的分類單字

最常用的日常會話

ver（看見）：veo → vea, veas, vea, veamos, veáis, vean

tener（有）：tengo → tenga, tengas, tenga, tengamos, tengáis, tengan

venir（來）：vengo → venga, vengas, venga, vengamos, vengáis, vengan

decir（說）：digo → diga, digas, diga, digamos, digáis, digan

oír（聽見）：oigo → oiga, oigas, oiga, oigamos, oigáis, oigan

huir（逃跑）：huyo → huya, huyas, huya, huyamos, huyáis, huyan

● 混合型（分裂＋變異）

少數動詞不僅在某些人稱的字根母音發生分裂，而且第一、第二人稱複數的字根母音發生變異。

sentir（感覺）：sienta, sientas, sienta, sintamos, sintáis, sientan

dormir（睡覺）：duerma, duermas, duerma, durmamos, durmáis, duerman

morir（死）：muera, mueras, muera, muramos, muráis, mueran

▶ 特別不規則型

這類動詞數量不多，這裡列舉常見的幾個。

ser（是）：sea, seas, sea, seamos, seáis, sean

ir（去）：vaya, vayas, vaya, vayamos, vayáis, vayan

saber（知道）：sepa, sepas, sepa, sepamos, sepáis, sepan

haber（助動詞）：haya, hayas, haya, hayamos, hayáis, hayan

有的動詞雖然是規則變位，但重音或者拼字會發生變化。

▶ 重音發生變化型

estar（在）：esté, estés, esté, estemos, estéis, estén（部分動詞變位在字尾添加了重音符號）

dar（給）：dé, des, dé, demos, deis, den（部分動詞變位在字尾添加了重音符號，第二人稱複數去掉了重音符號）

enviar（寄）：envíe, envíes, envíe, enviemos, enviéis, envíen

actuar（行動）：**actúe, actúes, actúe, actuemos, actuéis, actúen**

airar（使發怒）：**aíre, aíres, aíre, airemos, airéis, aíren**

aullar（吼）：**aúlle, aúlles, aúlle, aullemos, aulléis, aúllen**

reunir（聚集）：**reúna, reúnas, reúna, reunamos, reunáis, reúnan**

▶ 拼字發生變化型（動詞的正寫法變化）

vencer（戰勝）：**venza, venzas, venza, venzamos, venzáis, venzan**

zurcir（織補）：**zurza, zurzas, zurza, zurzamos, zurzáis, zurzan**

coger（拿，取）：**coja, cojas, coja, cojamos, cojáis, cojan**

exigir（要求）：**exija, exijas, exija, exijamos, exijáis, exijan**

extinguir（撲滅）：**extinga, extingas, extinga, extingamos, extingáis, extingan**

delinquir（犯罪）：**delinca, delincas, delinca, delincamos, delincáis, delincan**

sacar（取出）：**saque, saques, saque, saquemos, saquéis, saquen**

pagar（付款）：**pague, pagues, pague, paguemos, paguéis, paguen**

empezar（開始）：**empiece, empieces, empiece, empecemos, empecéis, empiecen**（注意字根母音發生分裂）

averiguar（調查）：**averigüe, averigües, averigüe, averigüemos, averigüéis, averigüen**

2〉用法

▶ 用於簡單句

當簡單句的句首有表示願望、疑問、可能等含義的副詞時，句中的動詞使用虛擬式，例如：

¡Ojalá cumplas tus palabras! 但願你說到做到！

Quizá no venga esta tarde. 也許他今天下午不會來。

▶ 用於複合句

● 在當主詞的從屬子句中

當主詞是名詞性的從屬子句，而且主要子句的句型為「ser＋形容詞」、「estar＋形容詞」、「ser＋名詞」時（ser、estar 採用第三人稱單數形式），

從屬子句使用虛擬式。如下：

Es útil que aprendas español. 你學西班牙語是很有用的。

但當從屬子句的主詞不確定時，動詞使用原形形式，如下：

Es útil aprender español. 學習西班牙語是很有用的。

當形容詞為 evidente（明顯的）、cierto（確實的）、real（真實的）、indudable（毫無疑問的）等表示事實的詞時，從屬子句用陳述式，如下：

Es cierto que no lo ha hecho. 他確實沒做過這件事。

● 在當直接受詞的從屬子句中

如果主要子句的動詞表示願望、祈使、命令、請求、懷疑、擔心等含義，而且主詞和當直接受詞的從屬子句不一致，那麼從屬子句要用虛擬式。虛擬式現在時可以表示現在或未來的動作。例如：

Deseo que mi hermana tenga la oportunidad de conseguir la beca. 我希望我妹妹有機會獲得這份獎學金。（表願望）
Dile que no vaya. （你）告訴他別去。（表命令）
Te pido que no se lo digas. 我請求你別把這事告訴他。（表請求）
Dudo que no me ame. 我懷疑她不愛我。（表懷疑）
Temo que pierdas el tren. 我擔心你會錯過這班火車。（表擔心）

● 在當形容詞補語或名詞補語的從屬子句中

主要子句出現表示心情的形容詞或名詞，如 alegre（開心的）、contento（高興的）、triste（悲傷的）、alegría（高興）、tristeza（悲傷）等，而且主要子句的主詞和當形容詞補語或名詞補語的從屬子句不同，那麼從屬子句要用虛擬式。虛擬式現在時可以表示現在或未來的動作。

Me siento muy alegre / Siento alegría de que vengas a verme.
你來看我，我感到很開心。

● 特定動詞之後，由介系詞引導的補語性質從屬子句

有些表示感情、心境的有代動詞，後面經常接以介系詞引導的補語性質從屬子句。當從屬子句與主要子句的主詞不一致時，從屬子句用虛擬式。

Me alegro de que mi hijo vuelva a casa a pasar la Nochevieja con nosotros. 我兒子要回家和我們共度新年前夕，我很高興。

● 表目的的副詞性從屬子句

表示目的的副詞性從屬子句，通常以 para que、a que 等詞組引導。當從屬子句與主要子句的主詞不一致時，從屬子句用虛擬式。虛擬式現在時可以表示現在或未來的動作。

Te mandaré algunas postales para que conozcas la ciudad.

我會寄一些明信片給你，好讓你認識這座城市。

在上述各種情況中，如果主要子句和從屬子句的主詞一致，從屬子句就不用虛擬式，而使用原形動詞的形式表達，如下：

Deseo tener la oportunidad de conseguir la beca.

我希望有機會獲得這份獎學金。

Me siento muy alegre de venir a verte. 來看你，我感到很高興。

Me alegro de volver a casa a pasar la Nochevieja con mis hijos.

回家和我的孩子們共度新年前夕，我很高興。

Te mandaré algunas postales para mostrarte los paisejes de la ciudad. 我會寄一些明信片給你，向你展示這座城市的風景。

● 表時間的副詞性從屬子句

表示時間的副詞性從屬子句中，如果動詞表示未來的動作，則使用虛擬式，如下：

Deseo trabajar en una empresa española cuando termine mis estudios. 當我完成學業，我想在一家西班牙公司工作。

（11） 虛擬式現在完成時

1〉變位

虛擬式現在完成時是複合時態，其變位由助動詞 haber 的虛擬式現在時加上動詞的過去分詞構成。助動詞 haber 的虛擬式現在時變位見下表。

助動詞 haber 的虛擬式現在時變位

數 人稱	單數	複數
第一人稱	haya	hayamos
第二人稱	hayas	hayáis
第三人稱	haya	hayan

過去分詞的變化規則參見「動詞的非人稱形式：過去分詞」。

2〉用法

除時態差異外，虛擬式現在完成時與虛擬式現在時使用的語境完全相同，但前者表示所完成的事件，相對於主要子句的動詞是已經完成的。如：

Espero que hayan llegado a España. 我希望他們已經抵達西班牙了。

Serán útiles tarde o temprano todos los esfuerzos que se hayan hecho. 所有的努力遲早都會有用的。

Cuando haya entrado, cierra la puerta. 當他進來後，請你把門關上。

Antes de que yo haya dicho la verdad, colgará el teléfono.
在我說出真相之前，他就會掛電話的。

（12） 虛擬式過去未完成時

1〉變位

a. 規則動詞變位

虛擬式過去未完成時的規則動詞變位，是把動詞原形的字尾去掉，並且加上各人稱的字尾，具體見下表。

虛擬式過去未完成時規則動詞變位

詞尾 人稱	-ar		-er/-ir	
	單數	複數	單數	複數
第一人稱	-ara/ase	-áramos/ásemos	-iera/iese	-iéramos/iésemos
第二人稱	-aras/ases	-arais/aseis	-ieras/ieses	-ierais/ieseis
第三人稱	-ara/ase	-aran/asen	-iera/iese	-ieran/iesen

動詞 人稱	trabajar		comer		vivir	
	單數	複數	單數	複數	單數	複數
第一人稱	trabajara trabajase	trabajáramos trabajásemos	comiera comiese	comiéramos comiésemos	viviera viviese	viviéramos viviésemos
第二人稱	trabajaras trabajases	trabajarais trabajaseis	comieras comieses	comierais comieseis	vivieras vivieses	vivierais vivieseis
第三人稱	trabajara trabajase	trabajaran trabajasen	comiera comiese	comieran comiesen	viviera viviese	vivieran viviesen

b. 不規則動詞變位

　　虛擬式過去未完成時不規則動詞變位，遵循以下規則：陳述式簡單過去時第三人稱單數的字根＋虛擬式過去未完成時第二、第三變位的字尾。

estar（在）：**estuvo → estuviera, estuvieras, estuviera,**
　　　　　　　　　　estuviéramos, estuvierais, estuvieran
　　　　　　　　　　estuviese, estuvieses, estuviese,
　　　　　　　　　　estuviésemos, estuvieseis, estuviesen

haber（助動詞）：**hubo → hubiera, hubieras, hubiera,**
　　　　　　　　　　hubiéramos, hubierais, hubieran
　　　　　　　　　　hubiese, hubieses, hubiese,
　　　　　　　　　　hubiésemos, hubieseis, hubiesen

poder（能、可以）：**pudo → pudiera, pudieras, pudiera,**
　　　　　　　　　　pudiéramos, pudierais, pudieran
　　　　　　　　　　pudiese, pudieses, pudiese,
　　　　　　　　　　pudiésemos, pudieseis, pudiesen

poner（放）：puso → pusiera, pusieras, pusiera, pusiéramos,
pusierais, pusieran
pusiese, pusieses, pusiese, pusiésemos,
pusieseis, pusiesen

querer（想）：quiso → quisiera, quisieras, quisiera, quisiéramos,
quisierais, quisieran
quisiese, quisieses, quisiese,
quisiésemos, quisieseis, quisiesen

saber（知道）：supo → supiera, supieras, supiera, supiéramos,
supierais, supieran
supiese, supieses, supiese, supiésemos,
supieseis, supiesen

tener（有）：tuvo → tuviera, tuvieras, tuviera, tuviéramos,
tuvierais, tuvieran
tuviese, tuvieses, tuviese, tuviésemos,
tuvieseis, tuviesen

venir（來）：vino → viniera, vinieras, viniera, viniéramos, vinierais,
vinieran
viniese, vinieses, viniese, viniésemos,
vinieseis, viniesen

pedir（請求）：pidió → pidiera, pidieras, pidiera, pidiéramos,
pidierais, pidieran
pidiese, pidieses, pidiese, pidiésemos,
pidieseis, pidiesen

servir（服務）：sirvió → sirviera, sirvieras, sirviera, sirviéramos,
sirvierais, sirvieran
sirviese, sirvieses, sirviese, sirviésemos,
sirvieseis, sirviesen

vestir（穿衣）：vistió → vistiera, vistieras, vistiera, vistiéramos,
vistierais, vistieran
vistiese, vistieses, vistiese, vistiésemos,
vistieseis, vistiesen

sentir（感覺）：sintió → sintiera, sintieras, sintiera, sintiéramos, sintierais, sintieran
sintiese, sintieses, sintiese, sintiésemos, sintieseis, sintiesen

dormir（睡覺）：durmió → durmiera, durmieras, durmiera, durmiéramos, durmierais, durmieran
durmiese, durmieses, durmiese, durmiésemos, durmieseis, durmiesen

morir（死亡）：murió → muriera, murieras, muriera, muriéramos, murierais, murieran
muriese, murieses, muriese, muriésemos, murieseis, muriesen

dar（給）：dio → diera, dieras, diera, diéramos, dierais, dieran
diese, dieses, diese, diésemos, dieseis, diesen

ver（看見）：vio → viera, vieras, viera, viéramos, vierais, vieran
viese, vieses, viese, viésemos, vieseis, viesen

以下動詞在變位時，去掉字尾 -iera/iese 的第一個字母 i。

decir（說）：dijo → dijera, dijeras, dijera, dijéramos, dijerais, dijeran
dijese, dijeses, dijese, dijésemos, dijeseis, dijesen

traer（帶來）：trajo → trajera, trajeras, trajera, trajéramos, trajerais, trajeran
trajese, trajeses, trajese, trajésemos, trajeseis, trajesen

conducir（駕駛）：condujo → condujera, condujeras, condujera, condujéramos, condujerais, condujeran
condujese, condujeses, condujese, condujésemos, condujeseis, condujesen

西班牙語發音

母音

雙母音

子音

三重母音

語音知識

書寫規則、詞性和文法

最常用的分類單字

最常用的日常會話

ser（是）：**fue →** **fuera, fueras, fuera, fuéramos, fuerais, fueran**

fuese, fueses, fuese, fuésemos, fueseis, fuesen

leer（讀）：**leyó →** **leyera, leyeras, leyera, leyéramos, leyerais, leyeran**

leyese, leyeses, leyese, leyésemos, leyeseis, leyesen

oír（聽見）：**oyó →** **oyera, oyeras, oyera, oyéramos, oyerais, oyeran**

oyese, oyeses, oyese, oyésemos, oyeseis, oyesen

huir（逃）：**huyó →** **huyera, huyeras, huyera, huyéramos, huyerais, huyeran**

huyese, huyeses, huyese, huyésemos, huyeseis, huyesen

2〉用法

▶ 用於簡單句

虛擬式過去未完成時用於簡單句，表示現在或將來不大可能實現的願望。例如：

¡Ojalá perdiera el tren! 但願他搭不上火車！
¡Así estuviera él como yo estoy! 但願他現在和我一樣！

▶ 用於複合句

● 在複合句中，虛擬式過去未完成時的用法和虛擬式現在時類似，只不過時值不一樣。一般來說，當主要子句的動詞為過去時，從屬子句中的虛擬式現在時就相應地變成虛擬式過去未完成時。例如：

Es útil que aprendas español. 你學西班牙語是很有用的。
Era útil que aprendieras español. 當時，你學西班牙語是有用的。

Te pido que no se lo digas. 我請求你別跟他說這件事。
Te pedí que no se lo dijeras. 我曾請求你別跟他說這件事。

Me siento muy alegre / Siento alegría de que vengas a verme.
你要來看我，我覺得很開心。

Me sentí muy alegre / Sentí alegría de que vinieras a verme.
我當時因為你要來看我而覺得很開心。

Me alegro de que mi hijo vuelva a casa a pasar la Nochevieja con nosotros. 我兒子要回家和我們共度新年前夕，我很高興。

Me alegraba de que mi hijo volviera a casa a pasar la Nochevieja con nosotros.
我當時因為我兒子要回家和我們共度新年前夕而感到高興。

Te mandaré algunas postales para que conozcas la ciudad.
我將會寄一些明信片給你，好讓你認識這個城市。

Te mandé algunas postales para que conocieras la ciudad.
我寄了一些明信片給你，好讓你認識這個城市。

Deseo trabajar en una empresa española cuando termine mis estudios. 當我完成學業，我想到一家西班牙公司工作。

Deseaba trabajar en una empresa española cuando terminara mis estudios. 當時，我想在完成學業後到一家西班牙公司工作。

▶ 特殊用法

● 有一些情態動詞，例如 deber（應該）、querer（想要）、poder（能，可以），可以用虛擬式過去未完成時表示客氣、禮貌等意義。例如：（斜線後為條件式）

No debieras / deberías decir eso. 你不應該說那件事。
Quisiera / Querría agradecerlo. 我想感謝您。

● 用於表條件的從屬子句中，表示與現在事實相反或將來不大可能實現的條件。例如：

Si yo tuviera tiempo libre, iría contigo. 如果我有時間，我就和你一起去。（其實我現在沒有時間，沒辦法和你一起去。）

● 用於 como 引導的表方式從屬子句中，時值相當於陳述式現在時或陳

西班牙語發音

母音

雙母音

子音

三重母音

語音知識

書寫規則、詞性和文法

最常用的分類單字

最常用的日常會話

述式過去未完成時。例如：

Anda tan despacio como si estuviera enfermo. 他走得這麼慢，好像生病一樣。（其實他沒病，時值相當於陳述式現在時。）

Me saludó cordialmente como si me conociera. 他熱情地和我打招呼，好像認識我似的。（其實他不認識我，時值相當於陳述式過去未完成時。）

（13） 虛擬式過去完成時

1〉變位

　　虛擬式過去完成時是複合時態，其變位由助動詞 haber 的虛擬式過去未完成時加上動詞的過去分詞構成。助動詞 haber 的虛擬式過去未完成時變位見下表。

助動詞 haber 的虛擬式過去未完成時變位

人稱 ＼ 數	單數	複數
第一人稱	hubiera/hubiese	hubiéramos/hubiésemos
第二人稱	hubieras/hubieses	hubierais/hubieseis
第三人稱	hubiera/hubiese	hubieran/hubiesen

過去分詞的變化規則參見「動詞的非人稱形式：過去分詞」。

2〉用法

　　虛擬式過去完成時的適用情況，和虛擬式的其他時態大致相同。虛擬式過去未完成時的特性，也和虛擬式過去完成時相近，只是兩者表現的行為或事件，發生的時間範圍不同。

　　▶ 表示在過去某時刻之前已經結束的行為或事件，從屬子句的動作在主要子句的動作之前完成。例如：

No sabía que hubieras hablado con ellos.
我當時不知道你已經和他們談過了。

▶ 表示與過去事實相反的願望。例如：

¡Ojalá te hubiera contestado! 他早點回答你就好了！

▶ 以婉轉口氣表示與事實相反的行動。例如：

Hubiera podido llamarte antes de venir.
他本來可以在來之前打電話給你的。

▶ 用於表條件的子句中，表示和過去的行為或事件相反的假設。例如：

Si no te hubiera conocido, mi vida sería diferente. 要是我（當時）
沒認識你，我（現在）的人生就不一樣了。（其實當時我認識你了）

▶ 用於 como 引導的表方式從屬子句中，時值相當於陳述式現在時或陳
述式過去未完成時。例如：

Habla con él como si no te hubieras enterado de nada. 你和他聊
吧，就好像你什麼都不知道一樣。（其實你知道，時值相當於陳述式現
在完成時）
**Tenía tanto sueño como si no hubiera dormido durante varios
días.** 當時我很睏，就好像我好幾天沒睡覺似的。（其實我有睡，時值
相當於陳述式過去完成時）

（14） 簡單條件式

1〉變位

a. 規則動詞變位

　　簡單條件式的規則動詞變位，是在原形動詞後面加上各人稱的字
尾，具體見下表。

簡單條件式規則動詞變位

人稱 ＼ 詞尾	-ar/-er/-ir	
	單數	複數
第一人稱	-ía	-íamos
第二人稱	-ías	-íais
第三人稱	-ía	-ían

人稱 ＼ 動詞	trabajar		comer		vivir	
	單數	複數	單數	複數	單數	複數
第一人稱	trabajaría	trabajaríamos	comería	comeríamos	viviría	viviríamos
第二人稱	trabajarías	trabajaríais	comerías	comeríais	vivirías	viviríais
第三人稱	trabajaría	trabajarían	comería	comerían	viviría	vivirían

b. 不規則動詞變位

簡單條件式的不規則動詞變位，是用陳述式將來未完成時的字根，加上各人稱的字尾，大致可分為以下幾種類型。

▶ **poder 型**

poner（放）：**pondría, pondrías, pondría, pondríamos, pondríais, pondrían**

salir（出去、離開）：**saldría, saldrías, saldría, saldríamos, saldríais, saldrían**

tener（有）：**tendría, tendrías, tendría, tendríamos, tendríais, tendrían**

venir（來）：**vendría, vendrías, vendría, vendríamos, vendríais, vendrían**

▶ **haber 型**

haber（助動詞）：**habría, habrías, habría, habríamos, habríais, habrían**

poder（能、可以）：**podría, podrías, podría, podríamos, podríais, podrían**

saber（知道）：**sabría, sabrías, sabría, sabríamos, sabríais, sabrían**

▶ decir 型

decir（説）：**diría, dirías, diría, diríamos, diríais, dirían**

hacer（做）：**haría, harías, haría, haríamos, haríais, harían**

▶ querer 型

querer（想要）：**querría, querrías, querría, querríamos, querríais, querrían**

2〉用法

▶ 表示相對於過去某時刻，將會發生或尚未發生的事件（即過去的將來）。例如：

Dijo que vendría. 他當時説他會來。

Prometió que nos ayudaría. 他當時承諾會幫助我們。

▶ 表示對事件的可能性判斷，可以對過去、現在、未來的情況進行判斷。當表示對現在情況的判斷時，可以用陳述式將來未完成時替代（參見「動詞的時態：陳述式將來未完成時」）。例如：

Tendría entonces quince años.
她那時候大概 15 歲吧。（對過去的情況進行判斷）

¿Qué hago? Me quedarían unos diez yuanes.
我該怎麼辦？我剩下大概 10 元了。（對現在的情況進行判斷，這時候可以用 quedarán 替換）

Nadie le convencería. 大概沒人能説服他。（對現在、未來進行判斷皆可。對現在的情況進行判斷時，可以用 convencerá 替換）

▶ 當表條件的從屬子句表達現在或將來不太可能實現的條件時，主要子句使用簡單條件式，表達現在或將來不太可能實現的結果。例如：

西班牙語發音

母音

雙母音

子音

三重母音

語音知識

書寫規則、詞性和文法

最常用的分類單字

最常用的日常會話

Si yo tuviera tiempo libre, te acompañaría a hacer compras ahora / mañana. 我要是有空的話，我現在／明天就會陪你去購物。（其實我沒空，不會陪你去購物）

Si mi niño estuviera aquí, no podríamos hacer nada. 要是我兒子在這裡的話，我們就什麼都不能做了。（其實我兒子不在這裡，我們可以做）

（15） 複合條件式

1〉變位

　　複合條件式是複合時態，其變位由助動詞 haber 的簡單條件式加上動詞的過去分詞構成。助動詞 haber 的簡單條件式變位見下表。

助動詞 haber 的簡單條件式變位

人稱　　　　　　　數	單數	複數
第一人稱	habría	habríamos
第二人稱	habrías	habríais
第三人稱	habría	habrían

過去分詞的變化規則參見第「動詞的非人稱形式：過去分詞」。

2〉用法

▶ 表示相對於一個過去動作或時間而言尚未發生，但在另一個過去動作或時間以前已經完成的動作。例如：

Nos contestó que se habría levantando antes de las seis.

他回答我們說 6 點之前他會起床的。

　　上述例句中的 se habría levantando（已經起床）相對於過去動作 contestó（回答）而言尚未發生，但它是在另一個過去時間 las seis（6 點）之前發生的。

▶ 表示對過去某個動作或時間之前已經完成的動作的猜測。例如：

Habrían salido del país el jueves pasado.

上週四的時候他們大概已經出國了吧。

▶ 當表條件的從屬子句是與過去事實相反的假設時，主要子句使用複合條件式，表示與過去事實完全相反的結果。例如：

Habría estudiado más si hubiera tenido interés. 我要是有興趣的話，我早就更努力地學了。（其實我不感興趣，並沒有更努力地學）

(16) 命令式

命令式分為肯定命令式和否定命令式兩種。

1〉肯定命令式變位

a. 規則動詞變位

肯定命令式的規則動詞變位，是把動詞原形的字尾去掉，並且加上各人稱的字尾，具體見下表。

肯定命令式規則變位

人稱 ＼ 詞尾	-ar		-er		-ir	
	單數	複數	單數	複數	單數	複數
第一人稱	-	-emos	-	-amos	-	-amos
第二人稱親暱式	-a	-ad	-e	-ed	-e	-id
第二人稱禮貌式	-e	-en	-a	-an	-a	-an

註：命令式沒有針對第一人稱單數和第三人稱單、複數的變位。

從上表可以看出，命令式第一人稱複數和第二人稱禮貌式單、複數的變位與虛擬式現在時相同。

詞尾 人稱	trabajar		comer		vivir	
	單數	複數	單數	複數	單數	複數
第一人稱	-	trabajemos	-	comamos	-	vivamos
第二人稱親暱式	trabaja	trabajad	come	comed	vive	vivid
第二人稱禮貌式	trabaje	trabajen	coma	coman	viva	vivan

b. 不規則動詞變位

有 8 個動詞的命令式第二人稱親暱式單數變位是不規則的，如下：

decir — di（說）　　　　　　hacer — haz（做）

ir — ve（去）　　　　　　　poner — pon（放）

salir — sal（出去、離開）　　ser — sé（是）

tener — ten（有）　　　　　venir — ven（來）

c. 否定命令式變位

否定命令式變位的形態，和虛擬式現在時相同，參見「動詞的時態：虛擬式現在時」。

2〉用法

▶ 命令式表示命令或請求。例如：

Ven aquí. 你過來。

No vengas aquí. 你別過來。

▶ 有代動詞的肯定命令式，人稱代名詞放在動詞後面連寫，並且在動詞固有的重音節加上重音符號。第一人稱複數形動詞和代名詞 nos 結合時，去掉動詞字尾的 s；第二人稱親暱式複數形動詞和代名詞 os 結合時，去掉動詞字尾的 d。如下：

lavarse la cara（洗臉）：**lávate la cara, lávese la cara, lavémonos la cara, lavaos la cara, lávense la cara**

vestirse（穿衣）：**vístete, vístase, vistámonos, vestíos, vístanse**

註：但動詞 irse（離開）的第二人稱複數命令式變位為 idos。

▶ 非重讀的人稱代名詞（如代名詞的直接、間接受格）也要放在動詞後面連寫，並且在動詞固有的重音節加上重音符號，如下：

lavarla（洗它）：**lávala, lávela, lavémosla, lavadla, lávenla**

▶ 否定命令式，是虛擬式現在時變位前面加上 no 構成的，非重讀的人稱代名詞放在變位動詞前面，如下：

no lavarse la cara（別洗臉）：**no te laves la cara, no se lave la cara, no nos lavemos la cara, no os lavéis la cara, no se laven la cara**

▶ 表示命令或請求的其他形式
● 名詞

¡Atención! 注意！
¡Cuidado! 小心！

● 原形動詞可替代命令式的第二人稱親暱式複數（vosotros），常用於否定句。但現在已經被「a + 原形動詞」的結構替代，命令口氣比較強硬。例如：

¡Venir! 過來！
No bromear. 你們別開玩笑了！

● a + 名詞/原形動詞。例如：

¡A la clase! 去上課！
¡A dormir! 去睡覺！

● 副詞。例如：

¡Fuera! 出去！
¡Adelante! 請進！

● 用 no dejar de + 原形動詞，使命令口氣變得婉轉。例如：

No dejes de venir esta noche. 你今晚務必要來。
No dejes de escribirme frecuentemente. 你務必要經常寫信給我。

● 用陳述式將來未完成時（多用於第二人稱親暱式）。例如：

西班牙語發音
母音
雙母音
子音
三重母音
語音知識
書寫規則、詞性和文法
最常用的分類單字
最常用的日常會話

¿Te callarás de una vez? 請你別說了，好嗎？

Primero, leerás las palabras. 你先讀單字。

● 用陳述式現在時第二人稱親暱式單數。例如：

Te vas ahora mismo a tu casa. 你現在就回家。

Esperas en la puerta. 你在門口等著。

5　動詞的體貌

　　之前我們講動詞的分類時，提到過從語義上，動詞可以分為未完成體動詞和完成體動詞（參見「動詞的分類：按語義分類」）。從語義上看，有些動詞表示的行為、現象等，可以是持久的、線性發展的，如 vivir（生活、居住）等；有些動詞表示的行為、現象等則是短暫的、點狀的、不能持久的，如 saltar（跳）等。也有一些動詞，根據語境中的實際情況，是可長可短的，如 recibir la carta（收到一封信）和 recibir la educación（接受教育）等。這就是動詞的體貌。

　　動詞的體貌和動詞的時態相輔相成。下面為兩者之間的多種搭配關係和表達效果。

　　▶ 未完成體動詞用於未完成時態，表示行為或現象未完成、在發展過程當中。例如：

El decano quiere hablar contigo. 系主任想和你談一談。

Se encontró con un viejo amigo cuando paseaba por la calle.
她在街上散步的時候碰到一個老朋友。

　　▶ 未完成體動詞用於完成時態，有的表示動作或現象的開始，有的表示動作或現象的結束。例如：

Lo conocí hace una semana. 我一週前認識了他。
（表示動作的開始）

Hemos terminado el trabajo. 我們已經完成了論文。
（表示動作的結束）

▶ 完成體動詞用於未完成時態，表示動作或現象的重複或正在進行。例如：

Salgo de casa a las ocho todas las mañanas. 我每天早上 8 點出門。
（表示動作的重複）

La niña lloraba mientras gritaba. 那女孩邊哭邊叫。
（表示動作正在進行）

▶ 完成體動詞用於完成時態，表示動作或現象的結束。例如：

Se cerró la residencia a las once de la noche. 公寓晚上 11 點關門了。
Al ver al niño caído en el río, el joven se arrojó en el agua.
當看到掉進河裡的小孩子，那個年輕人就縱身一躍到水裡。

6 動詞的語態

語態是動詞的一種形式，用來說明主詞和其後敘述內容之間的關係，表明主詞是動詞行為的執行者還是接受者。西班牙語的語態有兩種：主動語態和被動語態。當主詞是動作的發起者（或之一）時，稱為主動語態；如果主詞是動作的承受者，稱為被動語態。例如：

Limpiamos el aula todos los días. 我們每天打掃教室。（主動）
El aula fue limpiada por los alumnos. 教室被學生們打掃了。（被動）

被動句型的結構是：

某人或某事 + ser（連繫動詞）+ 過去分詞　+　por + 人
　（主詞）　　　　　　　　　　　（被動態動詞）（表示行為執行者的補語）

被動態表示某人或某事被某個行為者怎麼樣。例如：

Troya fue tomada por los griegos. 特洛伊城被希臘人攻克了。
Helena fue raptada por Paris. 海倫被帕里斯劫走了。

但在很多情況下，西班牙語會用反身形式表達被動的意思，例如：

Estos libros se venden muy bien. 這些書賣得很好。

La carta va a recibirse pronto. 信很快就會收到了。

從以上例句可以看出，反身被動句的結構為：「某人或某事 + 動詞第三人稱 + se」。注意 se 在變位動詞前分寫，或者在原形動詞後連寫。

7 動詞的非人稱形式

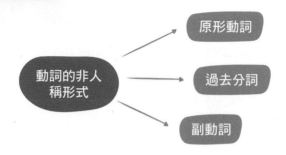

（1） 原形動詞

動詞的原形沒有時態、式、人稱、數等方面的變化。原形動詞可以依照字尾分為 -ar、-er、-ir 三組。

原形動詞兼具名詞和動詞的性質。

1〉當名詞

作為名詞的原形動詞，可以是句中的主詞、直接受詞、名詞補語、表語、狀語等。

▶ 當主詞

Es necesario ir a la oficina. 有必要去辦公室一趟。

Estudiar en el extranjero es su mayor deseo.

去國外念書是他最大的願望。

▶ 當直接受詞

Intentaron terminar el trabajo lo antes posible.

他們努力盡早完成了這項工作。

No pudieron ir a la fiesta. 他們沒能參加那場派對。

▶ 當名詞補語

No estuvieron en condiciones de comprarse el piso.
他們的情況買不起那套公寓。
Juana muestra un gran interés por cantar.
胡安娜對唱歌表現出濃厚的興趣。

▶ 當表語

Querer es poder. 有志者，事竟成。
Lo único que podemos hacer es esperar. 我們唯一能做的就是等待。

▶ 當狀語（副詞性質的成分）

Al entrar en la sala la profesora, todos nos levantamos.
當老師進入教室的時候，我們都站了起來。
Te escribo para hacerte una pregunta.
我寫信給你是要問你一個問題。

2〉當動詞

當動詞時，後面可以接各種受詞、景況補語。例如：

No estoy en condiciones de pagar el alquiler.
我的情況付不起租金。（後接直接受詞）
Los reyes católicos necesitaban mucho oro y plata para luchar contra los moros.
天主教雙王需要許多金銀來對抗摩爾人。（後接景況補語）

（2） 過去分詞

1〉構成

　　動詞的過去分詞通常按照以下規則構成：去掉動詞原形的字尾 -ar, -er, -ir，然後分別加上 ado 或 ido。具體見下表。

過去分詞的構成

動詞詞尾	過去分詞詞尾	例
-ar	**-ado**	trabaj**ar** — trabaj**ado**
-er	**-ido**	com**er** — com**ido**
-ir	**-ido**	viv**ir** — vivi**do**

有些動詞的過去分詞變化並不遵循上述規則，需要逐一記憶，例如：

abrir — **abierto**（開） **morir** — **muerto**（死）

cubrir — **cubierto**（覆蓋） **poner** — **puesto**（放下）

decir — **dicho**（說） **resolver** — **resuelto**（解決）

escribir — **escrito**（寫） **ver** — **visto**（看見，看望）

hacer — **hecho**（做） **volver** — **vuelto**（回來，回去）

imprimir — **impreso**（印刷） **romper** — **roto**（打破）

2〉用法

西班牙語的過去分詞絕大部分具有形容詞的功能，表示被動或過去。例如：

una sala ocupada 一個被佔用了的大廳（表被動）

el niño dormido 那個睡著了的孩子（表過去）

（3） 副動詞

1〉副動詞按照下列規則構成

去掉動詞原形的字尾 -ar, -er, -ir，然後分別加上 -ando 或 -iendo，具體見下表。

西班牙語發音

母音

雙母音

子音

三重母音

語音知識

書寫規則、詞性和文法

最常用的分類單字

最常用的日常會話

副動詞的構成

動詞詞尾	過去分詞詞尾	例
-ar	**-ando**	trabaj**ar** — trabaj**ando**
-er	**-iendo**	com**er** — com**iendo**
-ir	**-iendo**	viv**ir** — viv**iendo**

leer、ir、traer 等動詞加上字尾時，必須將 i 變成 y，即 -yendo，如：leer — leyendo，ir — yendo，traer — trayendo。

有些動詞變成副動詞時，字根的母音會發生變化，例如：

decir — diciendo（說）　　　　　　**seguir — siguiendo**（繼續）

dormir — durmiendo（睡覺）　　　**servir — sirviendo**（服務）

morir — muriendo（死）　　　　　**venir — viniendo**（來）

pedir — pidiendo（請求）　　　　　**vestir — vistiendo**（穿衣）

poder — pudiendo（能，可以）

有代動詞，以及帶有直接、間接受格代名詞的動詞，在轉變成副動詞時，代名詞會放在副動詞之後連寫，而且副動詞固有的重音音節帶重音符號。或者，也可以把代名詞放在變位的主要動詞之前，與之分寫。例如：

Es una novela muy interesante. La quiero seguir leyendo.

這是一本很有趣的小說。我想繼續讀它。

2〉用法

▶ 扮演副詞角色，修飾動詞，表示動作發生時的方式、時間、原因、條件、讓步、目的等景況。

● 表示方式

Contestó sonriendo. 他微笑著回答。

可以回答用疑問副詞 cómo 提出的問題，例如：

— **¿Cómo salieron los niños?** 孩子們怎麼出去的？

— **Corriendo.** 跑出去的。

● 表示時間

Atravesando la plaza me encontré con un amigo.
穿過廣場時，我碰到了一位朋友。

● 表示原因

Practicando todos los días llegó a dominar el español.
因為他每天都練習，所以精通了西班牙語。

● 表示條件

Solo practicando mucho podemos aprender bien el español.
我們只有多練習才能學好西班牙語。

● 表示讓步

Estando enfermo fue al trabajo. 他儘管生病了，但還是去上班了。

● 表示目的

Vino a mi casa dándome la noticia. 他來我家告訴我這個消息。

▶ 與助動詞組合，構成動詞片語。

● 「estar＋副動詞」，組成表示進行式的動詞片語（相當於英語中的 be＋doing 結構）。根據 estar 的時態，這個片語可以對應英語的各種進行時態。例如：

El joven obrero está limpiando la máquina.
那個年輕工人正在清洗機器。

Estábamos viendo la televisión cuando ella entró.
當她進來的時候，我們正在看電視。

● 「ir＋副動詞」，表示動作的漸進性。

Ya irás comprendiendo cada día más. 你會一天一天慢慢懂的。

● 「venir＋副動詞」，表示動作的延續性。

Vengo estudiando este problema hace un año.
一年來我一直在研究這個問題。

西班牙語發音

母音

雙母音

子音

三重母音

語音知識

書寫規則、詞性和文法

最常用的分類單字

最常用的日常會話

● 「llevar + 副動詞」，表示「做…已經（多久了）」。其中 llevar 通常只能是現在時、過去未完成時、將來未完成時等未完成時態。

Ya llevo un mes estudiando español.

我已經學了一個月的西班牙語了。

● 「seguir + 副動詞」，表示「繼續、接著（做某事）」。

Seguíamos caminando aunque hacía mucho viento.

儘管颳著很大的風，我們還是繼續走。

● 「感官動詞 ver（看見）、sentir（感覺）、oír（聽見）+ 副動詞／原形動詞」：「感官動詞 + 副動詞」偏重於指出「看到、感到、聽到」誰在做某事，重點在做事的人（「看到、感到、聽到」這個動作正在進行的過程），例如：

Vi a Juan corriendo. 我看到胡安在跑步。

「感官動詞 + 原形動詞」偏重於指出「看到、感到、聽到」某人在做什麼，重點在所做的事情（通常表示「看到、感到、聽到」某人已經做完這個動作），例如：

Vi correr a Juan. 我看到胡安跑步了。

六、介系詞

1 常用介系詞的含義

1〉a

▶（表動作的方向）「到，往」。可以用來回答詢問 ¿Adónde?（往哪裡？）的問題，經常以 ir a...（往…去，到…）的形式使用。例如：

Voy al cine. 我去電影院（看電影）。

Va a la escuela en autobús. 他坐公車去學校（上學）。

註：a 和陽性單數定冠詞 el 連用時要縮寫為 al。

▶（表時間）「在…點」。例如：

Se levanta a las siete. 他 7 點起床。

¿A qué hora empieza la película? 電影幾點開始？

▶ 用於間接受詞和表示人的直接受詞前。例如：

No voy a decirlo a tu mujer, tranquilo.
我不會把這事告訴你妻子的，放心吧。（用於間接受詞前）

Esta tarde voy al hospital a ver a mi abuela.
今天下午我要到醫院去看我奶奶。（用於直接受詞前）

2〉ante

▶「在…前面，面對」。例如：

No debes desanimarte ante las dificultades.
你不應該在困難面前洩氣。

Ante esta situación, tienes que callarte.
面對這種情況，你得保持沉默。

3〉bajo

▶「在…之下」。例如：

Trabajan bajo la lluvia. 他們冒著雨工作。

La temperatura es cinco grados bajo cero. 溫度是零下 5 度。

4〉con

▶（表伴隨）「跟，和…」。例如：

Voy al parque con mi madre. 我跟我的媽媽去公園。
Discute con sus compañeros. 他跟他的同學們爭論。

▶（表攜帶）「帶著…」。例如：

Voy al hospital con flores. 我帶著花去醫院。
Va al aula con muchos libros. 他帶著許多書去教室。

▶（表工具）「用…」。例如：

Barro el suelo con una escoba. 我用一根掃帚掃地。
Escribo con pluma. 我用鋼筆寫字。

▶（表包含）「有…」。例如：

Es un hotel con restaurante. 那是一家有餐廳的飯店。
Es una habitación con cuarto de baño. 那是一個有浴廁的房間。

5〉contra

▶「反對，防止」。例如：

Luchamos contra el enemigo. 我們對抗敵人戰鬥。

▶「對著，面對」。例如：

La tienda está contra un teatro. 商店在一家戲院對面。

6〉de

▶表示形容關係。例如：

sala de clase 教室（上課的房間）　　　**hora de comer** 吃飯的時間

▶表示從屬關係。例如：

la oficina de los profesores 老師們的辦公室
la visita del presidente 總統的到訪

註：de 和陽性單數定冠詞 el 連用時要縮寫為 del。

西班牙語發音

母音

雙母音

子音

三重母音

語音知識

書寫規則、詞性和文法

最常用的分類單字

最常用的日常會話

▶ 表示籍貫。例如：

Soy de Beijing. 我是北京人。　　**¿De dónde eres?** 你是哪裡人？

▶ 表示來源。例如：

Vengo de la ciudad. 我從城裡來。

Estas patatas son de Francia. 這些是法國產的馬鈴薯。

（這些馬鈴薯來自法國。）

7〉desde

▶ （表示時間、地點的起點）「從…起」。例如：

Desde hace un mes no lo veo. 我有一個月沒看見他了。

Venimos en coche desde la capital. 我們坐車從首都來。

8〉durante

▶ 「在…期間」。例如：

Sucedió durante los días de invierno. （這件事）發生在冬天。

9〉en

▶ （置於名詞前，構成表示地點的片語）「在…裡，在…上」。例如：

Mi hermana trabaja en una fábrica. 我姐姐在一家工廠工作。

En la mesa hay muchos libros. 桌子上有許多書。

▶ （表示時間）「在…期間，在…過程中」。例如：

En primavera hace mucho viento. 春天經常颳風。

¿En qué mes naciste? 你在哪個月出生？

▶ （表示方式或手段）「以，用…」。例如：

Suelo viajar en tren. 我經常坐火車旅行。（表方式）

En clase tenemos que contestar preguntas en español.
課堂上我們必須用西班牙語回答問題。

西班牙語發音

母音

雙母音

子音

三重母音

語音知識

書寫規則、詞性和文法

最常用的分類單字

最常用的日常會話

10〉entre

▶ 「在…之間，在…之中」。例如：

Entre esos dos países existe una buena relación.
那兩個國家之間有良好的關係。

Entre estas dos casas hay un jardín. 這兩棟房子中間有一個花園。

11〉hacia

▶ 「朝，向，往」。例如：

Vamos hacia la ciudad. 我們朝城裡去。
Mira hacia nosotros. 他朝我們看。

▶ 「大約」。例如：

Nos vemos en la oficina hacia las nueve, ¿vale?
我們 9 點左右在辦公室見，好嗎？

Hacia cien alumnos vinieron a la conferencia.
大約一百名學生來參加了講座。

12〉hasta

▶ 「直到，到…為止，達到」。例如：

Te acompaño hasta tu escuela. 我陪你到你學校去。
Hasta luego. 回頭見。（之後再見面）

13〉mediante

▶ 「透過，借助」。例如：

Aprende el español mediante la televisión.
他透過電視學習西班牙語。

14〉para

▶ （表示目的）「為了」。例如：

Estudiamos para saber más. 我們為了知道更多而學習。

¿Para qué te acuestas tan tarde? 你為什麼那麼晚睡？

▶ （表示對象）「為，給…」。例如：

Voy a comprar un libro para mi hermano. 我要為我弟弟買一本書。
Compro una corbata para mi padre todos los años.
我每年為我父親買一條領帶。

15〉por

▶ （表示原因）「因為…」。例如：

No voy a la ciudad por el mal tiempo. 由於天氣不好，我就不進城了。
¿Por qué estás tan triste? 你為什麼這麼傷心？

▶ （表示不確切的時間、地點）「在…」。例如：

Vengo por la tarde. 我下午過來。
Pase por aquí. 請您從這兒走。

16〉según

▶ 「根據，依照」。例如：

Según el periódico, hoy hace buen tiempo.
根據報紙，今天天氣不錯。
¿Según tú, qué podemos hacer? 據你看，我們能做些什麼？

17〉sin

▶ 「無，不，沒有」。例如：

Escribe a máquina sin mirar teclas. 他打字時不看鍵盤。
No puedo entender el texto sin diccionario.
沒有字典我弄不懂這篇課文。

18〉sobre

▶ 「在…上面，在…之上」。例如：

Puso el libro sobre la mesa. 他把書放在桌子上。

Sobre el libro hay una regla. 書上面有一把尺。

▶ 「關於」。例如：

Él está escribiendo un artículo sobre su viaje.
他正在寫一篇關於他的旅行的文章。

Leyó un libro sobre la historia china en las vacaciones.
假期裡他讀了一本關於中國歷史的書。

19〉tras

▶ 「在…之後」。例如：

Tras el invierno viene la primavera. 冬去春來。
El niño se escondió tras la puerta. 男孩躲在門後面。

2 介系詞的重疊

介系詞的重疊有兩種情況。

▶ 兩個介系詞重疊在一起，表示比較複雜的關係。例如：

Es bueno para con todos. 他對大家都很好。

▶ 介系詞與固定片語連用，例如：

Está en la habitación de al lado. 她在旁邊的房間。

3 介系詞片語

介系詞與名詞、副詞等搭配使用，很多時候形成了固定片語，稱為介系詞片語。其結構主要有兩種形式。

▶ 副詞＋介系詞，例如：

después de 在…之後	**encima de** 在…之上
delante de 在…之前	**debajo de** 在…之下

▶ 介系詞＋名詞／形容詞／副詞＋介系詞，例如：

a través de 通過，經過 　　　　**en torno a** 在…周圍，關於

con objeto de 為了 　　　　　**por medio de** 通過，經過

en cuanto a 至於 　　　　　　**de acuerdo con** 根據，按照

por encima de 在…上面，不管，超出

4 介系詞所連接的詞

前面我們介紹過，介系詞是介於詞與詞之間，表明它們之間修飾關係的詞。介系詞前面的詞，是這個關係中的核心詞。能充當「核心詞」的詞類比較廣泛，包括名詞、動詞、代名詞、形容詞、副詞、冠詞和感嘆詞等。例如：

día de cobrar 領工資的日子（核心詞是名詞）

trabajar con esmero 工作細心（核心詞是動詞）

aquellas de los países en vías de desarrollo
發展中國家的那些（核心詞是代名詞）

capaz de hacerlo 能夠做那件事（核心詞是形容詞）

encima de 在…上（核心詞是副詞）

los de aquí 在這裡的人（核心詞是冠詞）

¡Ay de mí! 哎，我真倒楣！（核心詞是感嘆詞）

介系詞後面的詞，可以是名詞、代名詞、表示地點和時間的副詞、原形動詞和形容詞，還可以是名詞性從屬子句。介系詞和後面的詞，共同構成核心詞的修飾語或補足語。例如：

casa de madera 木頭房子（後面是名詞）

Es amable con ellas. 他對她們很和藹。（後面是代名詞）

Vienen hacia acá. 她們朝這裡走過來。（後面是地點副詞）

Trabajamos para construir nuestro país.
我們為建設我們的國家而工作。（後面是原形動詞）

Le tienen por tonto. 別人以為他是傻瓜。（後面是形容詞）

Estoy seguro de que vendrá. 我確信他會來的。

（後面是形容詞補語從屬子句）

El temor de que llegaran tarde me impacientaba. 覺得他們會遲到的恐懼，讓我很著急。（後面是名詞補語從屬子句）

七、副詞

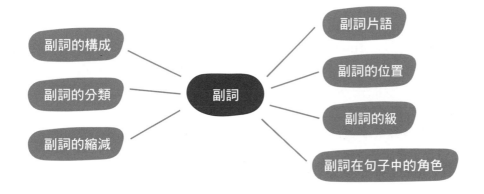

　　副詞是一種沒有詞形變化的詞類，用來修飾動詞、形容詞、副詞或整個句子，個別情況下可以修飾名詞。例如：

Regresamos pronto. 我們很快就回來。（修飾動詞）

La sopa está demasiado caliente. 湯太燙了。（修飾形容詞）

Canta muy mal. 他唱得很糟糕。（修飾副詞）

Desgraciadamente, no llegué a tiempo. 不幸的是，我沒有準時抵達。（修飾句子）

el entonces presidente 當時的總統（修飾名詞）

1 副詞的構成

　　副詞包括簡單詞形的副詞、由形容詞轉化的副詞、其他詞類加字首而構成的副詞、形容詞或過去分詞加字尾 -mente 構成的副詞。

西班牙語發音

母音

雙母音

子音

三重母音

語音知識

書寫規則、詞性和文法

最常用的分類單字

最常用的日常會話

（1） 簡單詞形的副詞

así（如此），aún（還，仍），hoy（今天），luego（之後），bien（好），casi（幾乎），nunca（從不）等。

（2） 由形容詞轉為副詞

alto（高），bajo（低），claro（清楚地），quedo（輕輕地），recio（狠狠地），fuerte（有力地），firme（堅定地），rápido（快），caro（貴），barato（便宜），largo（長時間）等。

（3） 其他詞類加字首而構成的副詞

abajo（下面），acaso（也許），ahora（現在），anoche（昨夜），aprisa（快），atrás（向後）等。

（4） 形容詞或過去分詞加字尾 -mente 構成的副詞

以 o 結尾的形容詞，先把 o 變成 a，再加 -mente。例如：

perfecto — perfectamente 完美地
decidido — decididamente 堅決地

陰陽性相同的形容詞，字尾不變，直接加 -mente。例如：

débil — débilmente 虛弱地
firme — firmemente 堅定地

2 副詞的分類

根據不同的標準，可以對副詞進行不同的分類。本書按照語義和功能將副詞分類。

（1） 依照意義分類

1〉時間副詞

　　時間副詞可以表示確定或模糊的時間、時間順序、時間頻率等。常見的時間副詞有 ahora（現在）、entonces（那時候）、hoy（今天）、ayer（昨天）、mañana（明天）、anteayer（前天）、pasado mañana（後天）、antes（以前）、después（以後）、luego（之後）、pronto（很快）、temprano（早）、tarde（晚）、siempre（總是）、jamás（絕不）、nunca（從未）、aún（還，仍）、todavía（還，仍）、ya（已經，現在，馬上）等。例如：

Mi padre volverá mañana. 我父親明天回來。

Antes, era una pequeña aldea. 以前，那是一個小村莊。

Voy a la escuela. Luego regresaré. 我去學校。然後我再回來。

Nunca lo he visto. / No lo he visto nunca. 我從未見過他。

2〉地點副詞

　　地點副詞表示動作或事件發生的地點、方向或位置關係。常見的地點副詞有 aquí（這裡）、acá（這裡）、ahí（那裡）、allá（那裡）、allí（那裡）、cerca（近）、lejos（遠）、dentro（內）、fuera（外）、arriba（上）、abajo（下）、delante（前）、detrás（後）、adentro（向裡面，在裡面）、afuera（在外面）等。例如：

Está ahí. 他在那裡。

Vivimos cerca. 我們住得近。

3〉方式副詞

這類副詞數量較多。簡單形式的副詞有 bien（好）、mal（差）、así（這樣）；從形容詞轉為副詞的有 alto（高）、bajo（矮）、claro（清楚）、quedo（輕輕地）、fuerte（用力地）、recio（猛烈地）、firme（堅定地）、caro（貴）、barato（便宜）等；由形容詞加字尾 -mente 構成的副詞也都屬於這一類。例如：

Lo ha hecho bien. 這件事他做得很好。

Habla alto. 請你高聲講話。

Los refuerzos llegaron felizmente a tiempo. 援兵順利地及時趕到。

Felizmente, los refuerzos llegaron a tiempo. 幸虧，援兵及時趕到了。

註：上面最後兩個例句，形容詞加 -mente 構成的副詞，在句子中的位置不同，導致意義也不一樣。

4〉數量或程度副詞

常用的數量副詞有 algo（一些、一點、稍微）、nada（一點都不、一點都沒有）、tanto（這麼多、這樣）、mucho（多）、poco（少）、bastante（相當多地）、demasiado（太、過分）、apenas（幾乎不、幾乎沒有）、casi（幾乎）、más（更多）、menos（更少）、medio（一半，有點）等。例如：

Estoy algo cansada. 我有點累。

Este examen no es nada difícil. 這考試一點都不難。

No trabajes tanto. 你別做那麼多工作。

Me duele mucho la mano. 我的手好痛。

Duerme muy poco. 他睡得很少。

Son bastante ricos. 他們相當富有。

Eres demasiado bueno conmigo. 你對我太好了。

Apenas te reconocí. / No te reconocí apenas. 我幾乎認不出你來了。

Ya estamos casi en la estación. 我們快到車站了。

Sé más amable. 請你更和藹一點。

Sé menos orgulloso. 你別那麼驕傲。

Está medio loco. 他有點瘋（他半瘋了）。

西班牙語發音

母音

雙母音

子音

三重母音

語音知識

書寫規則、詞性和文法

最常用的分類單字

最常用的日常會話

（2） 依照功能分類

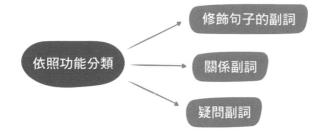

依照功能分類 → 修飾句子的副詞

→ 關係副詞

→ 疑問副詞

1〉修飾句子的副詞

修飾句子的副詞，不是修飾句子中單一的成分，而是修飾整個句子。這種副詞通常放在句首，後面加逗號，表明它和整個句子有某種關係。例如：

Obviamente, este es un importante reto. 顯然，這是一項重要挑戰。

2〉關係副詞

關係副詞用來引導形容詞或副詞性質的子句。常見的關係副詞有 cuando （當⋯的時候）、donde（那裡）、como（像，如同）和 cuanto （多少）。前三個關係副詞前面有先行詞時，我們認為其引導的子句是形容詞子句。例如：

Eso es de la época cuando yo era joven. 那是我青年時代的事情。
（形容詞子句）
Él entró cuando yo estaba leyendo. 他進來時我正在看書。
（時間副詞子句）
Esta es la casa donde nací. 這是我出生的房子。（形容詞子句）
Donde hay opresión, hay resistencia. 哪裡有壓迫，哪裡就有反抗。
（地點副詞子句）
La manera como se despidió me hizo sospechar.
他告別的方式令我起疑。（形容詞子句）
Has hablado como（habla）un tonto.
你像蠢人一樣發了言。（方式副詞子句）

關係副詞 cuanto 用於比較副詞子句，可單獨使用；或和 tanto 連用，組成 tanto cuanto 結構，意思為「和…一樣」；或放在 más（更多）、menos（更少）、mejor（更好）、peor（更差）、mayor（更大）、menor（更小）、antes（先前）等形容詞或副詞前面，構成 cuanto más (menos/mejor/peor/mayor/menor/antes)... más (menos/mejor/peor/mayor/menor) 等有關聯含義的結構，意思為「越…越…」。例如：

Llora cuanto quieras. 你想哭多久，就哭多久。

Deja dormir al niño tanto cuanto quiera.

小孩想睡多久，就讓他睡多久。

Cuanto antes lo haga, mejor será para ambos.

這件事您做得越早，對雙方越好。

3〉疑問副詞

疑問副詞用於引導特殊疑問句。疑問副詞和疑問副詞片語有：cuándo（什麼時候）、dónde（哪裡）、cómo（怎麼樣）、por qué（為什麼）。例如：

¿Cuándo vienes? 你什麼時候來？

¿Dónde viven? 他們住在哪裡？

¿Cómo lo hizo? 他怎麼做那件事的？

¿Por qué no vas a clase? 你為什麼不去上課？

3　副詞的縮減

有些副詞可以當形容詞，也可以當副詞。當副詞的時候，會發生縮減現象。例如：

tanto（這麼多的）— **tan**（這樣）

tantas veces（這麼多次）— **tan rápido**（如此快）

cuánto（多少）— **cuán**（多麼）

cuántos años（多少歲）— **cuán largo**（多麼長）

reciente（最新的）— **recién**（最近）

noticias recientes（最新消息）— **delegado recién llegado**（最近抵達的代表團）

4 副詞片語

副詞片語大多由介系詞＋名詞／形容詞／副詞構成。例如：

a veces 有時（介系詞＋名詞）
por último 最後（介系詞＋形容詞）
en tanto 與此同時（介系詞＋副詞）

此外，還有別的構成形式，如 tal vez（可能），cuanto antes（盡早），un poco（一點），como mínimo（至少）等。

副詞片語的意義相當於副詞，當動詞的景況補語。例如：

Hay que ir mejorando poco a poco la capacidad.
必須逐漸提高能力。

Insiste en que lo hagamos de nuevo. 他堅持我們重新再做一遍。

5 副詞的位置

▶ 副詞修飾動詞時，通常放在動詞後面。但有時為了強調，也可以放在動詞前面。例如：

Tú hablas perfectamente el español. 你的西班牙語講得很好。

Ahí te esperamos. 我們在那裡等你。

▶ 副詞的位置通常離它所修飾的動詞比較近。所以，副詞的位置有時候會影響句意。例如：

Hoy me ha prometido hacerlo. 他今天答應我做這件事。

Me ha prometido hacerlo hoy. 他答應我今天做這件事。

▶ 副詞修飾形容詞時，通常放在形容詞之前，但也有放在形容詞之後的

情況。例如：

Es una persona bastante buena. 她是一個相當好的人。

Este consejo es útil indudablemente.

毫無疑問，這個建議對你是有用的。

▶ 副詞修飾另一個副詞時，通常都放在它的前面。例如：

Es muy tarde. 太晚了。

6 副詞的級

副詞的級和形容詞的級相似，也有原級、比較級和最高級。其中，比較級有較高級、較低級和同等級三種形式，最高級也有絕對最高級和相對最高級。

（1） 比較級

副詞在表示「比較」概念時，要用比較級。比較級有以下三種形式。

1〉較高級

較高級的結構為 más + 副詞 + que。例如：

Yo corro más despacio que tú. 我跑得比你慢。

2〉較低級

較低級的結構為 menos + 副詞 + que。例如：

Pedro se levanta menos temprano que su hermano.

佩德羅沒他的兄弟起得早。

3〉同等級

同等級的結構為 tan + 副詞 + como。例如：

Habla tan bien como tú. 他說得和你一樣好。

註：副詞 mucho（多）的同等級為 tanto。例如：

Trabajamos tanto como tú. 我們工作得和你一樣多。

4〉特殊形式的比較級

有些副詞的比較級形式特殊。例如：

bien（好）—**mejor**（更好）
mal（壞）—**peor**（更壞）
mucho（多）—**más**（更多）
poco（少）—**menos**（更少）

Estudias mejor que yo. 你學得比我好。
Canta peor que Luisa. 她唱得比路易莎糟。
Come más que ayer. 她吃得比昨天多。
Escribe menos que antes. 他寫得比以前少。

（2） 最高級

副詞最高級分為絕對最高級和相對最高級。我們先介紹絕對最高級。

1〉絕對最高級

　　副詞的絕對最高級表示「非常」、「極其」等意思，表達非常強烈的感情色彩。構成副詞絕對最高級有兩種方法：一是在副詞前加副詞 muy（很、非常），二是在副詞後加上字尾 -ísimo。加字尾 -ísimo 時，注意在保留原本字根形式的同時，有時需要改變拼字。例如：

Vivo muy cerca. 我住得很近。
Me levanto prontísimo. 我起得極早。
Vivo cerquísima. 我住得極近。
La universidad está lejísimo. 那所大學遠極了。

　　另外，副詞還有一種表示「可能」的絕對最高級形式，是在副詞比較級前面加 lo，後面加表示可能意義的詞或句子結構。例如：

Lo hicimos lo más pronto posible. 我們盡快做了這件事。

Vendrá lo más pronto que pueda. 他會盡快來的。

2〉相對最高級

副詞的相對最高級表達「最⋯」的意思。相對最高級的結構為「定冠詞＋副詞比較級（＋ de/entre/en ＋比較的範圍或對象）」，但常常用於形容詞子句中，而呈現「定冠詞＋ que ＋動詞＋副詞比較級」的形式。例如：

Juan es el que corre más rápido en el grupo.
胡安是班上跑得最快的人。

Ana es la alumna que estudia mejor de la clase.
安娜是班上學得最好的學生。

¿Qué es lo que más te molesta? 你最討厭什麼？

Juana es la que menos trabaja. 胡安娜是工作得最少的人。

7 副詞在句子中的角色

副詞在句子中最重要的角色是當景況補語，修飾動詞。此外，副詞還能當形容詞補語和副詞補語，有的副詞甚至還可以充當定語（修飾名詞）、表語和介系詞的補語。例如：

La noche pasó pronto. 夜晚很快過去了。（當景況補語）

La chica es muy guapa. 那個女孩很漂亮。（當形容詞補語）

Llegamos demasiado pronto. 我們到得太早了。（當副詞補語）

Es tarde. Tengo que irme. 很晚了。我得走了。（當表語）

La gente de aquí es buena. 這裡的人很好。（當介系詞補語）

boca abajo 嘴朝下〔指趴\睡的睡姿〕（當定語）

八、連接詞

連接詞是一種沒有字尾變化的詞類，用來連接兩個或兩個以上的詞、片語或句子，並說明其間的文法和邏輯關係，可分為並列連接詞和從屬連接詞。前者主要表示並列關係，後者表示主從關係。有些連接詞是一個單字，但還有更多由兩個或多個單字構成的、具有連接詞功能的片語，也就是片語連接詞。

1 表示並列的連接詞與片語連接詞

並列連接詞的成分關係為並列、轉折、選擇、排比。

（1） 並列

表示並列的連接詞主要有 y 和變體 e（和）、ni（y 的否定形式）等等。
y 用於最後兩個並列的成分之間。例如：

Hablo chino, español y francés. 我講漢語、西班牙語和法語。

當 y 後面接 [i] 音時（即 y 後面的單字以 i 或 hi 開頭）時，y 變成 e。例如：

Hablo español e italiano. 我講西班牙語和義大利語。

但 y 在疑問句中充當副詞的功能時（這時候 y 重讀），或者 y 後面是 i 開頭的雙母音時，y 不變。例如：

—¿Dónde está Juan? 胡安在哪裡？

—En casa. 在家。

—¿Y Ignacio? 伊格納西奧呢？

Hay que poner agua y hielo. 應該放水和冰。

ni 用於連接兩個或兩個以上被否定的成分。有時為了強調，甚至可以用在每一個並列的成分之前。例如：

No está él ni su hijo. 他和他的兒子都不在。

Ni comió ni durmió. 他不吃也不睡。

（2） 轉折

表示轉折的連接詞及片語連接詞主要有 pero（但是）、sin embargo（然而、但是）、no obstante（但是、可是、然而）等。例如：

Quiero ir a verte, pero está lloviendo. 我想去看你，但是在下雨。

Discutimos mucho, sin embargo, nos queremos.
雖然我們經常爭吵，但是我們很相愛。

El se encuentra mal. No obstante, sigue trabajando.
他不舒服。可是，卻繼續工作。

（3） 選擇

表示選擇的連接詞主要有 o 和變體 u（或者），當 o 後面接 [o] 音時（即 o 後面的單字以 o 或 ho 開頭）時，o 變成 u。例如：

¿Tenemos que salir ahora o después?
我們現在就得出去，還是之後出去？

Vendrán a casa siete u ocho amigos. 有七八個朋友會來家裡。

當 o 在數字之間時，為了避免和數字 0 混淆，會在 o 上添加重音符號。例如：

3 ó 4. 3 或 4。

（4） 排比

表示排比的片語連接詞主要有ahora...ahora（一會兒…一會兒…）、ora...ora（時而…時而…）、ya...ya（時而…時而…）、bien...bien（要嘛…要嘛…、不是…就是…）等。例如：

La niña no puede estar quieta ni un solo momento, ahora canta, ahora baila. 這個小女孩一刻也安靜不了，一會兒唱歌，一會兒跳舞。

Trató de convencerme ya con ruegos ya con amenazas.
他試圖説服我，一會兒是請求，一會兒又是威脅。

Tomaba ora la pluma ora el bolígrafo.
他時而拿起鋼筆，時而拿起圓珠筆。

Se te enviará el paquete bien por el correo de hoy bien por el de mañana. 這個包裹會郵寄給你，不是今天就是明天。

2 從屬子句的連接詞與片語連接詞

從屬連接詞通常用於主從複合句，把主要子句和從屬子句連接起來。

（1） 表示原因

表示原因的連接詞和片語連接詞主要有 como（由於、因為）、porque（因為）、ya que（因為）、pues（因為）、que（因為）等等。例如：

Como hace sol, quiero salir. 出太陽了，我想出去。

No te he saludado porque no te he visto.
我沒跟你打招呼，因為我沒看見你。

Pasamos la noche en un hosco hotel ya que todos estaban llenos.
我們只能在一家破旅館投宿，因為所有旅館都滿了。

西班牙語發音

母音

雙母音

子音

三重母音

語音知識

書寫規則、詞性和文法

最常用的分類單字

最常用的日常會話

No pude decirlo, pues yo mismo no lo sabía.

我沒能告訴你那件事，因為我自己也不知道。

Lo haría, sin duda, que ha prometido hacerlo.

他一定會做的，因為他已經承諾要做了。

（2）表示結果

表示結果的片語連接詞主要有 tanto que... / tan...que...（這麼…結果…）、de modo que（因此）、por eso（所以）、por lo tanto（因此）等等。例如：

Ha trabajado tanto que se sintió cansadísimo.

他做了這麼多工作，感到累極了。

Es tan alto que no cabe en la cama. 他這麼高，床上躺不下。

Se oye ruido dentro de la casa, de modo que debe de haber alguien. 房子裡有聲音，因此一定有人在裡頭。

Llegó demasiado tarde, por eso no la dejaron entrar.

她到得太晚了，所以他們沒讓她進去。

La cosa está decidida, por lo tanto, es inútil que insistas.

事情已定，所以你堅持也沒有用了。

（3）表示時間

表示時間的連接詞和片語連接詞主要有 mientras（與…同時）、una vez que（一…就…）、tan pronto como（一…就…）、cada vez que（每當…）等等。例如：

Mientras yo estudio, él juega. 我學習的時候，他在玩。

Una vez que estemos reunidos, discutiremos lo que debemos hacer.

我們一見面，就來討論應該怎麼辦。

Tan pronto como venga, saldremos. 他一來，我們就出發。

Cada vez que viene trae alguna noticia. 他每次來都帶來些消息。

西班牙語發音

母音

雙母音

子音

三重母音

語音知識

書寫規則、詞性和文法

最常用的分類單字

最常用的日常會話

（4） 表示條件

表示條件的連接詞和片語連接詞主要有 si（如果）、con tal (de) que（只要）、siempre que（只要）等等。例如：

Si me ayudas, podré terminar el trabajo antes.

如果你幫我，我就能早點完成工作。

Con tal (de) que ganemos te dejaremos jugar.

只要我們贏了，我們就讓你玩。

Harás progresos siempre que te esfuerces.

只要你努力就一定會取得進步。

（5） 表示讓步

表示讓步的連接詞和片語連接詞主要有 aunque（雖然、儘管、哪怕）、si bien（儘管）、aun cuando（雖然、儘管、哪怕）等等。例如：

Aunque lo mates, no te lo dirá. 就算你殺了他，他也不會告訴你的。

Si bien no es todo lo que esperaba, me doy por contento.

儘管這並不完全符合我的願望，我已經很滿意了。

Aun cuando pueda ser difícil cumplir los objetivos, no deberíamos cambiarlos. 雖然可能難以實現這些目標，但我們不能改變（目標）。

（6） 表示目的

表示目的的片語連接詞主要有 para que（為了）、a fin de que（為了）、con el fin de que（為了）等等。例如：

Levantó la voz para que todos le oyeran.

他提高嗓門，好讓大家都能聽見他。

A fin de que el proceso bilateral continúe, se requiere una verdadera voluntad política.

為了雙邊進程能夠繼續，必須有真正的政治意願。

Trabajemos para fortalecer las Naciones Unidas con el fin de que respondan a los desafíos contemporáneos.

讓我們努力壯大聯合國這個組織，以應對當代的挑戰。

（7） 表示方式

表示方式的連接詞和片語連接詞主要有 como（像…一樣）、como si（彷彿）等等。例如：

Ella tenía tantas ganas como él. 她跟他一樣有意願。

Me contó lo que pasaba como si lo hubiera presenciado.

他向我講述了發生的事情，彷彿他親眼目睹了一樣。

（8） 引導名詞子句的從屬連接詞 que

從屬連接詞 que 可以引導主詞從屬子句、表語從屬子句、直接受詞從屬子句、間接受詞從屬子句、名詞補語從屬子句、形容詞補語從屬子句、副詞補語從屬子句等名詞性質的從屬子句。例如：

Parece que mañana va a llover. 似乎明天會下雨。（主詞從屬子句）

Mi deseo es que haga buen tiempo mañana.

我的願望是明天有好天氣。（表語從屬子句）

Quiero que estudies. 我希望你學習。（直接受詞從屬子句）

Nunca presto atención a que me digan.

我從來不在意別人對我説的話。（間接受詞從屬子句）

Tengo miedo de que caigan en trampa.

我怕他們落入圈套。（名詞補語從屬子句）

Estoy seguro de que vendrá.

我確定他會來。（形容詞補語從屬子句）

Voy a España en septiembre, salvo que sea muy grave la pandemia.

我 9 月要去西班牙，只要疫情不太嚴重。（副詞補語從屬子句）

西班牙語發音

母音

雙母音

子音

三重母音

語音知識

書寫規則、詞性和文法

最常用的分類單字

最常用的日常會話

（9） 引導切入補語子句的從屬連接詞 que

從屬連詞 que 可以引導切入補語子句。例如：

Se habla de que aumentarán los impuestos. 人們在談論稅將增加。

九、感嘆詞

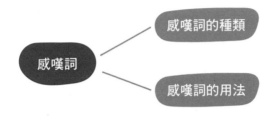

感嘆詞用於表達說話者的情感、態度、感覺、感嘆或呼喚等。感嘆詞具有很大的獨立性，通常不是句子的成分，而是自成獨立的句子。感嘆詞沒有詞形變化，通常出現在句首或插入句子中間，用逗號或驚嘆號與主要的句子隔開。例如：

¡Oh, qué dolor! 噢，好痛！

¡Hola! 嗨！

¡Eh, tú! 哎，你！

¡Caramba! 糟糕！

1 感嘆詞的種類

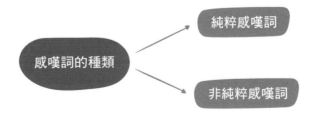

（1） 純粹感嘆詞

純粹感嘆詞是專門用來表示感嘆的詞語。例如：

bah（呸）、ea（嘿）、hola（嗨）、huy（哎呦）、oh（噢）、ojalá（但願、要是…該多好啊）等。

（2） 非純粹感嘆詞

非純粹感嘆詞可以分為以下幾類。

▶ 名詞類。例如：

cuidado（小心），**diablo**（見鬼），**atención**（注意），**hombre**（好傢伙），**demonio**（見鬼），**Jesús**（天哪），**caramba**（糟糕）。

▶ 形容詞類。例如：

bueno（好），**bravo**（真棒），**espléndido**（好極了）。

▶ 副詞類。例如：

arriba（起來），**adelante**（前進／請進），**ya**（好了），**cómo**（什麼）。

▶ 動詞類。例如：

venga（加油），**anda**（啊），**oiga**（喂），**vaya**（呵），**toma**（啊哈），**mira**（瞧瞧）。

▶ 代名詞類。例如：

qué（什麼）

▶ 連接詞類。例如：

pues（果然）

2 感嘆詞的用法

▶ 感嘆詞可以獨立使用，構成只有一個單字的句子。例如：

¡Vaya! ya llegó el auga. 哎喲！水已經來了。

¡Santiago! 加油！

▶ 單獨使用，後面接稱呼語。例如：

¡Ay, hija! No sé. 唉，女兒！我不知道。

¡Eh, tú! Ven aquí. 唉，你！過來。

¡Venga, vosotros! 來吧，你們！

▶ 感嘆詞後面可以接補足語，補足語通常是名詞，兩者以介系詞聯繫起來。例如：

¡Ay de los vencidos! 唉，不幸的失敗者啊！

¡Caramba con el niño! 咦，這倒楣孩子！

¡Jodó con tus amigos! 呸，你那些討厭的朋友！

▶ 感嘆詞後面可以是被 que 或 si 名詞化的句子。例如：

¡Claro que me doy cuenta! 我當然意識到了！

¡Anda que ha cambiado tan pronto el tiempo!
哎呀，天氣這麼快就變了！

¡Vaya si es capaz! 呵，他真能幹！

但 ojalá（但願、要是…該多好啊）後面通常不用 que 或 si，而且動詞應該使用虛擬式。例如：

¡Ojalá viviéramos en otro mundo! 要是我們住在另一個世界該多好啊！

▶ 感嘆詞後面可以再加上一個感嘆句，對它表達的情感補充說明。例如：

¡Uf, qué calor! 唔，真熱啊！

¡Oh, qué pena! 噢，太遺憾了！

¡Madre mía, qué horror! 我的媽呀，太可怕了！

▶ 疑問詞大多可以用來表達感嘆，當作後面的名詞、形容詞或副詞的修飾語。

qué + 名詞，表示對人或事物的性質或程度的感嘆。例如：

¡Qué frío! 真冷啊！

qué + 名詞 + más/tan + 形容詞，表示對人或事物的性質或程度的感嘆。例如：

¡Qué chica más/tan guapa! 好漂亮的女孩！

qué + 形容詞/副詞，表示對人或事物的性質或程度等的感嘆。例如：

¡Qué raro! 真奇怪啊！
¡Qué temprano! 真早啊！

qué + de + 名詞，表示對名詞所表示的事物的數量的感嘆。例如：

¡Qué de agua gastamos! 我們用了好多水！

quién + 動詞第三人稱單數虛擬式過去時，表示說話者自己強烈的願望或遺憾。例如：

¡Quién supiera escribir! = ¡Ojalá supiera escribir yo! 但願我會寫啊！

cuánto + 名詞，表示對事物數量的感嘆，cuánto 與所修飾的名詞性、數一致。例如：

¡Cuánta alegría me das! = ¡Qué alegría me das! 你讓我多麼高興啊！
¡Cuántas veces te lo he dicho! 這個我跟你說過多少遍了！

cuán + 形容詞/副詞，cuán 是 cuánto 的縮減形式，相當於 muy，常被 qué 取代，表示對事物的性質或特徵程度的感嘆。例如：

¡Cuán difícil ha sido trabajar con él! = ¡Qué difícil ha sido trabajar con él! 和他一起工作可真難！

cuánto + 動詞，相當於 mucho，表示對行為或現象的程度或數量的感嘆。例如：

¡Cuánto has trabajado! 你工作真多啊！

cuándo + 動詞，表示有關時間的感嘆。例如：

¡Hasta cuándo dejará de llover! 到什麼時候雨才停啊！

cómo＋動詞，表示有關方式或程度等的感嘆。例如：

¡Cómo se ha envejecido! 他都老成什麼樣了！

dónde/adónde＋動詞，表示有關地點的感嘆。如：

¡Dónde se encontrará una persona igual! 這樣的人上哪兒去找啊！

▶ 上述疑問詞所表達的感嘆意義，通常也可以用「定冠詞＋形容詞子句」的句型，也就是「定冠詞＋名詞/形容詞/副詞＋que」來表達。例如：

¡Cuántas clases habéis perdido! = ¡Las clases que habéis perdido!
你們錯過了多少節課啊！

¡Cuán paciente debe de ser! = ¡Lo paciente que debe de ser!
他得多麼有耐心啊！

¡No sabes qué bien está! = ¡No sabes lo bien que está!
你不知道他狀態可真好啊！

▶ 由動詞轉換而來的感嘆詞 vaya＋名詞（＋más＋形容詞）。例如：

¡Vaya horario (más apretado)! 多麼緊張的作息啊！

▶ 使用「vaya＋名詞/形容詞/副詞＋que」句型來表達「qué＋名詞/形容詞/副詞」的意義。例如：

¡Vaya casa hermosa que tenéis! 啊，你們的房子真漂亮！
¡Vaya lista que es la niña! 嘿，那小女孩可真機靈！
¡Vaya despacio que comes! 哎，你吃得真慢！

03 句型結構基礎

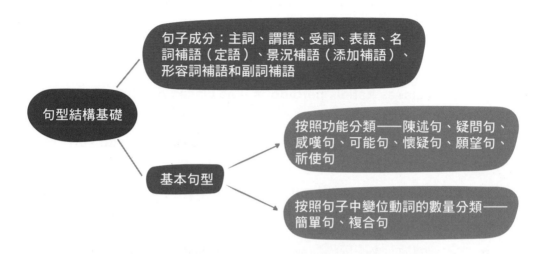

一、句子成分

　　西班牙語文法通常把句子成分分為三個層次，第一層次是主詞和謂語（謂語包括動詞及其受詞）；第二層次是主詞、動詞和受詞這三者的補足語；第三層次是各類補足語的補足語。

　　西班牙語的詞性和句子成分的對應比較單純，例如主詞和受詞通常是名詞或代名詞，但也可以是原形動詞。而名詞的補足語是形容詞，動詞的補足語是副詞，所以「主詞補足語」、「受詞補足語」等等都是模糊的概念，可能是形容詞，也可能是副詞。名詞不管在哪裡，它的補足語都是形容詞或相當於形容詞的詞語；而動詞不管是有人稱形式，還是無人稱形式，它的補足語都是副詞或副詞性質的片語。所以，西班牙語的第二、第三層次的句子成分，是以詞性劃分的。這樣就有了「名詞補語」、「動詞補語」、「形容詞補語」、「副詞補語」的說法。動詞補語有兩類，一種是受詞（分為直接受詞和間接受詞），另一類稱為景況補語（即添加補語，或者稱為狀語）。名

詞補語（或稱定語）和動詞補語屬於第二層次，形容詞補語和副詞補語屬於第三層次。

　　總括起來，西班牙語的句子有兩個主要部分：主詞和謂語（謂語分為名詞謂語和動詞謂語，其中名詞謂語包含表語）；六個次要成分：三種動詞補語（直接受詞、間接受詞和景況補語）、名詞補語（或稱定語）、形容詞補語和副詞補語；外加一個獨立成分，又稱獨立結構。

1　主詞

　　主詞是在謂語動詞所描述的事件或動作中擔當主體的成分，通常是動作的發出者（被動語態除外，參見「動詞：動詞的語態」），可以是名詞、代名詞、原形動詞或從屬子句。例如：

María es profesora. 瑪麗亞是老師。（名詞當主詞）
Ella es ingeniera. 她是工程師。（代名詞當主詞）
Estudiar es importante. 學習很重要。（原形動詞當主詞）
Es necesario que lleves mascarilla. 你戴上口罩是必要的。
（從屬子句當主詞）

2　謂語

　　謂語以動詞為核心，描述事件、狀態或動作，是構成西班牙語句子結構的最基本成分。大部分情況下，沒有謂語，就不會有句子。謂語分為名詞謂語和動詞謂語兩類：謂語動詞是連繫動詞（ser 和 estar）時，即為名詞謂語，由連繫動詞和表語構成；謂語動詞不是連繫動詞時，為動詞謂語，由連繫動詞以外的動詞和各種補語構成（有時候動詞可能沒有補語）。例如：

Juan es maestro. 胡安是老師。（名詞謂語）
Tomás estudia en Beijing. 托馬斯在北京上學。（動詞謂語）

西班牙語發音
母音
雙母音
子音
三重母音
語音知識
書寫規則、詞性和文法
最常用的分類單字
最常用的日常會話

3 受詞

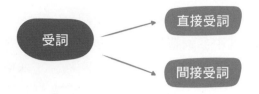

受詞是在謂語動詞描述的事件或動作中受到影響的主體。

（1）直接受詞（直接補語）

直接受詞是動作的接受者，只有及物動詞才有直接受詞，它直接承受動詞的動作，或者是動作的產物，通常是名詞、代名詞、原形動詞或從屬子句。例如：

Vi la película. 我看過這部電影了。（名詞當直接受詞）

No lo sé. 我不知道這件事。（代名詞當直接受詞）

Quiero quedarme en casa. 我想待在家裡。（原形動詞當直接受詞）

Dijo que quería ir conmigo. 他說他想和我一起去。

（從屬子句當直接受詞）

註：直接受詞的名詞如果是確指的人，會加上介系詞 a。如下：

Voy a ver a mi abuela todos los fines de semana.

每週末我都去看奶奶。

（2）間接受詞（間接補語）

間接受詞有兩種。當動詞表達「授受、交接」意義時，例如 regalar（贈送）、enviar/mandar（寄）、dar（給）、entregar（交給）、llevar（送去）、traer（帶來）、decir（告訴）、avisar（通知）等等，需要兩個受詞，一個是直接受詞，表示授受、交接的事物；另一個就是間接受詞，表示接收者，以介系詞 a 或 para 引導。例如：

Esta tarde voy a traer unos libros para ti. 今天下午我要帶幾本書給你。（unos libros 是直接受詞，ti 是間接受詞）

¿Cuándo enviaste a Ana la noticia? 你什麼時候通知安娜這個消息的？（la noticia 是直接受詞，a Ana 是間接受詞）

另外，在西班牙語中，間接受詞除了可以是及物動詞的第二補語以外，也可以是不及物動詞和連繫動詞的補語。也就是說，間接受詞可以脫離直接受詞而單獨存在。不過，不及物動詞的動作不給予任何人或物，而連繫動詞根本不發出動作，所以這兩類動詞的間接受詞，只表示某人或某物在動詞的動作中受益或受損，或者對謂語所講的事物感興趣。例如：

A mi hermano no le gusta comer carne. 我哥哥不喜歡吃肉。

上面例句中的間接受格代名詞 le，也稱為「利益與格」。

4 表語

表語是句子中表明主詞狀態、性質、身分的成分，通常是名詞、形容詞、副詞或從屬子句。例如：

Esta señora es Carmen. 這位女士是卡門。（名詞當表語）
Lucía es inteligente. 露西亞很聰明。（形容詞當表語）
El café está frío. 咖啡是冷的。（形容詞當表語）
Ya es tarde. 很晚了。（副詞當表語）
La verdad es que no te creo. 事實是我不相信你。（從屬子句當表語）

5 名詞補語（定語）

名詞補語修飾句子中的名詞，通常是形容詞或具有形容詞作用的片語。另外，同位語也屬於名詞補語。

1〉形容詞當名詞補語。例如：

Elena es una chica guapa. 艾倫娜是個漂亮的女孩。

2〉有形容詞作用的「介系詞 + 名詞/副詞/原形動詞」片語結構當名詞補語。例如：

de 等介系詞後面接名詞。例如：

la casa del padre 爸爸的房子

de 後面接副詞。例如：

el periódico de ayer 昨天的報紙

de 後面接原形動詞。例如：

hora de almorzar 吃午飯的時候

3〉同位語當名詞補語

同位語也是名詞，是句子中與被修飾成分具有同等地位的成分，對修飾的名詞性成分進一步補充或說明。根據與所修飾成分的關係是否緊密，同位語可分為限定性和說明性兩類。

限定性的同位語與被修飾的名詞並置，中間沒有介系詞，它給被修飾的名詞增加一層新意，結成一體，例如 ciudad satélite（衛星城）、conferencia cumbre（高峰會），和一般的 ciudad（城市）、conferencia（會議）有所區別。

說明性的同位語只對被修飾的名詞做一般的說明，不增加新意，書寫時用逗號與被說明的名詞隔開，說話時要停頓，例如 Beijing, capital de China（北京，中國首都）。這裡的 Beijing 和 capital 是指同一座城市，capital de China 只對 Beijing 作一般性的說明，就算沒有它，Beijing 的含義也不會發生變化。

6　景況補語（添加補語）

景況補語（添加補語），或者稱為狀語，表示動作或性狀發生或存在的時間、地點、方式、數量、程度、原因、目的、肯定、否定等含義。景況補語可以是副詞、副詞片語、名詞、形容詞（包括過去分詞）、介系詞 + 名詞/代名詞/動詞結構、副動詞或從屬子句來充當。例如：

No me gusta mucho la verdura. 我不是很喜歡蔬菜。

（副詞當景況補語）

La casa se hundió de golpe. 房子一下子倒塌了。

（副詞片語當景況補語）

La delegación llegó el domingo. 代表團週日抵達了。

（名詞當景況補語）

Vas a pagar caro por lo que acabas de decir.

你將會為你剛剛說的話付出昂貴的代價。（形容詞當景況補語）

Venida la noche, todos dormimos. 夜晚來臨，我們大家都睡了。

（過去分詞當景況補語）

Voy con mi madre/ella. 我和我媽媽/她一起去。

（介系詞 + 名詞/代名詞當景況補語）

Comemos para vivir. 我們為了活著而吃。（介系詞 + 動詞當景況補語）

Paseando, me encontré con mi compañero Antonio.

散步的時候，我碰到了我的同學安東尼奧。（副動詞當景況補語）

Avísale cuando llegue. 他來的時候，告知他一下。

（從屬子句當景況補語）

7 形容詞補語

形容詞補語修飾形容詞，通常是副詞或副詞片語，也可以是介系詞引導的詞、片語或從屬子句。例如：

Estoy bastante contento. 我相當高興。（副詞）

un poco triste 有點悲傷（副詞片語）

Sé siempre fiel a tus promesas. 你要永遠信守自己的承諾。

（介系詞 + 名詞）

Tienes un hijo digno de ti. 你有個不愧對你的兒子。

（介系詞 + 代名詞）

Estoy resuelto a no dejarme dominar por la pasión.

我絕不讓一時的感情衝動支配自己。（介系詞 + 動詞）

西班牙語發音

母音

雙母音

子音

三重母音

語音知識

書寫規則、詞性和文法

最常用的分類單字

最常用的日常會話

Estamos deseosos de que aproveches el tiempo.
我們希望你善用時間。（介系詞 + 從屬子句）

8　副詞補語

副詞補語修飾副詞，通常是副詞或副詞片語，也可以是名詞性質的從屬子句。例如：

Estoy muy bien. 我很好。（副詞）
¿Estás un poco mejor? 你好點了嗎？（副詞片語）
El próximo sábado, iré a verte, salvo que haga muy mal tiempo.
下個星期六，只要天氣不是太糟，我一定去看你。（名詞性質的從屬子句）

9　獨立結構

獨立結構通常是副動詞和過去分詞構成的插入語。不過，呼語、感嘆詞、擬聲詞也可以歸入獨立結構。例如：

No tienes por qué temer a nadie, estando yo a tu lado.
有我在你身邊，你誰也不用怕。（副動詞）
Dadas las circunstancias actuales, no cabe otra solución.
鑒於目前的情況，沒有別的解決辦法。（過去分詞）
No estorbes, che. 我說，你別擋路。（呼語）
¡Oh, qué imponente eres! 噢，你多麼雄偉啊！（感嘆詞）
Tictac, tictac, se oye desde fuera el sonido de una máquina de escribir. 滴答，滴答，從外面可以聽到打字機的聲音。（擬聲詞）

二、基本句型

由一個或兩個以上的詞構成，能夠提供完整資訊的文法單位，稱為句子。動詞是句子的核心成分。基本句型分為簡單句和複合句。

1 簡單句

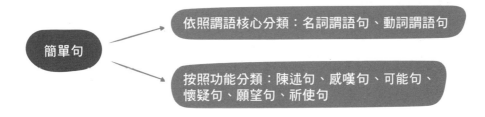

簡單句是只包含一個變位動詞的句子。

（1）依照謂語核心分類

謂語核心是連繫動詞，稱為名詞謂語句。謂語核心不是連繫動詞，稱為動詞謂語句。

1〉名詞謂語句

名詞謂語句的結構為：（主詞）＋ 連繫動詞 ＋ 表語（括弧裡是可以省略的成分）。西班牙語的連繫動詞主要有 ser 和 estar。另外還有一些動詞也可以當成連繫動詞使用，我們稱之為半連繫動詞。

a. ser

連繫動詞 ser 的表語可以是名詞、形容詞或有形容詞功能的片語。

西班牙語發音

母音

雙母音

子音

三重母音

語音知識

書寫規則、詞性和文法

最常用的分類單字

最常用的日常會話

還有少數副詞也可以當作表語。例如：

Marcos es profesor. 馬爾克斯是老師。（名詞當表語）

Luisa es alta. 路易莎很高。（形容詞當表語）

Esta casa es de mi abuelo. 這棟房子是我爺爺的。
（有形容詞功能的片語當表語）

Es así. 就是這樣。（副詞當表語）

b. estar

連繫動詞 estar 的表語可以是形容詞、過去分詞或副詞。例如：

La sopa está caliente. 湯很燙。（形容詞當表語）

Estos días estamos cansados. 這幾天我們很累。（過去分詞當表語）

¿Estás bien, hijo? 你好嗎，兒子？（副詞當表語）

從以上例句可以看出，ser 和 estar 這兩個連繫動詞都可以加形容詞當表語。它們最根本的區別在於：ser + 形容詞這個結構通常表示事物的固有性質；estar + 形容詞這個結構表示狀態或某種變化的結果。例如：

Amparo es muy guapa. 安帕蘿很漂亮。

Amparo está guapa con esta blusa. 安帕蘿穿這件襯衫很好看。

Antonio es alto. 安東尼奧個子高。

Antonio está alto. 安東尼奧長高了。

c. 半連繫動詞

西班牙語中的半連繫動詞有 parecer, quedar, resultar 等。例如：

Carmen parece buena persona. 卡門看上去是個好人。

La puerta quedó abierta toda la noche. 那扇門整晚都開著。

El problema resulta complicado. 這個問題很複雜。

2〉動詞謂語句

動詞謂語句的結構是：（主詞）＋動詞＋（直接受詞）＋（間接受詞）＋（景況補語）（括弧裡是可以省略的成分）。例如：

Todos comemos en el comedor. 我們都在飯廳吃飯。

（主詞 + 動詞 + 景況補語）

El niño no quiere tomar leche. 這個小孩不想喝牛奶。

（主語 + 動詞 + 直接受詞）

Me dio el libro. 他把書給我。（動詞 + 直接受詞 + 間接受詞）

El autobús nos dejó en el centro de la ciudad.

公車把我們帶到了市中心。（主詞 + 動詞 + 直接受詞 + 景況補語）

（2） 按照功能分類

1〉陳述句

陳述句是用來表述事件、狀態或事實的句型，可分為肯定句和否定句。

a. 肯定句

肯定句用來肯定事實，說明謂語與主語相符。其動詞必須用陳述式，通常沒有特殊的形式。

▶ 基本句型結構：（主詞）+ 謂語（括弧裡是可以省略的成分）。例如：

Marisa es guapa. 瑪麗莎很漂亮。
Juana llora. 胡安娜在哭。

▶ 如果謂語動詞描述的事件涉及動作的承受者，句型結構為：（主詞）+ 謂語 + 受詞（括弧裡是可以省略的成分）。例如：

Ella bebe un poco de agua. 她喝了點水。

▶ 有時為了加強肯定的意義，句中可以加上表示肯定的副詞或片語。例如：

Yo sí vendré. 我一定會來。

b. 否定句

否定句用來否定事實，說明謂語與主詞不相符，通常在謂語前加否

西班牙語發音

母音

雙母音

子音

三重母音

語音知識

書寫規則、詞性和文法

最常用的分類單字

最常用的日常會話

定副詞 no。

▶ 基本句型結構：（主詞）+ no + 謂語（括弧裡是可以省略的成分）。
例如：

José no es mi marido. 荷賽不是我的丈夫。

▶ 西班牙語中有一些表示否定含義的詞，如果放在謂語之前，句型結
構為：否定詞 +（主詞）+ 謂語（括弧裡是可以省略的成分）。如果放在謂
語之後，句型結構為：no +（主詞）+ 謂語 + 否定詞（括弧裡是可以省略的
成分）。這些詞有不定代名詞 nada, nadie, ninguno；否定副詞 nunca, jamás,
tampoco 以及否定連接詞或片語連接詞 ni, ni siquiera 等。例如：

No hay nada en la mesa. / Nada hay en la mesa. 桌上什麼都沒有。
No he visto nadie. / Nadie he visto. 我一個人都沒看見。
Ningún libro es mío. / No es mío ningún libro. 沒有一本書是我的。
No he leído el libro nunca. / Nunca he leído el libro.
我從沒看過那本書。
No lo haré jamás. / Jamás lo haré. 我絕對不會做這件事。
No soy española tampoco. / Tampoco soy española.
我也不是西班牙人。
Ni a ti te lo diré. / No te lo diré ni a ti. 就連對你我也不說這件事。

2〉感嘆句

感嘆句用來表示喜怒哀樂的強烈感情。感嘆句可以只有一個單字，
也可以由感嘆詞與片語或完整的句子連用構成。

a. 由感嘆詞構成的感嘆句

¡Ah! no esperaba encontrarte aquí. 啊，想不到會在這裡碰到你！
（表示驚奇、痛苦、惋惜或高興）
¡Ay de nosotros si eso es mentira! 如果這是謊言，我們就該倒楣！
（表示痛苦、害怕或威脅）
¡Bah, no te creo! 呸，我不相信你！（表示懷疑、輕視或無可奈何）
—**Yo creo que él obra de buena fe.** 我認為他是出於好心才那麼做的。

西班牙語發音

母音

雙母音

子音

三重母音

語音知識

書寫規則、詞性和文法

最常用的分類單字

最常用的日常會話

—¡Ca! **No lo creas.** 得了吧！你可別相信。（表示否定或不信任）

¡Caramba...sí son ya las ocho! 糟糕，已經 8 點啦！

（表示驚奇或惱怒）

He dicho que no, ¡ea! 我說了不行，嘿！（表示強調或鼓勵）

¡Hola, Susana, qué estás haciendo! 喂，蘇珊娜，妳在做什麼！

（表示驚呼或驚奇）

¡Huy, qué horror! 啊，真可怕！（表示驚奇）

¡Ojalá nieve mañana! 但願明天下雪！（表示願望）

¡Uf, qué duro es el trabajo! 唉，這工作真辛苦！（表示厭倦或氣悶）

b. 由表示感嘆的名詞、動詞構成感嘆句

¡Anda, si no tengo el libro! 真糟，我沒帶書！（表示驚奇、失望、不滿、請求或用來激怒對方）

¡Cuidado! Ahí hay un coche. 當心，那裡有輛車！（表示提醒或不滿）

—**Quiere que yo lo haga por él...** 他想要我替他做這件事…

—**¡No faltaba más!** 想得美！（表示無法接受的要求、客氣或同意）

¡Qué gracia! Estábamos precisamene hablando de ti cuando has aparecido. 真有意思！我們正談到你，你就出現了。

（表示有趣、驚奇或不滿）

¡(Pero,) Hombre! No sabía que estuvieras aquí.

啊，我不知道你在這裡！（表示驚奇、懷疑、遺憾或不滿）

¡Vaya, se me han roto las gafas! 哎呀，我的眼鏡打碎了！

（表示不滿、驚奇、同情或強調）

¡Mira lo que vas a hacer! 注意你要做的事！

（表示提醒、驚奇或不滿）

¡Toma! También yo lo sé hacer. 噢！我也會做。

（表示驚奇、蔑視、領悟或罪有應得）

¡Vamos a ver! Empezaremos por sacar los instrumentos.

來吧！我們先把工具拿出來。（表示動作開始，或提醒注意，或請求對方講明意義）

Estábamos viendo la televisión y ¡zas! se cortó la corriente.

我們正看著電視，突然「啪」的一聲，電流斷了。（指跌、落、擊、打聲，或用於形容突然發生的事情）

c. 由 qué, cuánto (cuán), cómo, dónde, vaya 構成的感嘆句（參見「感嘆詞：感嘆詞的用法」）

d. 由陳述句轉化為感嘆句

¡Trabajas muy bien! 你工作做得非常好！

3〉可能句

可能句表示說話者把句子講述的內容當作一種推測。可能句可以用動詞的時來表示，也可以用詞彙來表示。

a. 用動詞的時表示

▶ 陳述式將來未完成時和將來完成時，分別表示現在和剛過去的可能性。例如：

Serán las once. 現在大概 11 點吧。
Habrán salido. 他們大概已經出門了。

▶ 用簡單條件式表示過去的可能或將來的可能。

Serían las once. 當時大概是 11 點吧。
Vivirían muy contentos en aquel país.
他們在那個國家大概（會）生活得很幸福。

▶ 用複合條件式或虛擬式過去完成時表示過去發生、已完成的可能行動。例如：

Su madre se habría（hubiera）enfadada mucho con tales palabras.
他媽媽大概對那幾句話很生氣。

b. 用詞彙表示

▶ 用動詞 poder、副詞 probablemente, posiblemente 或動詞片語 deber de 來表示。如：

Esto podía ser mentira. 這可能是假的（謊言）。

Probablemente se ha ido. 他可能已經走了。

Posiblemente vendrá. 他可能會來。

Deben de conocerse. 他們大概彼此認識。

4〉懷疑句

懷疑句表示說話者把句子講述的內容當作一種懷疑，由 acaso, tal vez, quizá 和動詞虛擬式或陳述式構成。例如：

Acaso mejore（mejorará）el tiempo. 也許天氣會好起來。

Tal vez se hayan enterado（se han enterado）todos.
大家或許都知道了。

Quizá no vuelva（volverá）más. 他也許不會再回來了。

5〉疑問句

疑問句用於詢問或質疑。疑問句分為一般疑問句和特殊疑問句。

a. 一般疑問句

▶ 一般疑問句是對整句的內容提問，通常會用 sí 或 no 回答。一般情況下，謂語動詞放在句首。例如：

—**¿Conoces a esa señora?** 你認識那位女士嗎？

—**Sí, la conozco. / No, no la conozco.**
是的，我認識她。/ 不，我不認識她。

▶ 有時，謂語動詞也可以放在主詞或其他成分之後。例如：

¿Mis hijos están en casa? / ¿En casa están mis hijos?
我的孩子們在家嗎？

▶ 以 no 開頭的一般疑問句，在回答時，應根據事實進行回答。答句中的 sí 和 no 翻譯為漢語時，表達的方式恰好和西班牙語相反。例如：

—**¿No has comido?** 你沒吃飯嗎？

—**Sí, he comido. / No, no he comido.** 不，我吃過了。/ 對，我沒吃。

母音

雙母音

子音

三重母音

語音知識

書寫規則、詞性和文法

最常用的分類單字

最常用的日常會話

b. 特殊疑問句

特殊疑問句對句子的某一成分提出疑問。句首一定有疑問詞：quién, qué, cuál, cuándo, dónde, cómo, por qué 等。

▶ quién（誰）當疑問代名詞，只能指人，有複數形式 quiénes。例如：

¿Quién habla? 誰在說話？

▶ qué（什麼、哪個）當疑問代名詞或疑問形容詞。當疑問代名詞時，只能指物或事。例如：

¿Qué pasa? 發生什麼事了？

¿Qué libros me has traído? 你帶了什麼書給我？

▶ cuál（哪個）當疑問代名詞，可以指人，也可以指物，有複數形式 cuáles，通常和 de 引導的名詞片語連用，表示某個範圍中的哪一個、哪一些。例如：

¿Cuál de los dos libros te gusta más?

這兩本書，你比較喜歡哪一本？

▶ cuánto（多少）當疑問形容詞或疑問代名詞，有性、數變化。例如：

¿Cuántas películas has visto? 你看過多少部電影？

▶ cuándo（什麼時候）當疑問副詞，相當於 en qué tiempo。例如：

¿Desde cuándo está enferma tu hermana?

你姐姐從什麼時候開始生病的？

▶ dónde（哪裡）當疑問副詞，還可以和介系詞 a 構成 adónde（往哪裡）。例如：

¿Dónde vives? 你住在哪裡？

¿Adónde vas? 你去哪裡？

▶ cómo（怎麼樣）當疑問副詞，相當於 de qué manera。例如：

¿Cómo vas a la escuela? 你怎麼去學校？

▶ por qué（為什麼）當疑問副詞片語。例如：

¿Por qué no te gusta la película? 你為什麼不喜歡這部電影？

6〉願望句

　　願望句表示願望，句中動詞用虛擬式，句首常加 ojalá, así, si, que 等表示願望的詞，但也可以不使用。

a. 句首有 ojalá, así 時

　　動詞可用虛擬式現在時、虛擬式現在完成時、虛擬式過去未完成時或虛擬式過去完成時，不同的時態表示的意義也不相同。虛擬式現在時和虛擬式現在完成時表示說話者的願望是可能實現的；虛擬式過去未完成時表示願望的實現帶有更多的假設性；而虛擬式過去完成時表示願望與現實根本相反。例如：

Hace días que lo espero. Ojalá llegue hoy.
好幾天我都在等他，但願他今天會到。
Así ganemos el partido. 但願我們會贏得比賽。
He olvidado coger el diccionario. Ojalá lo haya cogido José.
我忘了帶字典。但願何塞帶了。
Ojalá hiciera buen tiempo mañana. 但願明天天氣好。
Así lo hubiera comprado hace dos años.
要是我在兩年前買了它就好了。

b. 句首有 si 時

　　動詞只能用虛擬式過去未完成時或虛擬式過去完成時。例如：

Si estuviera aquí mi novio. 要是我男朋友在這裡就好了。
Si hubiera recibido la carta de mi amigo ayer.
要是昨天收到我朋友的信就好了。

c. 句首有 que 時

　　動詞只能用虛擬式現在時和虛擬式現在完成時。例如：

Que no llore. 但願她不會哭。

西班牙語發音

母音

雙母音

子音

三重母音

語音知識

書寫規則、詞性和文法

最常用的分類單字

最常用的日常會話

Que se haya enterado de la verdad. 但願他已經知道了真相。

d. 句首不使用表示願望的詞時

　　動詞只能用虛擬式現在時。例如：

¡Viva la patria! 祖國萬歲！

7〉祈使句

　　祈使句表示請求、命令，句中動詞用命令式（參見「動詞的時態：命令式」）。但需要注意，que 引導的願望句和祈使句，形式完全相同，這時只能從意義和語調區分。如：

Que tengas buen viaje. 願你旅行一路順風。
Que esperen. 讓他們等吧。

2 複合句

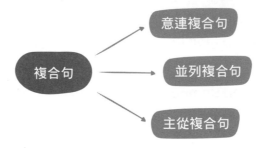

（1）意連複合句

　　構成意連複合句的各個簡單句，不以連接詞相互串通，只是在語義上暗含某種邏輯、文法關係。例如：

No hay posibilidad, todo se ha perdido. 沒可能了，一切都失去了。

（2）並列複合句

　　構成並列複合句的各個簡單句保持相對獨立的關係，去掉其中一個也不

會影響其他句子的完整性。在此結構中，句子之間以並列連接詞或其他方式銜接。並列複合句可分為聯繫並列句、選擇並列句、轉折並列句、排比並列句這四種類型。

1〉聯繫並列句

常用的連接詞是 y（和，用於肯定句）和 ni（和，用於否定句），例如：

Comí un poco y fui a la cama. 我吃了一點，接著就上床睡覺了。
No vino ni llamó por teléfono. 他沒來，也沒打電話。

2〉選擇並列句

常用的連接詞是 o（或者），例如：

¿Quieres té o prefieres café? 你想要茶，還是你比較想要咖啡？

3〉轉折並列句

常用的連接詞是 pero（但是），或者 no... sino que 結構。例如：

Lo busco pero no lo encuentro. 我找了，但是沒找到（那個東西）。
El hijo no lo sacó de inmediato de los escombros sino que fue a buscar el almanaque.
兒子沒有馬上把他從廢墟中挖出來，而是去找曆書。

4〉排比並列句

可以由多種相關詞或片語連接詞引導。常用的相關詞有 estos..., aquellos...（這些…那些…），unos..., otros...（一些…另一些…），ora..., ora...（時而…時而…），ya..., ya...（時而…時而…）等。例如：

Estos cantaban, aquellos bailaban. 這些人唱歌，那些人跳舞。
Unos charlaban, otros jugaban a las cartas.
一些人聊天，另一些人玩牌。
Los niños, ora reían, ora gritaban; ya corrían, ya saltaban; no podían estar quietos. 孩子們一會兒笑，一會兒叫，一會兒跑，一會兒跳，不能安靜下來。

西班牙語發音

母音

雙母音

子音

三重母音

語音知識

書寫規則、詞性和文法

最常用的分類單字

最常用的日常會話

主從複合句

　　一個句子作為另一個句子的成分，以不同方式嵌入另一個句子，成為這個句子的成分（主詞、受詞、表語、定語、各種補語等），作為它的下屬，它們之間是主從關係。這樣的句子，就是主從複合句。嵌入的句子處於從屬地位，稱為從屬子句；容納從屬子句的句子處於主導地位，稱為主要子句。主從句之間有很緊密的依存關係，去掉從屬子句會嚴重影響全句的完整性。

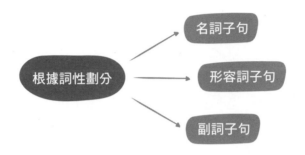

　　根據詞性劃分，主從複合句可以分為名詞子句、形容詞子句和副詞子句。

1〉名詞子句

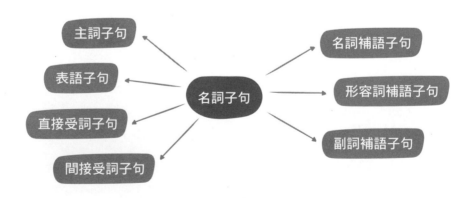

　　名詞子句在句中扮演各種不同的角色。

a. 主詞子句

當主詞是一個句子的時候，這個句子就是主詞子句，以連接詞 que 引導。例如：

No es probable que lo sepa. 他不可能知道這件事。

b. 表語子句

當 ser 的表語是子句的時候，稱為表語子句，以連接詞 que 引導。例如：

El problema es que hace demasiado frío. 問題是天氣太冷了。

c. 直接受詞子句

當及物動詞的直接受詞是一個句子時，這個句子就是直接受詞子句。當直接受詞子句是陳述句時，可以用連接詞 que（無實際含義，僅作為句中連接用，相當於英語中的 that）和主要子句連接；當直接受詞子句是一般疑問句時，用連接詞 si（「是否」，相當於英語中的 if）和主要子句連接；當直接受詞子句是特殊疑問句時，用各種疑問詞和主要子句連接。例如：

Te digo que eso es mentira. 我告訴你這是謊言。
Le pregunté si había ido a la fiesta. 我問他是否去了那場派對。
Te preguntó dónde vivías. 他問你住在什麼地方。

d. 間接受詞子句

當動詞的間接受詞是一個句子時，這個句子就是間接受詞子句，由 a que 引導。例如：

Nunca presta atención a que lo elogien.
他從來不在乎別人對他的誇獎。

e. 名詞補語子句

當名詞的補語是一個句子的時候，這個句子就是名詞補語子句，通常由 de que 引導。例如：

西班牙語發音

母音

雙母音

子音

三重母音

語音知識

書寫規則、詞性和文法

最常用的分類單字

最常用的日常會話

Me inquieta el miedo de que nos vean.
我感到不安，因為擔心有人會看到我們。

f. 形容詞補語子句

當形容詞的補語是一個句子的時候，這個句子就是形容詞補語子句，由 de que, con que 或 en que 引導。例如：

Estoy alegre de que vengas. 我很高興你能來。
Está contenta con que hayas llamado. 你打電話來，她感到很高興。
Hay muchos conformes en que no tiene razón.
有很多人一致認為他不對。

g. 副詞補語子句

當副詞的補語是一個句子的時候，這個句子就是副詞補語子句，由連接詞 que 引導。例如：

Estaré ahí a las siete en punto excepto que haya serios atascos.
我會在 7 點整的時候到達那裡，除非有嚴重的塞車。

2〉形容詞子句（關係子句／定語子句）

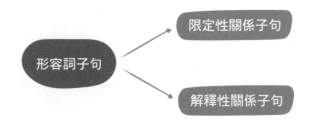

當一個句子取代修飾名詞的形容詞時，這個句子就是關係子句。引導關係子句的，可以是關係形容詞 cuyo（他的、她的、它的、他們的、她們的、它們的）、cuanto（全部的、所有的、一切的），關係代名詞 que（他、她、它、他們、她們、它們），quien（他、她、他們、她們）、cual（那個人、那些人、那個東西、那些東西、那種事情、那

類情況）、cuanto（全部、所有、一切）或者關係副詞 cuando（當⋯的時候），donde（那裡），como（像，如同），cuanto（全部、所有、一切）（參見「形容詞的分類：關係形容詞」、「依在句中的的功能分類：關係代名詞」和「依照功能分類：關係副詞」）。形容詞子句可以分為限定性關係子句和解釋性關係子句。

a. 限定性關係子句

限定性關係子句的功能，是限定先行詞的概念。限定性關係子句和先行詞緊緊相連，中間沒有逗號，而且不能省略。一旦省略，就會改變主要子句的意思。例如：

Todas las casas que hemos visto son pequeñas.
我們看到的房子都是小的。

句子中的 que hemos visto 是對 casas 的限定，並不是指所有的房子，而是只限於「我們看見的」房子。如果省去，這個句子就變成 Todas las casas son pequeñas.（所有的房子都是小的。）這就相當不合理了。

b. 解釋性關係子句

解釋性關係子句為先行詞增加一種性質或情況。解釋性關係子句和先行詞之間用逗號分開，口說時需要停頓。解釋性關係子句可以省略，這時候主要子句的意思基本不變。例如：

Juan, que es diligente, trabaja sin descanso.
胡安為人勤快，他不歇息地工作。

句子中的 que es diligente 是先行詞 Juan 的一種說明，指出他所具有的一種性質。如果省去，這個句子就變成了 Juan trabaja sin descanso.（胡安不歇息地工作）。可以看出，省略從屬子句後，主要子句的意思基本上沒有變化。

3〉副詞子句（狀語子句）

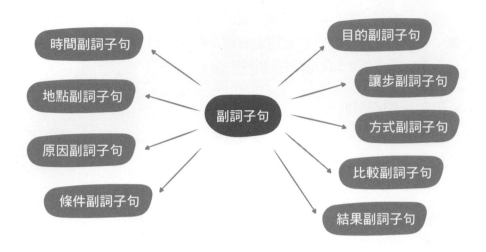

副詞子句根據不同的情況，可分為不同的種類。

a. 時間副詞子句

　　時間副詞子句表示主要子句動作發生的時間，以關係副詞或連接詞與主要子句銜接。常用的關係副詞有 cuando（當…的時候），常見的連接詞有 mientras（與…同時）等。例如：

Cuando leíamos, entró la profesora. 我們看書時，老師進來了。
Entró la profesora cuando leíamos. 我們看書時，老師進來了。
Mientras estudio mi madre cocina. 我學習的時候，媽媽做飯。
Mi madre cocina mientras estudio. 我學習的時候，媽媽做飯。

　　從上面的例句可以看出，時間副詞子句可以放在主要子句的前面或後面。

b. 地點副詞子句

　　地點副詞子句表示動作發生的地點，主要子句和從屬子句常以關係副詞 donde（那裡）連接。例如：

Trabaja donde hacía falta. 他總是在需要他的地方工作。
Donde no hay harina, todo es mohína. 沒麵粉的家庭煩惱多。

從以上例句可以看出，地點副詞子句可以放在主要子句的前面或後面。

c. 原因副詞子句

原因副詞子句表示主要子句動作發生的原因，主要子句和從屬子句可以用 como（由於、因為）或 porque（因為）連接，兩者都相當於英語中的 because。例如：

Como mi padre está muy enfermo, tengo que dejar de estudiar para cuidarlo. 由於我父親病重，我不得不輟學照顧他。

Tengo que dejar de estudiar para cuidar a mi padre porque está muy enfermo. 我不得不輟學照顧我的父親，因為他病得很重。

Como mañana hace mal tiempo, me quedaré en casa.
由於明天天氣不好，我將待在家裡。

Me quedaré en casa porque mañana hace mal tiempo.
我將待在家裡，因為明天天氣不好。

從以上例句可以看出，como 引導的原因副詞子句需放在主要子句的前面；porque 引導的原因副詞子句需放在主要子句後面。

d. 條件副詞子句

條件副詞子句表示主要子句動作所依賴的條件，主要子句和從屬子句常以連接詞 si（如果）連接。例如：

Si quieres, te ayudo. 如果你願意，我來幫助你。
Te ayudo si quieres. 如果你願意，我來幫助你。

從以上例句可以看出，條件副詞子句可以放在主要子句的前面或後面。

e. 目的副詞子句

目的副詞子句表示主要子句的行動產生的目的、意圖，主要子句和從屬子句常以 a que, para que, a fin de que 等結構連接。例如：

Abre la ventana para que entre el aire fresco.
（你）打開窗戶，讓涼風進來。

Para que entre el aire fresco, abre la ventana.
為了讓涼風進來，請你打開窗戶。

西班牙語發音

母音

雙母音

子音

三重母音

語音知識

書寫規則、詞性和文法

最常用的分類單字

最常用的日常會話

從以上例句可以看出，目的副詞子句可以放在主要子句的前面或後面。

f. 讓步副詞子句

讓步副詞子句表示完成主要子句動作需要克服的障礙，主要子句和從屬子句常以連接詞 aunque（雖然、儘管）連接。例如：

Aunque está enfermo, insiste en terminar el trabajo.
他雖然病了，但仍然堅持完成這項工作。
Insiste en terminar el trabajo aunque está enfermo.
他雖然病了，但仍然堅持完成這項工作。

從以上例句可以看出，讓步副詞子句可以放在主要子句的前面或後面。

g. 方式副詞子句

方式副詞子句表示主要子句動詞的行動方式，主要子句和從屬子句常以關係副詞 como（像，如同）連接。例如：

Hazlo como se te ha mandado. 像他們命令你那樣做那件事。
Como se te ha mandado hazlo. 像他們命令你那樣做那件事。

從以上例句可以看出，方式副詞子句可以放在主要子句的前面或後面。

h. 比較副詞子句

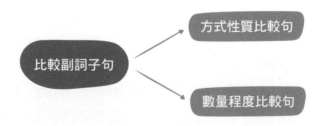

比較副詞子句與主要子句形成比較，藉由將主要子句事件與從屬子句事件對比的形式，來說明主要子句的事件。

西班牙語發音

母音

雙母音

子音

三重母音

語音知識

書寫規則、詞性和文法

最常用的分類單字

最常用的日常會話

▶ 方式性質比較句

　　方式性質比較句可以做相似性對比（尋找相似點）或對立性對比（尋找差異）。

　　相似性對比，主要著眼於主要子句事件與從屬子句事件發生或發展方式上的相似性，藉以說明主要子句事件。主要子句和從屬子句常以 como（像，如同）、como...así（就像）、así...como（就像）、tal...cual（就像）、igual...que / igual que...（和⋯一樣）、lo mismo...que / lo mismo que...（和⋯一樣）等來連接。例如：

¡Cuánta nota dormía en sus cuerdas, como el pájaro duerme en las ramas! 絃上蘊藏了那麼多的音符，就像鳥兒睡在樹枝上一樣！

Como (trata) a sus subordinados así trata a sus hijos.
他對待子女就像對待他的下屬一樣。

Así le vi a él como te estoy viendo a ti.
我當時看著他就好像現在看著你一樣。

Tal padre cual hijo. 有其父必有其子。

Igual talento requiere la tragedia que la comedia.
悲劇和喜劇一樣，都需要天賦。

Tengo una camisa igual que/como esta. 我有一件和這件一樣的襯衫。（在完全相同的情況下，可以用 como 來代替 igual que）

¿No es lo mismo copiar que robar? 抄襲和偷不是一樣的嗎？

Y se hace lo mismo que antes. 再次重複剛才的步驟。

　　從以上例句可以看出，從屬子句的動詞如果和主要子句一樣，可以省略從屬子句中的動詞。

　　對立性對比，經常使用 distinto（不同的）、diverso（不同的）、diferente（不同的）、otro（另外的）等詞語。如：

Esto es distinto de lo que te había contado. 這跟我和你說的不一樣。

▶ 數量程度比較句

　　數量、程度等方面比較結果的相同與不同等關係，基本上是使用形容詞和副詞的同等級、比較級或最高級形式來表達的。

　　相等比較可以是量的比較，也可以是質的比較。前者用 tanto...

cuanto（和…一樣）、cuanto（全部、所有、一切）、tanto... como（和…一樣）、tan... como（和…一樣）來連接；後者用 tal... como（和…一樣）、tal... cual（和…一樣）來連接。例如：

Le admiran tantas personas cuantas le conocen.
有多少人認識他，就有多少人欽佩他。

Vinieron tantos cuantos cabían en el coche.
凡是能在車裡坐得下的人都來了。

Deja dormir al niño tanto cuanto quiera.
孩子想睡多久，就讓他睡多久。

Llora cuanto quieras. 你盡情地哭吧。

Tengo en eso tanto interés como tú. 對那件事我和你一樣關心。

Trabajamos tanto como vosotros. 我們工作和你們一樣多。

Su mujer es tan amable como él. 他的妻子和他一樣和藹。

¿Qué pasó tal día como hoy? 像今天這樣的日子發生了什麼？

Hace diez años que no le veía y le encontré tal como era antes.
10 年沒見，我發現他還是老樣子。

Aquella mujer era tal cual me la había figurado.
那個女人和我想像的一樣。

　　不相等比較採用形容詞、副詞的較高級和較低級形式來表示。即 más... que，menos... que。注意幾個特殊形式的比較級：mejor（更好）、peor（更壞）、mayor（更大）、menor（更小）、más（更多）、menos（更少）（參見「形容詞的級：比較級」和「副詞的級：比較級」）。

Tengo más libros que necesito. 我擁有的書比我需要的更多。

　　最高級的比較也是採用形容詞、副詞的相對最高級來表示（參見「形容詞的級：相對最高級」和「副詞的級：相對最高級」）。可以不使用從屬子句的形式，也可以用從屬子句的形式。例如：

Luisa es la más guapa entre las alumnas de su clase.
路易莎是班級裡女生中最漂亮的。

Las que más hablan son las mujeres. 話講得最多的是女人們。

　　從屬子句和主要子句的比較有時含有相互關聯的意義，常用 cuanto más / menos / mejor / peor / mayor / menor / antes... más / menos / mejor / peor / mayor / menor 來連接，意思是「越⋯越⋯」。例如：

Cuanto más deprisa lo hagas, más pronto terminarás.

這項工作你做得越快，就越早結束。

Cuanto menos ejercicio hagas, más engordarás.

你運動得越少，身體就越胖。

Cuanto más vengan, mejor. 來的人越多越好。

Cuanto antes llegan, más temprano empieza la fiesta.

人們越早到達，派對就越早開始。

i. 結果副詞子句

　　結果副詞子句表示一種性質、情況或行動所表現的程度而引起的結果，主要子句和從屬子句常以 tanto (tan)...que（如此⋯以至）、tanto que（如此⋯以至）、tal...que（如此⋯以至）、de modo que（因此、所以），por eso（因此）、así que（因此、所以）等來連接。例如：

Había tanta gente que no pudimos entrar.

當時人太多，我們無法進去。

Estaba tan alegre que no dejaba de reír. 我當時太高興了，笑個不停。

Trabajaba tanto que se sentía cansado. 他工作太辛苦，覺得累了。

Era tal su tristeza que empezó a llorar. 他那麼悲傷，開始哭了起來。

Se oye ruido dentro de la casa, de modo que debe de estar.

聽到屋內有聲音，可見他一定在。

La cosa está decidida, por eso, es inútil que insistas.

事情已經決定，因此你堅持是無用的。

Esta tarde no habrá clase, así que no vengas.

今天下午沒有課，所以你就別來了。

　　從以上例句可以看出，結果副詞子句放在主要子句後面，而且翻譯時需要注意，不要機械地使用「如此⋯以至⋯」來表達。

3

單字課
最常用的場景詞彙

常見蔬菜

3-01

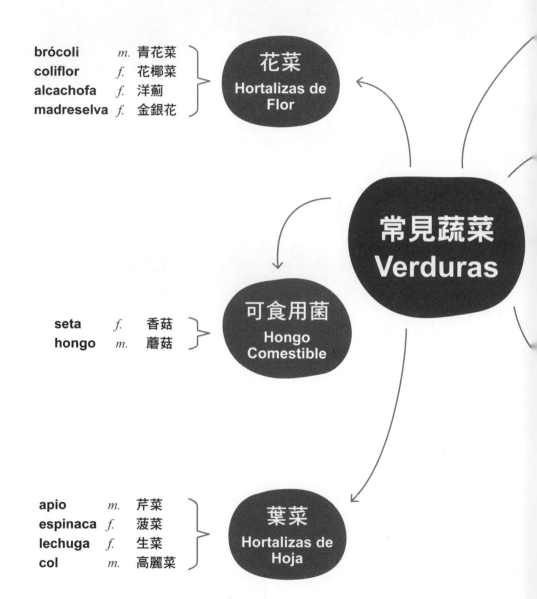

brócoli	*m.*	青花菜
coliflor	*f.*	花椰菜
alcachofa	*f.*	洋薊
madreselva	*f.*	金銀花

花菜
Hortalizas de Flor

常見蔬菜
Verduras

seta	*f.*	香菇
hongo	*m.*	蘑菇

可食用菌
Hongo Comestible

apio	*m.*	芹菜
espinaca	*f.*	菠菜
lechuga	*f.*	生菜
col	*m.*	高麗菜

葉菜
Hortalizas de Hoja

莖菜
Hortalizas de Tallo

patata	*f.*	馬鈴薯
raíz de loto		蓮藕
malanga	*f.*	芋頭
jengibre	*m.*	薑
brote de bambú		竹筍
cebolla	*f.*	洋蔥
ajo	*m.*	大蒜

果菜
Hortalizas de Fruto

pepino	*m.*	黃瓜
tomate	*m.*	番茄
berenjena	*f.*	茄子
chile	*m.*	辣椒

根菜
Hortalizas de Raíz

colinabo	*m.*	蕪菁甘藍
zanahoria	*f.*	胡蘿蔔
nabo	*m.*	蕪菁
ñame	*m.*	山藥
remolacha	*f.*	甜菜
bardana	*f.*	牛蒡

西班牙語發音

母音

雙母音

子音

三重母音

語音知識

書寫規則、詞性和文法

最常用的分類單字

最常用的日常會話

caqui	*m.*	柿子
albaricoque	*m.*	杏子
mandarina	*f.*	橘子
papaya	*f.*	木瓜
naranja	*f.*	柳橙

橙色水果
Frutas Naranjas

常見水果
Frutas

granada	*f.*	石榴
cereza	*f.*	櫻桃
lichi	*f.*	荔枝
fresa	*f.*	草莓
manzana	*f.*	蘋果
acerola	*f.*	山楂
fresa china		楊梅

紅色水果
Frutas Rojas

kiwi	*m.*	奇異果
carambola	*f.*	楊桃
aguacate	*m.*	酪梨
sandía	*f.*	西瓜

綠色水果
Frutas Verdes

黃色水果
Frutas Amarillas

melocotón amarillo		黃桃
limón	*m.*	檸檬
pomelo	*m.*	葡萄柚
pera	*f.*	梨
plátano	*m.*	香蕉
mango	*m.*	芒果
piña	*f.*	鳳梨

紫色水果
Frutas Violetas

arándano	*m.*	藍莓
ciruela	*f.*	李子
mora	*f.*	黑莓
uva	*f.*	葡萄
higo	*m.*	無花果

其他水果
Otras

coco	*m.*	椰子
longan	*m.*	龍眼
melón	*m.*	甜瓜
durián	*m.*	榴槤
aceituna	*f.*	橄欖
melocotón	*m.*	桃子

西班牙語發音

母音

雙母音

子音

三重母音

語音知識

書寫規則、詞性和文法

最常用的分類單字

最常用的日常會話

licor medicinal		藥酒
licor	*m.*	烈酒
cóctel	*m.*	雞尾酒
vino	*m.*	葡萄酒
cerveza	*f.*	啤酒
licor de arroz		米酒

含酒精飲料
Bebidas Alcohólicas

零食飲料
Refrigerios y Bebidas

soda	*f.*	蘇打水
Red Bull		紅牛
sprite	*m.*	雪碧
cola	*f.*	可樂
zumo	*m.*	果汁
leche	*f.*	牛奶
café	*m.*	咖啡
limonada	*f.*	檸檬水

非酒類飲料
Refrescos

rosquilla	*f.*	甜甜圈
flan	*m.*	（蛋和牛奶製成的）焦糖布丁
pastel de arroz		米糕（表面顆粒狀像米而得名）
hojaldre	*m.*	酥皮點心
budín	*m.*	（用麵包或海綿蛋糕製作的）布丁
tarta de queso		起司蛋糕
macarrón	*m.*	馬卡龍
polvorón	*m.*	奶油糖酥餅

蛋糕
Tartas

糖果
Caramelos

caramelo de menta		薄荷糖
chupachup	*m.*	棒棒糖
turrón	*m.*	杏仁糖
toffee	*m.*	太妃糖
malvavisco	*m.*	棉花糖
mazapán	*m.*	杏仁餅
gragea	*f.*	彩色糖豆
chicle	*m.*	口香糖

堅果
Nueces

almendra	*f.*	杏仁
pipa	*f.*	瓜子
castaña	*f.*	栗子
nuez	*f.*	核桃
pistacho	*m.*	開心果
anacardo	*m.*	腰果
semillas de calabaza		南瓜子

其他零食
Otros

patatas fritas		洋芋片
palomita	*f.*	爆米花
galleta	*f.*	餅乾
chocolate	*m.*	巧克力
gelatina	*f.*	果凍

西班牙語發音

母音

雙母音

子音

三重母音

語音知識

書寫規則、詞性和文法

最常用的分類單字

最常用的日常會話

Unit

4　日期時間

3-04

siempre	*adv.*	總是
normalmente	*adv.*	通常
frecuentemente	*adv.*	常常
a veces		有時
raras veces		很少
nunca	*adv.*	從不

頻率
Frecuencia

alba	*f.*	黎明
madrugada	*f.*	凌晨
mañana	*f.*	上午
mediodía	*m.*	中午
tarde	*f.*	下午
atardecer	*m.*	傍晚
noche	*f.*	晚上
medianoche	*f.*	午夜

一天
Día

日期時間
Fecha y
Tiempo

primavera	*f.*	春天
verano	*m.*	夏天
otoño	*m.*	秋天
invierno	*m.*	冬天
estación seca		乾季
estación lluviosa		雨季

季節
Estación

月份 Mes			
enero	*m.*	一月
febrero	*m.*	二月
marzo	*m.*	三月
abril	*m.*	四月
mayo	*m.*	五月
junio	*m.*	六月
julio	*m.*	七月
agosto	*m.*	八月
septiembre	*m.*	九月
octubre	*m.*	十月
noviembre	*m.*	十一月
diciembre	*m.*	十二月

星期 Semana			
lunes	*m.*	星期一
martes	*m.*	星期二
miércoles	*m.*	星期三
jueves	*m.*	星期四
viernes	*m.*	星期五
sábado	*m.*	星期六
domingo	*m.*	星期日

時鐘 Reloj			
segundo	*m.*	秒
minuto	*m.*	分
cuarto	*m.*	一刻鐘
media hora		半小時
hora	*f.*	時
manilla	*f.*	指針
minutero	*m.*	分針

西班牙語發音
母音
雙母音
子音
三重母音
語音知識
書寫規則、詞性和文法
最常用的分類單字
最常用的日常會話

3-05

adición	*f.*	加法
sustracción	*f.*	減法
multiplicación	*f.*	乘法
división	*f.*	除法
tabla de multiplicar		乘法表

四則運算
Aritmética

數字概念
Número

número impar		奇數
número par		偶數
número natural		自然數
número entero		整數
número decimal		小數
fracción	*f.*	分數
porcentaje	*m.*	百分數

數字
Número

cero	*m.*	零
uno	*m.*	一
dos	*m.*	二
tres	*m.*	三
cuatro	*m.*	四
cinco	*m.*	五
seis	*m.*	六
siete	*m.*	七
ocho	*m.*	八
nueve	*m.*	九

個位
Unidades

整十 Decenas	diez	*m.*	十
	veinte	*m.*	二十
	treinta	*m.*	三十
	cuarenta	*m.*	四十
	cincuenta	*m.*	五十
	sesenta	*m.*	六十
	setenta	*m.*	七十
	ochenta	*m.*	八十
	noventa	*m.*	九十

百位及以上 Cientos	cien	*m.*	百
	mil	*m.*	千
	millón	*m.*	百萬
	billón	*m.*	兆
	trillón	*m.*	百京

序數詞 Números Ordinales	primero, ra	*adj.*	第一的
	segundo, da	*adj.*	第二的
	tercero, ra	*adj.*	第三的
	cuarto, ta	*adj.*	第四的
	quinto, ta	*adj.*	第五的
	sexto, ta	*adj.*	第六的
	séptimo, ma	*adj.*	第七的
	octavo, va	*adj.*	第八的
	noveno, na	*adj.*	第九的
	décimo, ma	*adj.*	第十的

西班牙語發音

母音

雙母音

子音

三重母音

語音知識

書寫規則、詞性和文法

最常用的分類單字

最常用的日常會話

nevoso, sa	*adj.*	多雪的，要下雪的
cristal de nieve		雪花（結晶）
copo	*m.*	雪片
ventisca	*f.*	暴風雪

雪
Nieve

天氣氣候
Tiempo y
Clima

lluvias débiles		小雨
lluvias torrenciales		傾盆大雨
chubasco	*m.*	陣雨
tormenta	*f.*	暴風雨
lluvioso, sa	*adj.*	多雨的

雨
Lluvia

晴天 **Día Soleado**	sin viento		無風的
	raso, sa	*adj.*	晴朗的
	sin nubes		無雲的
	amoroso, sa	*adj.*	風和日麗的
	templado, da	*adj.*	溫和的

風 **Viento**	ciclón	*m.*	旋風
	racha	*f.*	一陣強風
	brisa	*f.*	微風
	ventarrón	*m.*	大風
	tornado	*m.*	龍捲風
	huracán	*m.*	颶風
	tifón	*m.*	颱風
	viento apacible		和風

氣候 **Clima**	clima tropical		熱帶氣候
	clima subtropical		亞熱帶氣候
	clima templado		溫帶氣候
	clima glacial		寒帶氣候
	clima marítimo		海洋性氣候
	temperatura	*f.*	氣溫

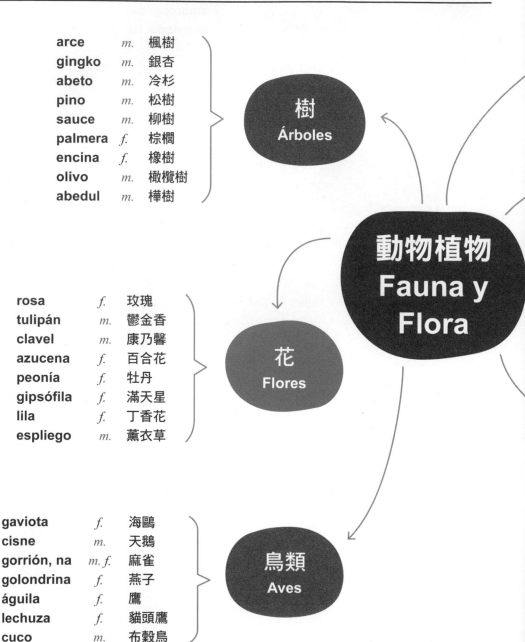

arce	*m.*	楓樹
gingko	*m.*	銀杏
abeto	*m.*	冷杉
pino	*m.*	松樹
sauce	*m.*	柳樹
palmera	*f.*	棕櫚
encina	*f.*	橡樹
olivo	*m.*	橄欖樹
abedul	*m.*	樺樹

樹
Árboles

動物植物
Fauna y Flora

rosa	*f.*	玫瑰
tulipán	*m.*	鬱金香
clavel	*m.*	康乃馨
azucena	*f.*	百合花
peonía	*f.*	牡丹
gipsófila	*f.*	滿天星
lila	*f.*	丁香花
espliego	*m.*	薰衣草

花
Flores

gaviota	*f.*	海鷗
cisne	*m.*	天鵝
gorrión, na	*m. f.*	麻雀
golondrina	*f.*	燕子
águila	*f.*	鷹
lechuza	*f.*	貓頭鷹
cuco	*m.*	布穀鳥

鳥類
Aves

寵物 **Mascotas**	perro, rra	*m .f.*	狗
	gato, ta	*m. f.*	貓
	loro	*m.*	鸚鵡
	conejo	*m.*	兔子
	conejillo	*m.*	天竺鼠

魚類 **Peces**	anguila	*f.*	鰻魚
	tiburón	*m.*	鯊魚
	salmón	*m.*	鮭魚
	atún	*m.*	鮪魚
	mero	*m.*	石斑魚
	pez espada		箭魚
	merluza	*f.*	鱈魚

兩棲動物 **Anfibios**	rana	*f.*	蛙
	lagarto	*m.*	蜥蜴
	sapo	*m.*	蟾蜍
	rana voladora		樹蛙
	salamandra	*f.*	蠑螈
	rana toro		牛蛙

西班牙語發音

母音

雙母音

子音

三重母音

語音知識

書寫規則、詞性和文法

最常用的分類單字

最常用的日常會話

seco, ca	adj.	乾燥的
espejismo	m.	海市蜃樓
evaporar	tr.	蒸發
arena	f.	沙
tormentas de polvo y de arena		
		沙塵暴
camello	m.	駱駝
duna	f.	沙丘

沙漠
Desierto

自然風光
Paisaje Natural

prado	m.	草地
pastizal	m.	牧場
pastor, ra	m. f.	牧羊人
herboso, sa	adj.	長滿草的
yurta mongola		蒙古包

草原
Estepa

escalar	tr.	攀登
deslizamientos de tierra		山崩
abrupto, ta	adj.	陡峭的
pico	m.	山峰
precipicio	m.	懸崖
cueva	f.	山洞
valle	m.	山谷
volcán	m.	火山
iceberg	m.	冰山

山
Montaña

océano	*m.*	海洋
salado, da	*adj.*	鹹的
ola	*f.*	海浪
marino, na	*adj.*	海的
corriente	*f.*	水流
playa	*f.*	沙灘
arrecife	*m.*	礁石
litoral	*m.*	海岸線
marea	*f.*	潮水
golfo	*m.*	海灣

海
Mar

cuenca	*f.*	流域
de agua dulce		淡水的
laguna	*f.*	小湖
estanque	*m.*	池塘
lago salado		鹽湖
pantano	*m.*	沼澤
humedal	*m.*	濕地
riachuelo	*m.*	小溪，小河

湖
Lago

extendido, da	*adj.*	遼闊的
cultivo agrícola		農作物
vasto, ta	*adj.*	寬廣的
llano, na	*adj.*	平坦的
altiplanicie	*m.*	高原
tierra cultivada		農田
cuenca	*f.*	盆地
oasis	*m.*	綠洲

平原
Llana

西班牙語發音

母音

雙母音

子音

三重母音

語音知識

書寫規則、詞性和文法

最常用的分類單字

最常用的日常會話

3-09

barco	*m.*	船
crucero	*m.*	遊輪
barcaza	*f.*	駁船
puerto	*m.*	港口
buque pesquero		漁船

水運
Transporte
Marítimo

交通工具
Medios de
Transporte

avión	*m.*	飛機
aerobús	*m.*	大型客機
reactor	*m.*	噴射機
helicóptero	*m.*	直升機
girodino	*m.*	旋翼式螺旋槳飛機
aeropuerto	*m.*	機場

空運
Transporte
Aéreo

camión	*m.*	卡車
motocicleta	*f.*	摩托車
coche	*m.*	汽車
minibús	*m.*	小型巴士
bicicleta	*f.*	自行車
furgoneta	*f.*	小貨車

公路
Carretera

鐵路 **Ferrocarril**		

tren	*m.*	火車
tren maglev		磁浮列車
vagón	*m.*	車廂
tren de alta velocidad		高速鐵路列車
andén	*m.*	月台
taquilla	*f.*	售票處

公共交通
Transporte
Público

autobús	*m.*	公共汽車
taxi	*m.*	計程車
trolebús	*m.*	無軌電車
autocar	*m.*	長途客車
metro	*m.*	地鐵
tranvía	*m.*	有軌電車

公共服務
Servicio Público

vehículos de bomberos		消防車
coche del correo		郵政車
ambulancia	*f.*	救護車
camión de basura		垃圾車
vehículo de donación de sangre		捐血車

母音

雙母音

子音

三重母音

語音知識

書寫規則、詞性和文法

最常用的分類單字

最常用的日常會話

alumno, na	m., f.	學生
maestro, tra	m., f.	老師
libro de texto		教科書
rector, ra	m., f.	校長
pista	f.	跑道
comedor	m.	食堂
biblioteca	f.	圖書館
salón de actos		禮堂
campo de deporte		運動場
aula	f.	教室

學校
Escuela

公共場所
Lugares Públicos

carta	f.	信
paquete	m.	包裹
tarjeta postal		明信片
sello	m.	郵票
cartero, ra	m., f.	郵差
enviar	tr.	郵寄
matasellos	m.	郵戳
sobre	m.	信封
código postal		郵遞區號
remitente	m., f.	寄件人
destinatario, ria	m., f.	收件人

郵局
Correos

銀行
Banco

efectivo	*m.*	現金
tarjeta de crédito		信用卡
tarjeta de débito		借記卡
depósito	*m.*	存款
retirar el dinero		取款
cheque	*m.*	支票
cambiar	*tr.*	兌換
saldo	*m.*	餘額
cuenta	*f.*	帳單
libreta	*f.*	銀行存摺

醫院
Hospital

enfermo, ma	*m., f.*	病人
médico, ca	*m., f.*	醫生
enfermero, ra	*m., f.*	護士
receta	*f.*	處方箋
medicina	*f.*	藥
departamento de consultas externas		門診部
departamento de hospitalización		住院部
operación	*f.*	手術
farmacia	*f.*	藥房
registro	*m.*	掛號處

社區
Comunidad

vecino, na	*m., f.*	鄰居
habitante	*m., f.*	居民
jardín	*m.*	花園
equipo de fitness		健身器材
instalaciones recreativas		娛樂設施
colegio comunitario		社區大學
comité de barrio		社區委員會
estación comunitaria de servicio de salud		社區衛生服務站

西班牙語發音
母音
雙母音
子音
三重母音
語音知識
書寫規則、詞性和文法
最常用的分類單字
最常用的日常會話

3-11

preferir	*tr.*	比較喜歡
admirar	*tr.*	欽佩
amar	*tr.*	愛
gustar	*intr.*	使感到喜歡
complaciente	*adj.*	縱容的，溺愛的

喜愛
Afición

情感情緒
Sentimiento y Emoción

antipatía	*f.*	反感
detestar	*tr.*	厭惡
odiar	*tr.*	討厭
aversión	*f.*	厭惡
hostilidad	*f.*	敵意

厭惡
Repugnancia

alegre	*adj.*	高興的
contento, ta	*adj.*	高興的
placer	*m.*	愉悅
alegrar	*tr.*	使高興
agradable	*adj.*	令人愉快的
sonrisa	*f.*	微笑
risa	*f.*	笑

快樂
Alegría

悲傷 **Tristeza**		
abatido, da	*adj.*	沮喪的
penado, da	*adj.*	痛苦的
doloroso, sa	*adj.*	悲痛的
triste	*adj.*	憂傷的
desconsolado, da	*adj.*	難過的
llorar	*intr.*	哭泣
lágrima	*f.*	眼淚
lamentar	*tr.*	哀嘆

憤怒 **Enfado**		
furioso, sa	*adj.*	瘋狂的
irritado, da	*adj.*	惱怒的，生氣的
rabia	*f.*	暴怒
provocar	*tr.*	挑釁
irritar	*tr.*	激怒
pelear	*intr.*	打架
reñir	*intr.*	吵架

羞愧 **Vergüenza**		
vergüenza	*f.*	恥辱
embarazoso, sa	*adj.*	窘迫的，令人尷尬的
compungido, da	*adj.*	內疚的
escandaloso, sa	*adj.*	讓人出醜的，可恥的
ignominioso, sa	*adj.*	可恥的
rubor	*m.*	臉紅

西班牙語發音

母音

雙母音

子音

三重母音

語音知識

書寫規則、詞性和文法

最常用的分類單字

最常用的日常會話

sala de reunión		會議室
recepción	*f.*	接待處
sala de té		茶水間
sala de servidores		伺服器機房
sala de espera		等候室
zona de actividad		活動區

設施
Instalaciones

辦公區域
Zona de Oficina

calculadora	*f.*	計算機
recibo	*m.*	收據
sello	*m.*	印章
contadora de billetes		點鈔機
cheque	*m.*	支票

財務
Finanza

pluma	*f.*	鋼筆
cuaderno	*m.*	筆記本
cinta	*f.*	膠帶
pegamento	*m.*	膠水
regla	*f.*	直尺
tijeras	*f.*	剪刀
clip	*m.*	迴紋針
grapadora	*f.*	釘書機
grapa	*f.*	訂書針

文具
Papelería

西班牙語發音

母音

雙母音

子音

三重母音

語音知識

書寫規則、詞性和文法

最常用的分類單字

最常用的日常會話

文件 Documento

carpeta	f.	資料夾
imprimir	tr.	列印
grapar	tr.	用訂書針裝訂
copiar	tr.	複印
revisar	tr.	核對，檢查
portalibros	m.	書擋
marcador	m.	書籤

設備 Equipamentos

ordenador	m.	電腦
retroproyector	m.	舊式投影機
teléfono	m.	電話
impresora	f.	印表機
escáner	m.	掃描器
fotocopiadora	f.	影印機
trituradora	f.	碎紙機

辦公室 Despacho

mesa	f.	書桌
silla	f.	椅子
armario	m.	儲物櫃
estante	m.	書架
taquilla	f.	置物櫃
cajón	m.	抽屜

flora	*f.*	植物相
árbol	*m.*	樹
hierba	*f.*	草
césped	*f.*	草坪
cortacésped	*m.*	割草機

花園
Jardín

居家住宅
Vivienda

cepillo de dientes		牙刷
ducha	*f.*	淋浴器
toalla	*f.*	毛巾
retrete	*m.*	馬桶
jabón	*m.*	肥皂
baño	*m.*	浴缸
espejo	*m.*	鏡子
champú	*m.*	洗髮精
acondicionador	*m.*	潤髮乳
pasta de dientes		牙膏

盥洗室
Cuarto de Baño

sofá	*m.*	沙發
televisor	*m.*	電視
mesa	*f.*	桌子
entretenimiento	*m.*	娛樂
mesita	*f.*	茶几
alfombra	*f.*	地毯
puerta	*f.*	門
timbre	*m.*	門鈴
aparador	*m.*	櫥櫃

客廳
Sala

nevera	*f.*	冰箱	
plato	*m.*	盤子	
tenedor	*m.*	叉子	
cuchara	*f.*	湯匙	
tazón	*m.*	碗	
palillo	*m.*	筷子	
cocina	*f.*	爐灶	
olla	*f.*	鍋	
microondas	*m.*	微波爐	
horno	*m.*	烤箱	
tostador	*m.*	烤麵包機	
hervidor	*m.*	電熱水壺	

廚房
Cocina

cama	*f.*	床
relax	*m.*	休息，放鬆
ropa de cama		寢具
almohada	*f.*	枕頭
manta	*f.*	毯子
sábana	*f.*	床單
cortina	*f.*	窗簾
tocador	*m.*	梳妝台

臥室
Dormitorio

trabajo	*m.*	工作
libro	*m.*	書
escritorio	*m.*	書桌
estantería	*f.*	書架
lámpara	*f.*	檯燈
estante	*m.*	架子
revista	*f.*	雜誌
publicación periódica		期刊
diccionario	*m.*	字典

書房
Estudio

西班牙語發音

母音

雙母音

子音

三重母音

語音知識

書寫規則、詞性和文法

最常用的分類單字

最常用的日常會話

3-14

collar	*m.*	項鍊
gafas de sol		太陽眼鏡
corbata	*f.*	領帶
guante	*m.*	手套
bufanda	*f.*	圍巾
anillo	*m.*	戒指
pendiente	*m.*	耳環
broche	*m.*	胸針
cinturón	*m.*	皮帶
tobillera	*f.*	護踝

配飾
Accesorios

服飾打扮
Prendas

bolso de mano		手提包
cartera	*f.*	錢包
bolso bombonera		水桶包
mochila	*f.*	雙肩背包

包袋
Bolsos

cazadora	*f.*	夾克
camisa	*f.*	襯衫
abrigo	*m.*	大衣
jersey	*m.*	毛衣
blusa	*f.*	（女士）短上衣
chaleco	*m.*	背心
traje	*m.*	西裝
maxiabrigo	*m.*	長大衣
capucha	*f.*	帽兜

上衣
Tops

下身 Pantalones y Faldas			
pantalón	*m.*	褲子	
pantalón vaquero		牛仔褲	
pantalones de traje		西裝褲	
pantalón abotinado		馬褲	
short	*m.*	短褲	
pantalones ajustados		緊身褲	
tonelete	*m.*	短裙	
falda	*f.*	裙子	
falda plisada		百褶裙	
falda pantalón		裙褲	

下身
Pantalones y Faldas

鞋襪
Zapatos y Calcetines

pantufla	*f.*	室內拖鞋
bota	*f.*	靴子
sandalia	*f.*	涼鞋
chancleta	*f.*	拖鞋
zapatos con tacón		跟鞋
calzado deportivo		運動鞋
calcetín	*m.*	襪子
media	*f.*	絲襪
leotardos	*m. pl.*	連褲襪
polainas	*f. pl.*	襪套

帽子
Gorros y Sombreros

hongo	*m.*	圓頂絨帽
boina	*f.*	貝雷帽
casco	*m.*	頭盔
visera	*f.*	帽舌，帽檐
gorra	*f.*	棒球帽
bombín	*m.*	圓頂禮帽

西班牙語發音

母音

雙母音

子音

三重母音

語音知識

書寫規則、詞性和文法

最常用的分類單字

最常用的日常會話

15 繽紛色彩

3-15

transparente	adj.	透明的
claro, ra	adj.	淺色的
oscuro, ra	adj.	深色的
confuso, sa	adj.	模糊的
vivo, va	adj.	鮮豔的
saturación	f.	色彩飽和度

描述顏色
Descripción de Colores

turquesa	adj.	藍綠色的
jade	adj.	綠玉色的
esmeralda	adj.	祖母綠的
oliva	adj.	橄欖綠的
caqui	adj.	卡其色的
musgo, ga	adj.	苔綠的

綠色
Verde

繽紛色彩
Colores

rosado, da	adj.	粉紅色的
rojo brillante		鮮紅色
carmesí	adj.	深紅色的
rojo intenso		深紅色
rúbeo, a	adj.	微紅的
rojo cinabrio		朱紅色

紅色
Rojo

西班牙語發音
母音
雙母音
子音
三重母音
語音知識
書寫規則、詞性和文法
最常用的分類單字
最常用的日常會話

黑白
Negro y Blanco

lóbrego, ga	*adj.*	陰暗的
ennegrecer	*tr.*	使變黑
oscuro, ra	*adj.*	暗的
blanco como la nieve		雪白的
lechoso, sa	*adj.*	乳白色的
pálido, da	*adj.*	蒼白的
gris	*adj.*	灰色的

黃色
Amarillo

dorado, da	*adj.*	金色的
pardo, da	*adj.*	棕褐色的
amarillo limón		檸檬黃
rubio, bia	*adj.*	（頭髮）金黃的
azafranado, da	*adj.*	橘黃色的
anaranjado, da	*adj.*	橙色的
amarillo claro		鵝黃色

藍色
Azul

celeste	*adj.*	天藍色的
cerúleo, a	*adj.*	蔚藍色的
azul pavo		孔雀藍
índigo	*m.*	靛藍
azul oscuro		深藍色
azul marino		海藍色的

3-16

colchoneta de yoga		瑜伽墊
pesas	*f. pl.*	啞鈴
pelota fitness		健身球
barra con pesas		槓鈴
cinta caminadora		跑步機
máquina elíptica		踏步機（橢圓機）

健身器材
Equipamientos

體育運動
Deportes

sentadilla	*f.*	深蹲
jogging	*m.*	慢跑
yoga	*m.*	瑜伽
gimnasio	*m.*	健身房
ejercicios aeróbicos		有氧運動

健身
Entrenamiento Físico

natación	*f.*	游泳
buceo	*m.*	潛水運動
surf	*m.*	衝浪運動
remo	*m.*	划艇運動
esquí acuático		滑水運動
waterpolo	*m.*	水球
natación sincronizada		水上芭蕾

水上運動
Deportes Acuáticos

冬季運動
Deportes de Invierno

patinaje	*m.*	溜冰
patinaje de velocidad		競速溜冰
patinaje artístico		花式溜冰
hockey sobre hielo		冰上曲棍球
esquí	*m.*	滑雪；滑雪板
curling	*m.*	冰壺

球類運動
Juego de Pelota

fútbol	*m.*	足球
baloncesto	*m.*	籃球
béisbol	*m.*	棒球
tenis	*m.*	網球
bádminton	*m.*	羽毛球
voleibol	*m.*	排球
billar	*m.*	撞球
rugby	*m.*	橄欖球

田徑運動
Atletismo

carrera de corta distancia		短跑比賽
carrera de larga distancia		長跑比賽
carrera de relevos		接力賽
salto de altura		跳高
salto de longitud		跳遠
carrera	*f.*	跑步
marcha atlética		競走
maratón	*m.*	馬拉松
jabalina	*f.*	標槍

西班牙語發音

母音

雙母音

子音

三重母音

語音知識

書寫規則、詞性和文法

最常用的分類單字

最常用的日常會話

vista	*f.*	視覺
olfato	*m.*	嗅覺
tacto	*m.*	觸覺
gusto	*m.*	味覺
oído	*m.*	聽覺

五感
Cinco Sentidos

身體部位 Parte del Cuerpo

sistema circulatorio
循環系統

sistema nervioso
神經系統

sistema endocrino
內分泌系統

sistema digestivo
消化系統

sistema reproductivo
生殖系統

sistema esquelético y muscular
骨骼與肌肉系統

sistema respiratorio
呼吸系統

sistema urinario
泌尿系統

sistema inmunológico
免疫系統

人體系統
Sistema Humano

palma	*f.*	手掌
dedo	*m.*	手指
brazo	*m.*	手臂
codo	*m.*	手肘
muñeca	*f.*	手腕
pierna	*f.*	腿
rodilla	*f.*	膝蓋
tobillo	*m.*	腳踝

四肢
Cuatro miembros

cuello	*m.*	脖子
hombro	*m.*	肩膀
pecho	*m.*	胸部
región abdominal		腹部
espalda	*f.*	背部
región lumbar		腰部
músculo	*m.*	肌肉

軀幹
Torso

hígado	*m.*	肝臟
riñón	*m.*	腎臟
bazo	*m.*	脾
estómago	*m.*	胃
intestino	*m.*	腸
corazón	*m.*	心臟
pulmón	*m.*	肺
vejiga	*f.*	膀胱

內部器官
Órganos Internos

pelo	*m.*	頭髮
cara	*f.*	臉
frente	*f.*	額頭
ojo	*m.*	眼睛
ceja	*f.*	眉毛
pestaña	*f.*	睫毛
oreja	*f.*	耳朵
nariz	*f.*	鼻子
boca	*f.*	嘴巴
muela	*f.*	臼齒
lengua	*f.*	舌頭

頭
Cabeza

西班牙語發音

母音

雙母音

子音

三重母音

語音知識

書寫規則、詞性和文法

最常用的分類單字

最常用的日常會話

Unit
18 人生階段

3-18

embarazada	*adj.*	懷孕的
fecha prevista del nacimiento		預產期
examen prenatal		產前檢查
educación prenatal		胎教
parir	*intr.*	分娩

孕育
Embarazo

neonato, ta	*m., f.*	新生兒
bebé	*m., f.*	嬰兒
babero	*m.*	口水巾
biberón	*m.*	奶瓶
pañal	*m.*	尿布
niño que comienza a andar		開始學步的兒童
travieso, sa	*adj.*	淘氣的

嬰兒
Bebé

人生階段
Etapa de la Vida

menor	*m., f.*	未成年人
jovencito, ta	*m., f.*	少年
chico, ca	*adj.*	年少的
joven	*m., f.*	青年
crecer	*intr.*	成長
rebeldía	*f.*	叛逆
adolescencia	*f.*	青春期

青少年
Adolescente

成年人
Adulto

trabajo	*m.*	工作
matrimonio	*m.*	婚姻
familia	*f.*	家庭
maduro, ra	*adj.*	成熟的
adulto, ta	*adj.*	成年的
responsable	*adj.*	負責任的
independiente	*adj.*	獨立的

中老年
Mediana Edad y Ancianos

mayor	*adj.*	年長的
envejecimiento	*m.*	老化
bastón	*m.*	手杖
entrecano, na	*adj.*	（頭髮）花白的
arruga	*f.*	皺紋
jubilarse	*prnl.*	退休
solitario, ria	*adj.*	寂寞的

死亡
Muerte

enfermo, ma	*adj.*	生病的
muerte	*f.*	死亡
sufrir	*tr. / intr.*	遭受痛苦
mortalidad	*f.*	死亡率
moribundo, da	*adj.*	垂死的
paraíso	*m.*	天堂

西班牙語發音

母音

雙母音

子音

三重母音

語音知識

書寫規則、詞性和文法

最常用的分類單字

最常用的日常會話

19 常見疾病

hidrópico, ca	*adj.*	浮腫的
infección	*f.*	感染
lesión	*f.*	受傷
enrojecimiento	*m.*	變紅
irritación	*f.*	刺激

常見的（疾病）
(Enfermedades)
Comunes

hincharse	*prnl.*	腫脹
hinchazón	*m.*	腫塊
picor	*m.*	癢
salpullido	*m.*	皮疹
acné	*m.*	痤瘡
mareado, da	*adj.*	眩暈的

過敏
Alergia

常見疾病
Enfermedades

cefalalgia	*f.*	<醫> 頭痛
estornudar	*intr.*	打噴嚏
somnoliento, ta	*adj.*	昏昏欲睡的
gripe	*f.*	流行性感冒
flema	*f.*	痰
moqueo	*m.*	流鼻涕

感冒
Catarro

西班牙語發音

母音

雙母音

子音

三重母音

語音知識

書寫規則、詞性和文法

最常用的分類單字

最常用的日常會話

外傷
Trauma

doloroso, sa	*adj.*	令人疼痛的
sangrar	*intr.*	流血
hematoma	*f.*	血腫
fractura	*f.*	骨折
quemadura	*f.*	燙傷
esguince	*m.*	扭傷
dislocadura	*f.*	脫臼
venda	*f.*	繃帶

精神疾病
Enfermedades mentales

frustrado, da	*adj.*	沮喪的
deprimido, da	*adj.*	抑鬱的
loco, ca	*adj.*	瘋狂的
insano, na	*adj.*	精神失常的
desordenar	*tr.*	使失調
insomnio	*m.*	失眠
estrés	*m.*	壓力

疼痛
Dolor

dolorido, da	*adj.*	疼痛的
herido, da	*adj.*	受傷的
herida	*f.*	傷口
dolor de espalda		背疼
dolor de cabeza		頭痛
dolor de muelas		牙痛
dolor de estómago		胃痛

abuelo	*m.*	爺爺，外公
abuela	*f.*	奶奶，外婆
antepasado, da	*m., f.*	先祖
cana	*f.*	白頭髮
jorobado, da	*adj.*	駝背的
débil	*adj.*	虛弱的
considerado, da	*adj.*	體貼的

祖輩
Antepasados

amiga	*f.*	女性朋友
amigo	*m.*	男性朋友
amigo por correspondencia		筆友
alma gemela		靈魂伴侶
amigo íntimo		摯友
compañero, ra	*m., f.*	夥伴

友誼
Amistad

人際關係
Relaciones

padre	*m.*	父親
madre	*f.*	母親
padrastro	*m.*	繼父
madrastra	*f.*	繼母
estricto, ta	*adj.*	嚴格的
desinteresado, da	*adj.*	無私的
incondicional	*adj.*	無條件的
tolerante	*adj.*	寬容的

雙親
Padres

姻親 Parientes por Afinidad

tío, a	*m., f.*	叔叔，舅舅，姑父，姨父；嬸嬸，舅母，姑母，姨母
primo, ma	*m., f.*	堂（表）兄弟，堂（表）姐妹
suegro, gra	*m., f.*	公公，岳父；婆婆，岳母
yerno	*m.*	女婿
nuera	*f.*	媳婦

婚姻關係 Matrimonio

novio, via	*m., f.*	未婚夫（妻），新郎（娘）
madrina	*f.*	伴娘
padrino	*m.*	伴郎
pareja	*f.*	伴侶

孩子 Niños

hijo, ja	*m., f.*	兒子，女兒
sobrino, na	*m., f.*	侄子，侄女
gemelo, la	*m., f.*	雙胞胎
sucesor, ra	*m., f.*	繼承者

其他關係 Otras Relaciones

matrimonio	*m.*	結婚，婚姻
divorciarse	*prnl.*	離婚
hermano, na	*m., f.*	兄弟，姐妹
enviudar	*intr.*	喪偶
separarse	*prnl.*	分離
dink	*m.*	頂客族
homosexual	*m., f.*	同性戀

camping	*m.*	露營
canotaje	*m.*	划艇運動
senderismo	*m.*	爬山
ciclismo	*m.*	騎自行車
pesca	*f.*	釣魚
expedición	*f.*	探險

戶外活動
Ejercicio al aire libre

休閒生活
Ocio

cliente, ta	*m., f.*	顧客
prenda	*f.*	衣服
probador	*m.*	試衣間
cajero, ra	*m., f.*	收銀員
dependiente, ta	*m., f.*	售貨員
joyería	*f.*	珠寶
ascensor	*m.*	電梯

商場
Almacén

ópera	*f.*	歌劇
teatro	*m.*	戲劇
concierto	*m.*	演唱會，音樂會
actor, triz	*m., f.*	演員
escena	*f.*	舞台
baile	*m.*	舞蹈
música	*f.*	音樂
audiencia	*f.*	觀眾

劇院
Teatro

遊戲 Juego

rompecabezas	*m.*	拼圖
juego de mesa		桌遊
juego del escondite		捉迷藏
juego de aventura		探險遊戲
juego deportivo		體育競技遊戲
videojuego	*m.*	電玩遊戲

博物館 Museo

cultura	*f.*	文化
historia	*f.*	歷史
ciencia	*f.*	科學
militar	*adj.*	軍事的
galería	*f.*	畫廊
arte	*m.*	藝術
exposición	*f.*	展覽

電影院 Cine

película	*f.*	電影
estreno	*m.*	首映
sesión de la noche		午夜場次
cartel	*m.*	海報
entrada	*f.*	入場券
palomita	*f.*	爆米花
pantalla	*f.*	銀幕
romántico, ca	*adj.*	浪漫的

西班牙語發音

母音

雙母音

子音

三重母音

語音知識

書寫規則、詞性和文法

最常用的分類單字

最常用的日常會話

22 校園生活

3-22

estadio	*m.*	體育館
laboratorio	*m.*	實驗室
biblioteca	*f.*	圖書館
campo deportivo		運動場
multimedia	*m.*	多媒體
dormitorio	*m.*	學生宿舍

基礎設施
Infraestructura

mesa	*f.*	書桌
tiza	*f.*	粉筆
manual	*m.*	手冊
borrador	*m.*	板擦
tribuna	*f.*	講台
pizarra	*f.*	黑板
examen	*m.*	考試
prueba	*f.*	小測驗

課堂
Clase

校園生活
Vida en el Campus

investigador, ra	*m., f.*	研究員
tutor, ra	*m., f.*	導師
maestro, tra	*m., f.*	（中小學）教師
profesor, ra	*m., f.*	（大學）教師，講師
instructor, ra	*m., f.*	輔導員
profesor/profesora adjunto		副教授
catedrático, ca	*m., f.*	教授
decano, na	*m., f.*	系主任
rector, ra	*m., f.*	校長

教職人員
Docente

estudiar	*tr. / intr.*	學習
aprendiente	*m., f.*	學習者
universitario, ria	*m., f.*	大學生
estudiante	*m., f.*	學生
alumno, na	*m., f.*	學生
nota	*f.*	分數
deberes de casa		家庭作業
calificación	*f.*	成績

學生
Alumno

filología	*m.*	語言學
matemáticas	*f. pl.*	數學
economía	*f.*	經濟
derecho	*m.*	法律
biología	*f.*	生物學
lengua extranjera		外語
arte	*m.*	藝術
filosofía	*f.*	哲學
psicología	*f.*	心理學

院系
Facultades

geometría	*f.*	幾何
inglés	*m.*	英語
física	*f.*	物理
química	*f.*	化學
ciencia	*f.*	科學
geografía	*f.*	地理
historia	*f.*	歷史
educación física		體育
finanza	*f.*	金融
periodismo	*m.*	新聞學
diseño	*m.*	設計
gestión	*f.*	管理

科目
Asignaturas

西班牙語發音

母音

雙母音

子音

三重母音

語音知識

書寫規則、詞性和文法

最常用的分類單字

最常用的日常會話

3-23

Egipto	埃及
Sudáfrica	南非
Guinea Ecuatorial	赤道幾內亞
Burundi	蒲隆地
Argelia	阿爾及利亞
Etiopia	衣索比亞

非洲
África

國家
Países

Reino Unido	英國
Francia	法國
Rusia	俄羅斯
Italia	義大利
España	西班牙
Portugal	葡萄牙
Países Bajos	荷蘭

歐洲
Europa

Canadá	加拿大
Estados Unidos	美國
México	墨西哥
Belice	貝里斯
Guatemala	瓜地馬拉
Honduras	洪都拉斯
El Salvador	薩爾瓦多
Nicaragua	尼加拉瓜
Costa Rica	哥斯大黎加
Panamá	巴拿馬

北美洲
América del Norte

南美洲 América del Sur	Brasil	巴西
	Venezuela	委內瑞拉
	Colombia	哥倫比亞
	Ecuador	厄瓜多
	Perú	秘魯
	Bolivia	玻利維亞
	Chile	智利
	Argentina	阿根廷
	Uruguay	烏拉圭
	Paraguay	巴拉圭

大洋洲 Oceanía	Australia	澳大利亞
	Nueva Zelanda	紐西蘭
	Palau	帛琉
	Tonga	東加
	Fiji	斐濟

亞洲 Asia	China	中國
	Japón	日本
	República de Corea	韓國
	República Popular Democrática de Corea	朝鮮
	Mongolia	蒙古
	Singapur	新加坡
	Filipinas	菲律賓
	Tailandia	泰國
	Vietnam	越南
	La India	印度

西班牙語發音

母音

雙母音

子音

三重母音

語音知識

書寫規則、詞性和文法

最常用的分類單字

最常用的日常會話

producto de cuero		皮革製品
poncho	*m.*	羊駝披肩（秘魯）
cigarro	*m.*	雪茄（古巴）
artículos de plata		銀器（墨西哥）
abanico	*m.*	扇子（西班牙）

特產
Productos Típicos

環遊西語國家
Viaje por
los Países
Hispanohablantes

Madrid	馬德里
Barcelona	巴賽隆納
Córdoba	科爾多瓦
Granada	格拉納達
Sevilla	塞維亞
Ciudad de México	墨西哥城
La Habana	哈瓦那
Buenos Aires	布宜諾賽利斯
Santiago de Chile	智利聖地牙哥
Lima	利馬
Cuzco	庫斯科

地區
Regiones

美食
Gastronomía

ron	*m.*	蘭姆酒
tequila	*m.*	龍舌蘭酒
vino	*m.*	葡萄酒
aceite de oliva		橄欖油（西班牙）
jamón	*m.*	火腿（西班牙）
ternera	*f.*	牛肉（阿根廷）
taco	*m.*	墨西哥肉捲
tamal	*m.*	玉米粽子（委內瑞拉）

藝術
Arte

Picasso		畢卡索
Dalí		達利
Miló		米羅
cubismo	*m.*	立體主義
surrealismo	*m.*	超現實主義
murales mexicanos		墨西哥壁畫
salsa	*f.*	騷沙舞（古巴）
flamenco	*m.*	佛拉明哥（西班牙）
tango	*m.*	探戈（阿根廷）

景點
Lugares de interés

Sagrada Familia	聖家堂大教堂
Parque Güell	桂爾公園
Cueva de Altamira	阿爾塔米拉洞窟
Mezquita de Córdoba	科爾多瓦大清真寺
Alhambra	阿爾罕布拉宮
Pirámide del Sol	太陽金字塔
Pirámide de la Luna	月亮金字塔
Pirámide de Kukulcán	庫庫爾坎金字塔
Casco viejo de La Habana	哈瓦那舊城區
Machu Pichu	馬丘比丘

西班牙語發音

母音

雙母音

子音

三重母音

語音知識

書寫規則、詞性和文法

最常用的分類單字

最常用的日常會話

4

會話課
最常用的日常會話

Unit
01 寒暄介紹

4-01

Step 1 最常用的場景單句

1. ¡Hola! 嗨！

(同) ¡Aló! 你好！

(答) ¡Hola! 嗨！

> * 問候語，是西班牙語中最簡單的打招呼方式，相當於英語中的 hello 或者 hi。

2. Buenos días. 早上好！/ 上午好！

(答) Buenos días. 早上好！上午好！

(關) Buenas tardes. 下午好！
Buenas noches. 晚上好！晚安！

> * 問候語。在西班牙，buenos días 用於 14:00 以前；buenas tardes 用於 14:00 至 20:00；buenas noches 用於 20:00 以後，也可用於睡前。

3. ¿Cómo está usted? 您好嗎？

(同) ¿Qué tal? / ¿Cómo le va? / ¿Cómo te va? 您（你）好嗎？

(答) Bien. Gracias. ¿Y usted? 很好，謝謝，您呢？
Mal. Estoy enfermo. 不好，我病了（男性）。

> * 問候語。¿Cómo está usted? 和 ¿Cómo le va? 用於比較正式的場合；¿Qué tal? 和 ¿Cómo te va? 用於非正式場合。

4. ¿Cómo estás? 你好嗎？

(同) ¿Qué hay de tu vida? 你好嗎？

(答) Bien. / Regular. / Mal. 好 / 一般 / 不好。

西班牙語發音

母音

雙母音

子音

三重母音

語音知識

書寫規則、詞性和文法

最常用的分類單字

最常用的日常會話

5. ¡Cuánto tiempo! 好久不見！

(同) ¡Cuánto tiempo sin verte! 好久沒見你了！

(答) ¡Cuánto tiempo! 好久不見！

＊問候語 ¡Cuánto tiempo! 表示「好久、好長時間」之意，用於久未謀面的老熟人重逢之時。

6. ¿Cómo se llama? 您叫什麼名字？

(同) ¿Quién es usted? 您是誰？

(關) ¿Cómo te llamas? 你叫什麼？

(答) Soy Carlos. 我是卡洛斯。

＊用於詢問對方姓名。

7. Encantado/da de conocerlo/la. 很高興認識您。

(同) Mucho gusto. 很高興認識你。

(關) Encantado/da de conocerte. 很高興認識你。

(答) Encantado/da. / Mucho gusto. 很高興認識你。

＊用於對方自我介紹之後。Encantado 要根據說話者的性別改變性、數。如果要尊稱對方，選擇使用禮貌式 lo 或 la，意思都是「您」，lo 指男性，la 指女性；反之，選擇使用親暱式 te（你）。

8. Te presento a mi amigo, Miguel.
我向你介紹我的朋友，米格爾。

(同) Ven a conocer a mi amigo, Miguel. 過來認識一下我的朋友米格爾。

(答) Encantado/da de conocerte. 很高興認識你。

＊用於介紹別人。可選擇使用禮貌式 le（您）或親暱式 te（你）。

9. ¿De dónde eres? 你是哪裡人？

(同) ¿De dónde vienes? 你來自哪裡？

(答) Soy de Beijing, de China. 我是中國北京人。

▶ **Diálogo 1　El primer encuentro**

Juan: Buenos días. Me presento: soy Juan Sánchez. ¿Cómo se llama?

Ana: Yo me llamo Ana Muñoz. Encantada de conocerlo.

Juan: Mucho gusto. ¿De dónde es?

Ana: Soy de Madrid, de España. ¿Y usted?

Juan: Soy argentino. Me alegro de **haber hablado** con usted. Chao.

Ana: Adiós.

> de *prep.* 來自、出自，後接地點名詞，表示「來源（來自某地）」。

▶ **對話1　初次見面**

胡安：早上好。我來介紹自己：我叫胡安・桑切斯。您叫什麼名字？

安娜：我叫安娜・穆紐斯。很高興認識您。

胡安：很高興認識您。您是哪裡人？

安娜：我是西班牙馬德里人。您呢？

胡安：我是阿根廷人。很高興和您聊天。再見。

安娜：再見。

文法點播

haber hablado 是原形動詞 hablar 的完成時，表示 hablar（聊天）這個動作已經過去了，我是為過去的這個動作感到高興。

母音
雙母音
子音
三重母音
語音知識
書寫規則、詞性和文法
最常用的分類單字
最常用的日常會話

▶ **Diálogo 2　Presentación**

Carlos Fernández: Buenos días, señora Rodríguez, ¿cómo está?

Sra. Rodríguez: Muy bien. Gracias. Y usted, ¿cómo le va?

Carlos Fernández: Bien, bien. Gracias.

Sra. Rodríguez: Permítame presentarle a mi jefa, la señora Velázquez.

Carlos Fernández: Encantado de conocerla, señora Velázquez. Soy Carlos Fernández.

Sra. Velázquez: Mucho gusto, señor Fernández.

> permitir *tr.* 允許，結構為 permitir a alguien hacer algo，意思為「允許某人做某事」。

▶ **對話2　介紹認識**

卡洛斯・費爾南德斯：早上好，羅德里格斯女士，您好嗎？

羅 德 里 格 斯 女 士：很好。謝謝。您呢，您好嗎？

卡洛斯・費爾南德斯：很好，很好。謝謝。

羅 德 里 格 斯 女 士：請您允許我向您介紹我的老闆，貝拉斯克斯女士。

卡洛斯・費爾南德斯：很高興認識您，貝拉斯克斯女士。我是卡洛斯・費爾南德斯。

貝 拉 斯 克 斯 女 士：很高興認識您，費爾南德斯先生。

文化連結

在正式場合，常用 Sr.（señor，先生）、Sra.（señora，女士）、Srt.（señorita，小姐）等加上姓氏來稱呼對方。其中，Sra. 指已婚女士，Srt. 指未婚女士。在不知道某位女士是否已婚時，常用 Sra. 稱呼。

4-02

1. ¿A qué hora cenas todos los días? 你每天幾點吃晚飯？

（答）Generalmente ceno a las seis y media de la tarde.
我通常下午 6 點半吃晚飯。

* 對日常行為發生時間提問時的常用句型。

2. Normalmente me levanto a las seis de la mañana.
我通常早上 6 點起床。

（關）Raras veces me levanto temprano los domingos. 我週日很少早起。

* 描述日常行為的常用句型。該句型經常用到頻率副詞或表頻率的短語，如 siempre（總是）、todos los días（每天）、generalmente（一般情況下）、normalmente（通常）、frecuentemente（經常）、a menudo（經常）、a veces（有時）、pocas / raras veces（很少）、nunca（從未）等。

3. ¿Juegas al baloncesto? 你打籃球嗎？

（答）Sí, juego al baloncesto por la tarde todos los sábados.
是的，我每週六下午打籃球。

No, pocas veces juego al baloncesto. 不，我很少打籃球。

* 對某人是否有某種日常行為提問時的常用句型。

4. ¿Qué haces los domingos? 你週日都做什麼？

（答）Generalmente lavo la ropa y juego al fútbol los domingos.
我週日通常洗衣服和踢足球。

* 詢問對方有何日常行為時的常用句型。

5. ¿Con qué frecuencia vas al cine? 你多久看一次電影？

(答) Voy al cine una vez a la semana. 我每週看一次電影。

＊ con qué frecuencia 是詢問日常行為發生頻率的常用表達。

6. ¿Quién prepara la comida en tu casa? 你們家誰做飯？

(答) Mi madre cocina en los días laborales y mi padre, los fines de semana.
我媽媽工作日做飯，我爸爸週末做飯。

＊ 詢問日常行為的發出者是誰時的常用句型。

7. Normalmente, ¿con quién vas a ver la película?
通常你和誰一起去看電影？

(同) Normalmente, ¿con quién vas al cine? 通常你和誰一起去電影院？

(答) Normalmente, voy al cine con mi novio. 我通常和男朋友一起去看電影。

8. ¿Cómo vas a la escuela? 你怎麼去學校？

(答) Cojo / Tomo autobús para ir a la escuela. 我搭公車去上學。

＊ 詢問日常行為發生方式的常用句型。注意「搭乘」 詞，在西班牙用
coger，在拉美用 tomar 表達。

9. ¿Dónde comes? 你在哪裡吃午飯？

(答) Normalmente como en el comedor de mi escuela. 我通常在學校食堂吃午飯。

＊ 詢問日常行為發生地點的常用句型。

西班牙語發音

母音

雙母音

子音

三重母音

語音知識

書寫規則、詞性和文法

最常用的分類單字

最常用的日常會話

▶ **Diálogo 1　Por la mañana**

David:　¿A qué hora te levantas todos los días?

Jésica:　Generalmente me levanto a las seis y media de la mañana, pero esta semana me levanto a las cinco y media.

David:　¿Por qué te levantas tan temprano esta semana?

Jésica:　Mi madre está enferma. Está en el hospital. Tengo que hacer el desayuno y llevár**selo** antes de ir a la escuela.

David:　Espero que tu madre se mejore pronto.

Jésica:　Está mucho mejor.

David:　Dime si necesitas ayuda.

Jésica:　Eres muy amable. Gracias.

> levantarse *prnl.* 起床。反義詞為 acostarse，也是有代動詞，意思為「就寢」。

▶ **對話 1　早上**

大　衛：妳每天幾點起床？

潔西卡：我通常早上 6 點半起床，但是這週我 5 點半起床。

大　衛：為什麼這週妳起得這麼早？

潔西卡：我媽媽病了。她在住院。我得做早飯，上學之前要給她送飯。

大　衛：我希望妳媽媽早點好起來。

潔西卡：她現在已經好多了。

大　衛：如果妳需要幫助，就跟我説。

潔西卡：你真好。謝謝。

文法點播

間接受格代名詞 le 在第三人稱直接受格代名詞 lo 之前，須改為 se，這裡指 a mi madre（我的媽媽）。lo 指 desayuno（早飯）。

西班牙語發音

母音

雙母音

子音

三重母音

語音知識

書寫規則、詞性和文法

最常用的分類單字

最常用的日常會話

▶ **Diálogo 2　Hábitos cotidianos**

Lisa: Hola, Ema, ¿qué vas a hacer este fin de semana?

Ema: Voy al cine.

Lisa: ¿Con qué frecuencia vas al cine?

Ema: Una vez a la semana. ¿Y tú? ¿Vas al cine frecuentemente?

Lisa: No, normalmente hago compras los fines de semana.

Ema: Pocas veces hago compras los fines de semana. Hay mucha gente.

▶ **對話 2　日常習慣**

麗莎：嗨，艾瑪，這個週末妳打算做什麼？

艾瑪：我去看電影。

麗莎：妳多久看一次電影？

艾瑪：一週一次。你呢？妳經常看電影嗎？

麗莎：不，我週末通常去採買。

艾瑪：我週末很少去採買。人太多了。

文化連結

西班牙語國家忌諱數字 13。這是因為根據《聖經》的記載，在最後的晚餐上，出賣耶穌的猶大是餐桌上的第 13 人。因此 13 象徵著不幸，被視為背叛與出賣的代名詞。在西方人的日常生活中，人們也會刻意避免使用 13 這個數字，例如飯店通常沒有 13 號房間，重要活動的舉辦會避開每月 13 號，送花的數目也絕對不會是 13 朵。

Step
1 最常用的場景單句

1. ¿Diga? 喂？

(同) ¿Sí? 喂？

　　* 接電話時，接電話的人所使用的句型。

2. ¿De parte de quién? 您是哪位？

(同) ¿Con quién hablo? 您是哪位？

　　* 接電話時，詢問對方身分的句型。

3. ¿Podría hablar con Cecilia? 我能和塞西莉婭通話嗎？

(同) ¿Está Cecilia? 塞西莉婭在嗎？（一般在非正式場合使用）

(答) Sí, soy yo. 我就是。/ Un momento, por favor. 請稍等。

　　* 一般在正式場合想要某人接電話時使用。

4. Lo siento. No está en este momento.
不好意思，他 / 她現在不在。

(同) Ha salido. 他 / 她出去了。

(答) Bueno, llamaré más tarde. 好的，我待會兒再打過來。

5. Te llamo para hablar contigo sobre una reunión de la próxima semana. 我給你打電話是想和你聊聊下週會議的事。

(關) Te llamaré. 我會打電話給你。

　　* te llamo para + *inf.* 用於說明打電話的意圖。

6. ¿Quieres dejarle un recado? 你想給他 / 她留言嗎？

(同) ¿Qué recado quieres dejarle? 你想要留什麼話給他？

(答) No, gracias. Volveré a llamar. 不用了，謝謝。我會再打過來。

7. ¿Podrías esperar un momento? 請稍等一下，好嗎？

(同) Un momento, por favor. 請稍等。

8. Lo siento. No te he oído bien. ¿Podrías decirlo otra vez?
抱歉，我沒聽清楚。你能再說一遍嗎？

(同) Lo siento. No te he oído bien. ¿Podrías repetir?
抱歉，我沒聽清楚。你能再說一遍嗎？

Repite, por favor. 請你再重複一次。

9. Tengo mala cobertura. 我這裡訊號不好。

(同) Aquí hay muy mala cobertura. 這裡訊號太差了。

No tengo cobertura. 我沒訊號。

Aquí no hay cobertura. 這裡沒訊號。

10. Gracias por su llamada. Nos mantenemos en contacto.
感謝您的來電。我們保持聯繫。

(同) Encantado/da de hablar con usted. 很高興和您通話。

(答) Es mi placer. Llame otra vez a cualquier hora.
不客氣。請隨時再打電話給我。

西班牙語發音

母音

雙母音

子音

三重母音

語音知識

書寫規則、詞性和文法

最常用的分類單字

最常用的日常會話

▶ **Diálogo 1　Llamando por teléfono**

Mamá de Josefa: ¿Diga?

Tomás: Hola. ¿Podría hablar con Josefa?

Mamá de Josefa: Lo siento. No está en este momento, ¿Con quién hablo?

Tomás: Soy Tomás, su amigo.

Mamá de Josefa: Hola, Tomás. ¿Quieres dejar un recado?

Tomás: No, gracias. **Volveré a** llamar más tarde.

Mamá de Josefa: Vale. Adiós.

Tomás: Chao.

> vale *interj.* 是馬德里地區的說法，當然在別的地區也有人使用，意思是「好的」，表示同意。其他表示同意的表達方式有 bueno, bien, de acuerdo 等。

▶ **對話1　打電話**

荷賽法的媽媽：喂？

湯　瑪　斯：你好。我可以和荷賽法通話嗎？

荷賽法的媽媽：抱歉，她現在不在。請問您是哪位？

湯　瑪　斯：我是湯瑪斯，她的朋友。

荷賽法的媽媽：你好，湯瑪斯。你想留言嗎？

湯　瑪　斯：不用，謝謝。我過一會兒會再打過來的。

荷賽法的媽媽：好的，再見。

湯　瑪　斯：再見。

文法點播

volver a + *inf.*，動詞短語，意思是「再次做某事」。

西班牙語發音

母音

雙母音

子音

三重母音

語音知識

書寫規則、詞性和文法

最常用的分類單字

最常用的日常會話

▶ **Diálogo 2　Invitación**

Josefa:　¿Sí?

Tomás:　Hola, ¿está Josefa?

Josefa:　Sí, soy yo.

Tomás:　Hola, Josefa, soy Tomás.

Josefa:　Hola, Tomás, ¿qué tal?

> se va a celebrar 是反身被動句，主詞是 mi dieciocho cumpleaños（我的18歲生日）。

Tomás:　Te llamo para invitarte a una fiesta. Mañana por la noche, a las nueve, en mi casa, se va a celebrar mi dieciocho cumpleaños.

Josefa:　¡Feliz cumpleaños! Estaré en tu casa. Gracias por tu llamada.

Tomás:　De nada. Adiós.

Josefa:　Adiós.

▶ **對話2　邀請**

荷賽法：喂？

湯瑪斯：你好，荷賽法在嗎？

荷賽法：我就是。

湯瑪斯：嗨，荷賽法，我是湯瑪斯。

荷賽法：嗨，湯瑪斯，有什麼事？

湯瑪斯：我打電話給妳是想邀請妳參加一個派對。明天晚上9點，在我家，將要慶祝我的18歲生日。

荷賽法：生日快樂！我會到你家的。謝謝你打電話來。

湯瑪斯：不用謝。再見。

荷賽法：再見。

Unit

04 閒話聊天

4-04

---

1. ¿Qué hiciste el pasado fin de semana? 上週末你做了什麼？

答 Fui a nadar. 我去游泳了。

Llevaba mucho tiempo jugando a los videojuegos. 我花了很多時間打遊戲。

* 詢問對方在過去某一時間做過什麼的常用句型。

2. ¿Qué películas buenas has visto recientemente?
你最近看過什麼好電影？

同 ¿Has visto alguna película buena recientemente? 你最近看過什麼好電影嗎？

3. ¡Qué buen tiempo hace! ¿Qué te parece si vamos al camping?
天氣真好啊！我們去露營，你覺得如何？

答 Buena idea. Me gustan los días despejados. 好主意。我喜歡晴天。

* 西方人寒暄聊天時，經常會把天氣當作起始話題。

4. ¿Qué tipo de música escuchas? 你聽什麼類型的音樂？

答 Me gusta escuchar la músca de moda. 我喜歡聽流行音樂。
Me encanta el jazz. 我癡迷爵士樂。

關 ¿Qué tipo de libros te gusta leer? 你喜歡讀什麼類型的書？

5. ¿Cuál es el trabajo que sueñas? 你夢想的工作是什麼？

答 Quiero crear mi empresa propia. 我想開自己的公司。

6. ¿Cuál es tu afición? 你的愛好是什麼？

同 Qué aficiones tienes? / ¿Cuál es tu pasatiempo? 你有什麼愛好？

（答）Me gusta ver películas. / Me gusta ir al cine. 我喜歡看電影。

Tengo mucho interés en tocar piano. 我對彈鋼琴情有獨鍾。

7. ¿Qué hay de nuevo? ¿Cómo te van tus fondos?
有什麼新鮮事嗎？你的基金怎麼樣了？

（答）He ganado mucho, y ahora estoy interesado/da en invertir en bonos.
我賺了很多，現在我對投資債券也很感興趣。

* ¿Qué hay de nuevo? 一般用於熟人之間的口語交流。

8. ¿Haces compras por Internet frecuentemente?
你經常網購嗎？

（答）Sí, te recomiendo mirar en Amazon. 是的，我推薦你在亞馬遜網站看看。

（關）Aquí tienes la dirección del sitio de compras. 這是購物網站的網址。

He comprado un par de zapatos por Internet. 我在網路上買了一雙鞋。

9. ¿En qué estás ocupado/da estos días? 這幾天你在忙什麼？

（答）He estado viendo una telenovela policíaca últimamente.
我最近在看一部偵探劇。

（關）¿En qué canal ponen *Gran Hotel*? 《浮華飯店》在哪一台播出？

10. ¿Tienes algún plan para la Fiesta de la Primavera?
你春節有什麼計畫嗎？

（答）Voy a regresar / Regresaré con mi familia a mi tierra natal.
我要和家人回老家。

* 在回答對方關於計畫、打算的詢問時，回答常用 ir a + inf. 結構或陳
述式將來未完成時。不過兩者也有一定區別：ir a + inf. 表示近期的打
算，陳述式將來未完成時表示比較遙遠的打算。

11. Estoy a dieta. Me siento muy mal. 我在節食。我感覺很不好。

（答）Estoy igual que tú. Necesitamos instaurar buenos hábitos de vida y formar un
estilo de vida saludable.
我和你一樣，我們需要養成良好的生活習慣和健康的生活方式。

西班牙語發音

母音

雙母音

子音

三重母音

語音知識

書寫規則、詞性和文法

最常用的分類單字

最常用的日常會話

▶ **Diálogo 1　Aficiones**

Cristina: ¿Cuál es tu afición?

María: Bueno, me **gusta** tocar violín.

Cristina: ¿Verdad? ¿Cuánto tiempo llevas tocando violín?

María: Hasta ahora, unos diez años.

Cristina: Es maravilloso.

María: ¿Y tú? Qué aficiones tienes?

Cristina: Me gusta coleccionar cajas de cerillas.

María: Es interesante.

> tocar *tr.* 敲打、彈奏（樂器）。如果樂器沒有特指，則不加冠詞。而特指的話，例如「拉這把小提琴」，則需要加定冠詞，即 tocar el violín。

▶ **對話 1　愛好**

克莉絲蒂娜：妳的愛好是什麼？

瑪　麗　亞：嗯，我喜歡拉小提琴。

克莉絲蒂娜：真的嗎？妳拉小提琴多久了？

瑪　麗　亞：到目前大約 10 年了。

克莉絲蒂娜：太棒了。

瑪　麗　亞：那妳呢，妳的愛好是什麼？

克莉絲蒂娜：我喜歡收集火柴盒。

瑪　麗　亞：真是有趣。

文法點播

gustar 是不及物動詞，以喜歡的對象作為主詞，而喜歡這個對象的人是間接受詞。例如「我喜歡看書」，要說 me gusta leer，而不能說 gusto leer。

▶ **Diálogo 2　Tiempo**

Miguel: ¡Qué buen tiempo hace!

Marta: Me encantan los días despejados.

Miguel: ¿Qué dice el pronóstico para mañana?

Marta: Dice que mañana tiene tormenta.

Miguel: Odio los días lluviosos.

Marta: Yo también. Cuando llueve estoy de mal humor.

Miguel: ¿Tienes algún plan para mañana?

Marta: Me quedo en casa leyendo.

Miguel: Suena bien.

> humor *m.* 情緒，心情。estar de mal humor 意思是「心情不好」。「心情好」是 estar de buen humor。

▶ **對話 2　天氣**

米格爾：天氣真好啊！

瑪爾塔：我特別喜歡晴天。

米格爾：天氣預報説明天天氣怎樣？

瑪爾塔：預報説明天有暴風雨。

米格爾：我討厭下雨天。

瑪爾塔：我也是。一下雨我就心情不好。

米格爾：妳明天有什麼計畫嗎？

瑪爾塔：我要待在家裡讀書。

米格爾：聽起來不錯。

文化連結

西班牙人見面時，常常喜歡以天氣的話題開啟閒聊模式，尤其是和陌生人相處時。比如在電梯裡，遇到陌生人，如果不開口打招呼寒暄，是非常不禮貌的行為。這個時候，以天氣作為聊天的話題，就可以避免尷尬啦。

Unit 05 餐廳用餐

4-05

Step 1 最常用的場景單句

1. ¿Tiene usted reserva? 您預約了嗎？

答 He reservado una mesa a nombre de Luis Pérez.
我以路易士‧佩雷斯的名字預約了一張桌子。

2. Una mesa para dos personas, para esta noche, por favor.
我要訂一張今晚的雙人桌。

關 ¿Hay / Tienen una mesa libre? 有空桌嗎？

答 ¿A qué nombre? 預約人的名字是什麼？

3. La carta, por favor. 請給我菜單。

同 Tráiganos el menú. / Nos trae la carta, por favor. 請拿菜單給我們。

答 Un momento. 請稍等。

4. ¿Qué desean ustedes? 你們想吃什麼？

同 ¿Qué quieren tomar / comer? 你們想吃什麼？

答 Quiero una hamburguesa. 我想要一個漢堡。

¿Tienen alguna especialidad local? / ¿Cuál es la especialidad de la casa?
你們有什麼特色菜嗎？

5. ¿Prefiere el menú del día o comer a la carta?
您想要中午特餐還是單點？

答 El menú del día. / A la carta, ¿qué nos recomienda?
中午特餐。/ 單點，您推薦我們什麼？

6. Para mí, de primero, una ensalada mixta.
前菜，我要一份什錦沙拉。

(同) De segundo, quiero un pollo asado. 主菜，我要一份烤雞肉。

(答) ¿Y de segundo? / ¿Y de postre? 主菜呢？/ 甜點呢？

　　＊西班牙人的一頓正餐包括前菜、主菜、甜點和咖啡。

7. Y para beber, ¿qué piden? 飲料你們要點什麼？

(同) ¿Qué quieren bcber? 你們想喝什麼？

(答) Para mí, zumo de naranja. 我要柳橙汁。

8. El pollo está rico. 這雞肉好吃。

(同) El pescado está bueno / sabroso / exquisito. 這魚好吃。

(反) El lomo está salado / soso / duro / no está fresco.
里脊很鹹 / 很淡 / 很硬 / 不新鮮。

9. ¿Me puedo llevar la comida? 我可以外帶嗎？

(關) ¿Para llevar o para comer aquí? 外帶還是這裡吃？

(答) No hay problema. Su comida estará lista dentro de media hora.
沒問題。您的食物將在半小時內準備好。

　　＊在西班牙，人們很少將吃剩的食物打包。

10. Pagamos a escote, ¿te parece? 我們各付各的，你覺得如何？

(同) Pagamos por separado, ¿está bien? 我們各付各的，好嗎？

(關) Yo invito. 我請客。

　　La cuenta, por favor. 結帳，謝謝。

329

▶ **Diálogo 1　En restaurante**

junto a 是副詞短語，意思是「靠近」。

Cliente: Buenas noches. ¿Tienen una mesa libre?

Camarero: Sí, claro. Síganme por favor. Aquí, junto a la ventana.

Cliente: Gracias. Nos trae la carta, ¿por favor?

Camarero: Ahora mismo. Aquí tiene. ¿Qué quieren tomar?

Cliente: De primero, para mí, una ensalada mediterránea y para mi mujer, espagueti.

Camarero: ¿Y de segundo?

Cliente: Yo quiero un lomo con patatas, y mi mujer, filete de ternera, hecha.

hecha 意思是「七分熟」。muy hecha 是「全熟」；al punto 是「五分熟」；poco hecha 是「三分熟」；azul / casi cruda「近生」。

Camarero: ¿Para beber, qué quieren?

Cliente: Queremos cola y jugo de naranja.

Camarero: ¿Y de postre?

Cliente: Yo un helado, y mi mujer, un flan.

▶ **對話1　在餐廳**

jugo 和 zumo 一樣，都是果汁。jugo 在拉美使用，zumo 在西班牙使用。

客　人：晚上好。你們有空位嗎？

服務生：有，請你們跟我來。這裡，靠窗的位子。

客　人：謝謝。請把菜單給我們，好嗎？

服務生：馬上。給您。你們想吃什麼？

客　人：前菜，我要一份地中海沙拉，我妻子要一份義大利麵。

服務生：主菜呢？

客　人：我要里脊肉配馬鈴薯，我妻子要牛排，七分熟的。

服務生：兩位想喝點什麼？

客　人：我們想喝可樂和柳橙汁。

服務生：甜點呢？

客　人：我要冰淇淋，我妻子要焦糖布丁。

西班牙語發音

母音

雙母音

子音

三重母音

語音知識

書寫規則、詞性和文法

最常用的分類單字

最常用的日常會話

> parecer *intr.* 意思是「似乎，好像」，是半連繫動詞。

▶ **Diálogo 2　En la cena**

Marido: El espagueti tiene buena pinta.

Mujer: Sí, pruébalo. Se me hace la boca agua.

Marido: Pero el filete parece soso.

Mujer: Sí, no tiene sabor. Señor, nos trae más pan, ¿por favor?

Camarero: Un momento.

Marido: El lomo está duro. Y el café está frío.

Camarero: Perdone. Dentro de poco, se los cambio.

Mujer: Estoy llena. No puedo más.

Marido: La cuenta, por favor.

Camarero: En total son 80,45 euros.

Marido: ¿Podemos pagar con tarjeta de crédito?

Camarero: Por supuesto.

> se 是間接受格代名詞 le 在 lo 之前的變體，所指是 a usted（您）；los 的所指是 el lomo y el café。

▶ **對話 2　晚餐中**

丈　夫：義大利麵賣相不錯。

妻　子：是啊，你試試看。我口水都流出來了。

丈　夫：但是牛排看起來很淡。

妻　子：是啊，沒有味道。先生，麻煩再給我們上點麵包。

服務生：稍等。

丈　夫：里脊肉是硬的。咖啡也是冷的。

服務生：抱歉。馬上為您更換。

妻　子：我飽了。吃不下了。

丈　夫：麻煩買單。

服務生：一共是 80.45 歐元。

丈　夫：我們可以用信用卡支付嗎？

服務生：當然可以。

Unit
06 商場購物

Step 1 最常用的場景單句

---

1. ¿En qué puedo ayudarte? 有什麼可以為你效勞嗎?

(同) ¿En qué puedo servirle? 有什麼可以為您效勞嗎?

(答) Solo echo un vistazo. 我只是隨便看看。

* 一般用於服務人員對客人的問候,多用於商場和飯店。

---

2. ¿Dónde están los carritos de compra? 購物車在哪裡?

(答) Están justamente en la entrada. 它們就在入口處。

* 一般用於進入商場前對工作人員詢問時。

---

3. ¿Puedo probármelo? ¿Y podría mostrarme algunos de otros colores? 我能試一下嗎?您能讓我看別的顏色嗎?

(答) Desde luego. El rosado está de moda. 當然了。粉色的正流行。

* 一般用於顧客想要試穿一件衣服時的詢問。

---

4. ¿Cuál es su talla? 您的尺碼是?

(同) ¿Qué talla tiene? 您穿多大碼?

(答) La grande / la mediana / la pequeña. 大號 / 中號 / 小號。

(關) No me queda bien esta. ¿Tienen otra más pequeña?
這件不適合我。你們有比較小的嗎?

---

5. ¿Hay descuento? El precio está por encima de mi presupuesto. 有折扣嗎?價格超出我的預算了。

(同) ¿Se puede hacer algún descuento? 可以給點折扣嗎?

（答）Lo siento, el precio es muy bajo. 不好意思，價格已經很低了。

Si te llevas dos, puedo hacerle un descuento del 20% (veinte por ciento). 如果你買兩件，我可以給您打八折。

* por encima de 是副詞短語，意思為「在…之上，超出」。在西班牙，人們通常不殺價。

6. ¿Dónde está el probador, por favor? 試衣間在哪裡？

（答）Pasc por aquí. 這邊走。

Ahí está, en la esquina. 就在那裡，轉角處。

7. ¿Cómo es la vida útil de la máquina? ¿Cuánto dura la garantía? 機器的使用壽命是多久？保固期呢？

（答）Es un producto de buen rendimiento. Le sorprenderá su durabilidad. 這種產品性能很好。它的耐用性會讓您驚喜。

8. ¿Eres miembro? ¿Prefieres pagar en efectivo o con tarjeta de crédito? 你是會員嗎？你想用現金還是信用卡支付？

（答）Sí, mi número es el 896. Y pago al contado. 是的，我的會員號碼是 896。我用現金支付。

（關）Puede pagar con código bidimensional. 您可以掃二維碼支付。

9. ¿Puede envolvérmelo? 您可以幫我包起來嗎？

（關）¿Me puede dar un recibo / una factura / una bolsa? 您可以給我收據 / 發票 / 一個袋子嗎？

（答）Se lo envuelvo ahora mismo. 我現在就給您包起來。

Sí, aquí lo / la tiene. 好的，請拿好。

10. ¿Me lo puede cambiar por otro más grande? 您可以給我換一件比較大的嗎？

（同）Querría cambiarla por otra más pequeña. 我想換一件比較小的。

（答）No hay problema. ¿Puede mostrarme su ticket? 沒問題。您能出示您的收據嗎？

西班牙語發音

母音

雙母音

子音

三重母音

語音知識

書寫規則、詞性和文法

最常用的分類單字

最常用的日常會話

probarse *prnl.* 試穿

▶ **Diálogo 1　Probándose**

　　　Carmen: Esta chaqueta es guapa. Me gusta. ¿Puedo probármela?

Dependienta: Sí, claro.

　　　Carmen: Me queda un poco pequeña. ¿Tienen otra más grande?

Dependienta: Sí, aquí está la talla 40 y creo que le **queda** bien.

　　　Carmen: Gracias.

Dependienta: De nada.

　　　Carmen: ¿La tienen de color rojo?

Dependienta: Sí, ahora nos **queda** la última roja.

▶ **對話1　試穿**

卡門：這件外套很漂亮，我喜歡。我能試一下嗎？

店員：當然可以了。

卡門：我穿起來有點小了。你們有比較大的嗎？

店員：有，這件是尺寸 40 的，我覺得適合您穿。

卡門：謝謝。

店員：不客氣。

卡門：你們有紅色的嗎？

店員：有，我們現在剩下最後一件紅色的了。

文法點播

quedar *intr.* 意思為「對…合適；剩下」。對話中第一個 queda 是「對…合適」的意思，句型為 algo quedar a alguien + *adj./adv.*，意思是「某件衣物對某人來說大（小、長、短、合身）」。第二個 queda 是「剩下」之意，句型為 algo quedar a alguien，意思是「某人剩下了某物」。剩下的東西是主詞，且需用利益與格（一種特殊的間接受詞）來表示是誰剩下了東西。

西班牙語發音

母音

雙母音

子音

三重母音

語音知識

書寫規則、詞性和文法

最常用的分類單字

最常用的日常會話

▶ **Diálogo 2　Servicio de postventa**

Cliente:　　　Siento molestarle, señor.

Dependiente: ¿En qué puedo ayudarle?

Cliente:　　　Hace un mes he comprado aquí un ordenador, pero

　　　　　　　　ahora no funciona.

Dependiente: Tranquila, señora. ¿Qué pasa?

Cliente:　　　Al encenderlo, he recibido un mensaje de error sobre

　　　　　　　　una pantalla azul.

Dependiente: Entendido. No se preocupe, y ahora mismo envío un

　　　　　　　　técnico a su casa.

> hace + 時間，意思是「多久以前」。

> al + *inf.*，介系詞短語，意思是「一…就」，與副詞 cuando（當…的時候）有點不同。

▶ **對話 2　售後服務**

顧客：很抱歉打擾您，先生。

店員：有什麼我能為您效勞的嗎？

顧客：一個月前我在這裡買了一台電腦，但是現在它壞了。

店員：別著急，女士。怎麼回事？

顧客：我一打開電腦，電腦就顯示藍畫面錯誤訊息。

店員：明白了。不要擔心，我馬上派一位技術員去您家。

文化連結

在西班牙，服裝的尺碼一般以數字標示，如 38、40、42 等。上衣 38 碼，對應 165/88Y 小號（Y 表示胸圍和腰圍相差 19 cm～24 cm 之間），40 碼對應 175/96Y，42 碼對應 180/104Y。

Unit

07 道路出行

Step 1 最常用的場景單句

1. Oiga, por favor, ¿cómo se va al aeropuerto?
抱歉，打擾了，機場怎麼走？

(同) Oye, por favor, ¿cómo puedo llegar al aeropuerto?
抱歉，打擾了，怎麼去機場？

(答) Siga todo recto, y va a verlo a su izquierda.
往前直走，您會看到它在您的左邊。

Lo siento, no soy de aquí. 對不起，我不是本地人。

* ¿Cómo se va a...? 是問路常用句型。

2. Por favor, ¿podría llevarme al Parque Central?
請問您可以送我去中央公園嗎？

(答) Claro, suba. 當然了，請上車。

Lo siento. No voy por allá. 不好意思，我不去那邊。

* llevar a alguien a un lugar 意思是「送某人去某地」。

3. Hola, querría llamar un taxi que me recoja en la plaza Wanda.
你好，我想叫輛車在萬達廣場載我。

(同) ¿Podría enviar un taxi que me recoja en la plaza Wanda?
您能派輛車在萬達廣場載我嗎？

(答) ¿Podría ayduarme a meter el equipaje en el maletero?
您能幫我把行李放進後車廂嗎？

* recoja 是 recoger（載，接）的虛擬式。

4. ¿Quiere tomar la autopista? Hay peajes, pero es más rápido.
您想走高速公路嗎？有通行費，但是比較快。

336

西班牙語發音

母音

雙母音

子音

三重母音

語音知識

書寫規則、詞性和文法

最常用的分類單字

最常用的日常會話

(答) Sí, tengo prisa. 好的，我很急。

No, no tengo prisa. 不用，我不急。

5. ¿Podrías conducir más rápido para que alcance el tren? 你能開快點讓我趕上火車嗎？

(同) ¿Podrías marchar con más velocidad? 你能加速嗎？

(答) Lo siento, hay una velocidad limitada. 不好意思，有限速。

6. Deme un billete de primera clase para el tren expreso. Si puedo llegar una hora antes, no me importa pagar un poco más. 請給我一張快車頭等票。只要我能提前一小時到，我不介意多付一點錢。

* importar *intr.* 重要，句型為 algo importar a alguien，意思是「某事對某人來說很重要」。

7. ¿Cuánto cuesta alquilar un Toyota? 租一輛豐田多少錢？

(答) 100 euros por día. 每天 100 歐元。

8. Tengo mucho frío. ¿Podrías darme otra manta? 我好冷。你能再給我一條毯子嗎？

(同) ¿Podrías traerme otra manta? 你能再拿一條毯子給我嗎？

(答) Por supuesto, aquí la tiene. 當然，給您。

9. ¿Puedo llevar en mi equipaje acompañado mi cuchilla de afeitar? 我的隨身行李可以帶刮鬍刀嗎？

(同) ¿Es posible llevar en mi equipaje acompañado mi cuchilla de afeitar? 我的隨身行李可以帶刮鬍刀嗎？

(答) Lo siento, está prohibido por la ley. Tenemos que confiscarla. 不好意思，這是法律禁止的。我們必須沒收。

* equipaje acompañado 隨身行李　equipaje facturado 托運行李

10. Oiga, por favor, ¿sabe usted si hay un restaurante cerca de aquí? 打擾一下，您知道這附近是否有餐廳嗎？

(答) Sí, está justamente en la esquina. 知道，就在街角那邊。

▶ **Diálogo 1   Preguntando por el camino**

Fernando: Oiga, por favor, ¿sabe usted si **hay** un restaurante cerca de aquí?

Carlos: Sí, hay tres restaurantes cerca de aquí. Uno es pequeño, uno es grande y el otro es un restaurante con muchas especialidades locales.

Fernando: ¿Podría decirme cómo se va al restaurante con especialidades locales?

> a lo largo de 沿著

Carlos: Siga a lo largo del camino, atraviese el parque, vaya todo recto hasta un museo, luego verá el restaurante a su derecha.

> a su dererecha 在右邊
> a su izquierda 在左邊

Fernando: Mil gracias.

Carlos: De nada.

▶ **對話 1   問路**

費爾南多：麻煩打擾一下，您知道這附近是否有餐廳嗎？

卡 洛 斯：知道，這附近有三家餐廳。一家是小的，一家是大的，另一家則是有許多當地特色菜的餐廳。

費爾南多：您能告訴我有當地特色菜的餐廳怎麼走嗎？

卡 洛 斯：沿著這條路走，穿過公園，一直走到一家博物館，然後您就會看到餐廳在您的右邊。

費爾南多：非常感謝！

卡 洛 斯：不客氣。

文法點播

「hay + 名詞 + 地點狀語」是存在句，意思是「在某地有某物」。注意名詞前面不能用定冠詞或指示形容詞。

▶ **Diálogo 2　Reservando un taxi**

Miguel: Hola, querría llamar un taxi que me recoja en la puerta del Hotel Cuatro Estaciones.

María: De acuerdo, señor. ¿Adónde va?

Miguel: Voy a la estación de tren. ¿Hay una tasa fija, verdad?

María: Sí. hay una tasa fija. Es 2 euros por kilómetro. El chófer vendrá pronto.

Miguel: Gracias. A propósito, ¿dónde está la estación de taxi?

María: El taxi lo recogerá delante del hotel. No le hace falta ir a la estación de taxi, señor.

> hacer falta 需要，句型為 algo / hacer algo hacer falta a alguien，意思是「某人需要某物 / 做某事」。

▶ **對話 2　預約計程車**

米格爾：你好，我想叫一輛計程車來四季酒店門口接我。

瑪麗亞：好的，先生。您要去哪裡？

米格爾：我要去火車站。你們是有一個固定費用的，是吧？

瑪麗亞：是的，是固定費用。每公里 2 歐元。司機馬上就來了。

米格爾：謝謝。順便問一下，計程車站在哪裡呢？

瑪麗亞：計程車將會在酒店門口接您。您不用去計程車站，先生。

文化連結

西班牙的公車有固定時刻表，通常是比較準時的。上車可以投幣，也可以刷卡。

Step 1 最常用的場景單句

1. ¿Va este autobús al Museo del Prado?
這輛公車去普拉多博物館嗎？

(同) ¿Es el autobús para el Museo del Prado? 這是去普拉多博物館的公車嗎？

(答) Sí, es el mismo. 是的，就是這輛。

Lo siento. Temo que el autobús para el Museo del Prado ha salido.
不好意思，恐怕去普拉多博物館的公車已經開走了。

2. ¿Qué historia hay detrás de la Alhambra?
阿爾罕布拉宮背後有什麼故事？

(同) ¿Puedes contarme algo sobre el Alhambra?
你能告訴我關於阿爾罕布拉宮的故事嗎？

(答) Era un palacio donde vivía el rey moro. 它以前是摩爾人國王居住的宮殿。

3. ¿Por qué es famosa la Plaza del Sol? 太陽門廣場為何出名？

(答) Es famosa por la estatua del Oso y el Madroño.
它因為那座熊抱樹雕像而出名。

4. ¿Cuándo se construyó la Catedral de Sevilla?
塞維亞大教堂什麼時候建造的？

(答) Fue construida en el año 1401. 它建造於 1401 年。

5. ¿Es la compañía de seguro? Mi coche ha anclado en la calle Alcalá. 是保險公司嗎？我的車在阿爾卡拉大街拋錨了。

(答) Sí, ¿en qué puedo ayudarle? 是的，有什麼可以幫助您的嗎？

6. ¿Dónde puedo conseguir las tarjetas postales de Madrid?
我可以在哪裡買到馬德里的明信片？

(同) ¿Podrías decirme dónde se venden las tarjetas postales de Madrid?
你能告訴我哪裡有賣馬德里的明信片嗎？

(答) Puedes conseguirlas en cualquier tienda de esta calle.
你可以在這條街上的任何一家商店買到。

7. El Retiro es tranquilo y elegante. 雷提洛公園寧靜優雅。

(關) El Retiro está situado en el este de Madrid. 雷提洛公園位於馬德里東邊。

A los ciudadanos les gusta pescar y hacer el camping en el parque.
市民喜歡在公園裡釣魚和露營。

* gustar 的主詞是原形動詞時，gustar 用單數形式。

8. La Universidad de Salamanca es una de las universidades más antiguas del mundo. 薩拉曼卡大學是世界上最古老的大學之一。

(關) Esta universidad es famosa por su fuerte atmósfera académica.
這所大學以其濃厚的學術氛圍而出名。

La escuela parece un jardín bonito. 這所學校看起來像一座美麗的花園。

9. ¿Hay algún lugar donde puedo cambiar dinero cerca de aquí?
這附近有我可以兌換外幣的地方嗎？

(答) Sí, está delante, a cincuenta metros de aquí. 有，在前面，離這裡 50 公尺。

No, está muy lejos de aquí. 沒有，離這裡很遠。

10. La catarata es magnífica. ¿Podría hacerme una foto aquí?
瀑布很壯觀。您能幫我在這裡拍張照嗎？

(答) Claro. Posa para la foto. 當然了。你擺個照相的姿勢吧。

▶ **Diálogo 1   Preguntando por un interés turístico**

María: Juan, ¿**podrías** decirme el nombre del río?

Juan: Río del Ebro. Es el río más largo de España.

María: ¡Qué bonito! Es la primera vez que estoy en España. ¡Qué país más admirable!

Juan: Exacto. Y España es un país con muchos intereses turísticos.

María: Sí, hay muchos lugares históricos.

Juan: Vamos. Echemos un pronto vistazo en Zaragoza.

▶ **對話 1   瞭解景點**

瑪麗亞：胡安，你能告訴我這條河的名字嗎？

胡　　安：埃布羅河。這是西班牙最長的河。

瑪麗亞：真漂亮！這是我第一次來西班牙。真是個令人讚嘆的國家啊！

胡　　安：確實。西班牙也是一個有許多旅遊景點的國家。

瑪麗亞：是的，有許多歷史遺跡。

胡　　安：走吧。我們快速眺望一下薩拉戈薩。

文法點播

podrías + *inf.* 這個句型裡，poder 用簡單條件式，表示禮貌語氣，禮貌地提出請求。

▶ **Diálogo 2　Avería del coche**

Josefa: Hola, ¿es una compañía de seguro?

Miguel: Sí, lo somos. ¿En qué puedo ayudarle?

Josefa: Mi coche ha tenido una avería en la calle Alcalá y necesito ayuda.

Miguel: No se preocupe, señora. Le envío un remolque ahora.

Josefa: Gracias.

Miguel: De nada.

▶ **對話 2　汽車故障**

荷賽法：你好，是保險公司嗎？

米格爾：是的，這裡是保險公司。有什麼可以為您效勞的嗎？

荷賽法：我的汽車在阿爾卡拉大街故障了，我需要幫助。

米格爾：您別擔心，女士。我現在就給您派拖車過去。

荷賽法：謝謝。

米格爾：不用謝。

文化連結

埃布羅河位於西班牙東北部，長 927 公里，流域面積 8.3 萬平方公里，是西班牙最長、流量最大和流域面積最廣的河流。發源於坎塔布連山脈，流向東南，上游水流湍急，中游進入盆地平原，流緩，多沉積，在巴賽隆納和瓦倫西亞之間河口形成三角洲並注入地中海。流域內土地乾旱、貧瘠，人口稀少。

最常用的場景單句

1. **He reservado una habitación por Internet y ahora quiero hacer el check in.** 我在網路上預訂了一個房間,現在想要辦理入住。

答 Vale. Veré vuestra reserva. 好的,我看看你們的預約。

¿Podría confirmar su reserva? 我能確認一下您的預訂嗎?

¿Podría volver a confirmar su fecha de salida?
我能再確認一下您離開(退房)的日期嗎?

2. **¿Podría usted rellenar el formulario de registro?**
請您填寫一下登記表好嗎?

3. **¿Tiene algún documento de identidad?**
您有什麼身分證件嗎?

同 Muéstreme el pasaporte o carné de identidad. 請您出示護照或身分證。

¿Podría ver su pasaporte? 我能看您的護照嗎?

4. **Llámeme una vez que terminen de limpiar la habitación.**
打掃完房間就請打電話給我。

5. **¿Cuánto cuesta una suite familiar con dos camas?**
有兩張床的家庭套房多少錢?

關 ¿Cuánto cuesta una habitación individual? 單人房多少錢?

¿Cuánto cuesta una habitación doble? 雙人房多少錢?

6. ¿Cuánto es el impuesto y los cargos por servicios aproximadamente? 稅金和服務費大約是多少？

(答) Necesita pagar 10 euros para los cargos por servicios.
您需要支付 10 歐元的服務費。

(關) ¿Necesito pagar depósito? 我需要支付訂金嗎？

¿Hay otros gastos adicionales? 有其他的附加費嗎？

7. ¿Está incluido el desayuno en el precio de habitación?
住宿費裡包含早餐嗎？

(答) Sí, el desayuno está incluido. 是的，包含早餐。

No, el desayuno está excluido. 不，早餐是另外計費的。

8. Mañana tengo algo importante. ¿Podría despertarme?
我明天有重要的事情，請叫醒我好嗎？

(答) Por supuesto, señor. ¿A qué hora? 當然可以了，先生。幾點呢？

9. Hola, necesito ayuda. ¿Hay Internet en el hotel?
你好，我需要幫助。旅館裡有網路嗎？

(答) Sí, señora. Y la contraseña es su número de habitación.
是的，女士，密碼是您的房號。

10. Tengo problema con mi tarjeta de habitación.
我的房卡出了點問題。

11. ¿Cuáles son las formas de pago? 付款方式有哪些？

(答) Wechat, Alipay, tarjeta de banco, tarjeta de crédito o en efectivo.
微信、支付寶、銀行卡、信用卡或現金都可以。

西班牙語發音

母音

雙母音

子音

三重母音

語音知識

書寫規則、詞性和文法

最常用的分類單字

最常用的日常會話

▶ **Diálogo 1　Reservando una habitación**

Recepcionista: Este es el Hotel de Sol. ¿En qué puedo **servirle**?

Jésica: Buenos días. Querría reservar una habitación desde el 3 al 5 de julio.

Recepcionista: ¿Qué tipo de habitación quiere reservar? Tenemos habitaciones individuales, dobles y suites.

Jésica: Una habitación individual, por favor.

Recepcionista: No hay problema.

Jésica: Gracias.

> reservar *tr.* 預訂，同義表達為：hacer reserva。

▶ **對話 1　預訂房間**

接待員：這裡是太陽旅館。有什麼能為您效勞的嗎？

潔西卡：您好。我想訂一個 7 月 3 日到 5 日的房間。

接待員：您想訂什麼樣的房間呢？我們有單人房、雙人房和套房。

潔西卡：一間單人房。

接待員：沒問題。

潔西卡：謝謝。

文法點播

servir 是及物動詞，後面要接直接受格代名詞 lo 或 la 來表示「您」，但在西班牙語中，常使用間接受格代名詞 le 來代替 lo/la，這種現象稱為 leísmo（間接受格取代直接受格）。

西班牙語發音

母音

雙母音

子音

三重母音

語音知識

書寫規則、詞性和文法

最常用的分類單字

最常用的日常會話

▶ **Diálogo 2　Check in**

Recepcionista: Buenas tardes, señor. Bienvenido a nuestro hotel. ¿En qué puedo servirle?

Carlos: Sí, tengo una reserva.

Recepcionista: ¿Cómo se llama usted?

Carlos: Carlos Álvarez.

Recepcionista: Un momento por favor. Sí que tenemos su reserva, señor Carlos. Una habitación individual para una noche, ¿sí?

Carlos: Eso es. A propósito, ¿cuándo abre normalmente el gimnasio?

Recepcionista: Desde las siete, señor.

▶ **對話2　入住**

接待員：下午好，先生。歡迎光臨我們的飯店。有什麼可以為您效勞的嗎？

卡洛斯：是的，我預訂了房間。

接待員：您的名字是？

卡洛斯：卡洛斯·阿爾瓦雷斯。

接待員：請稍等。是的，我們有您的預訂紀錄，卡洛斯先生。一間單人房住一晚，對嗎？

卡洛斯：是的。順便問一下，健身房通常什麼時候開呢？

接待員：從早上 7 點開始，先生。

文化連結

在西班牙除了住飯店要提前預約，看病、吃飯也需要預約。在西班牙人看來，預約是一種承諾，也是對他人的尊重。但是西班牙人普遍不太守時，幾乎只有觀看鬥牛比賽時才會準時抵達。

4-10

最常用的場景單句

---

1. ¿Cuándo está libre el doctor? 醫生什麼時候有空？

答 Déjeme ver. El doctor está ocupado todo el día. ¿Qué le parece mañana?
讓我看看。醫生一整天都很忙。您覺得明天怎麼樣？

---

2. Necesito pedir una cita con el doctor. 我需要預約看醫生。

關 Por favor, me duele el estómago. ¿Puedo pedir una cita con el doctor
Márquez? 打擾了，我胃痛。我可以預約馬奎斯醫生嗎？

---

3. ¿Cree que puede agregarnos el doctor hoy?
您認為醫生今天能把我們加進來嗎？

---

4. Consulte a su médico en caso de que tenga otros efectos.
一旦有其他副作用，請諮詢您的醫生。

同 Consulte a su médico si tiene otros efectos.
一旦有其他副作用，請諮詢您的醫生。

---

5. Si no funciona dentro de dos días, dígamelo.
如果兩天內沒有效果，請告訴我。

同 Si los síntomas no se alivian dentro de dos días, haga el favor de decírmelo.
如果兩天內症狀沒有緩解，請告訴我。

* dentro de ＋時間，意為「在某段時間以內」。

---

6. Tenemos que llevarte a la sala de emergencia ahora mismo.
我們必須馬上送你去急診室。

同 Tienes que ir a la sala de emergencia ahora mismo. 你必須馬上去急診室。

348

西班牙語發音

母音

雙母音

子音

三重母音

語音知識

書寫規則、詞性和文法

最常用的分類單字

最常用的日常會話

(關) Primero tengo que hacerte unos exámenes médicos.
我必須先對你做幾項檢查。

7. ¿Has dormido suficiente tiempo recientemente?
你最近睡眠時間充足嗎?

(同) ¿Has tenido suficiente tiempo de descanso últimamente?
你最近休息得充足嗎?

8. Estoy mal. Siento náuseas. 我身體不舒服,覺得噁心。

(關) Me ha torcido el tobillo. 我扭傷了腳踝。

Siento calor y frío. 我感覺忽冷忽熱。

9. ¿Cuánto tiempo te duele la cabeza? 你頭痛多久了?

(同) ¿Cuánto tiempo duran estos síntomas? 這些症狀持續多久了?

(答) Pocas veces me duele la cabeza, pero últimamente me duele mucho más.
我偶爾頭痛,但是最近痛得厲害多了。

10. ¿Qué tiene? 您怎麼了?

(同) ¿Qué síntomas tiene? 您有什麼症狀?

(答) Me duele la garganta. Y tengo tos. 我喉嚨痛,還咳嗽。

11. Estoy resfriado. Me mareo. 我感冒了,頭暈。

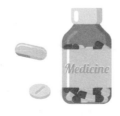

▶ **Diálogo 1　En la recepción**

　　　　Sr. García: Buenos días. Tengo una cita con el doctor Márquez a
　　　　　　　　　　　las diez.

Recepcionista: Sí. ¿Es usted el señor García? ¿Tiene registros
　　　　　　　　　　　médicos?

　　　　Sr. García: Sí, soy yo. Aquí están los registros.

Recepcionista: Registre su información aquí y pague. Voy a hacerle
　　　　　　　　　　　una tarjeta médica.

　　　　Sr. García: Vale. ¿Cuánto tengo que pagar?

Recepcionista: Diez euros. Siéntese por favor, **señor García**.
　　　　　　　　　　　El doctor Márquez le va a atender pronto.

　　　　Sr. García: Vale. Muchas gracias.

▶ **對話1　在接待處**

加西亞先生：早上好。我約了 10 點看馬奎斯醫生。

接　待　員：好的。您是加西亞先生嗎？您有病歷嗎？

加西亞先生：我是。病歷在這兒。

接　待　員：請在這裡登錄您的資訊並繳費。我為您製作一份病歷卡。

加西亞先生：好的。我要付多少錢？

接　待　員：10 歐元。請坐，加西亞先生。馬奎斯醫生馬上就會給您看
　　　　　　　病了。

加西亞先生：好的，非常感謝。

文法點播

señor García 這個稱呼裡，señor（先生）一詞前面沒有使用定冠詞。事實
上，在稱呼中，職務、職稱等各類稱謂前都不需使用定冠詞。但如果不是稱呼
的話，職務、職稱等各類名詞前仍需使用定冠詞。

西班牙語發音

母音

雙母音

子音

三重母音

語音知識

書寫規則、詞性和文法

最常用的分類單字

最常用的日常會話

▶ **Diálogo 2　Viendo al médico**

　Lucía: Buenos días, doctor.

Doctor: Buenos días. ¿Qué le pasa?

　Lucía: No estoy segura de lo que me pasa, doctor, pero creo que estoy resfriada.

Doctor: ¿Qué síntomas tiene?

　Lucía: Tengo migraña y moqueo nasal. No dejo de estormudar y siento frío.

Doctor: Debe de tener gripe.

▶ **對話2　看醫生**

露西亞：早上好，醫生。

醫　生：早上好。您哪裡不舒服？

露西亞：我不確定我怎麼了，醫生，但是我覺得我感冒了。

醫　生：您有什麼症狀？

露西亞：我偏頭疼、流鼻涕。我一直打噴嚏，覺得冷。

醫　生：您應該是得了流感。

文化連結

在西班牙，看病實行預約制，主要透過網路、電話和醫院櫃檯預約，如果患者需要改變就診時間，通常需要提前打電話變更預約時間或取消預約。一般而言，不管是預約看病還是急診，首先會去 centro de salud 或 consultorio，類似社區醫院。看病的時候，要在預約時間之前到，在候診室靜候。門診開始的時候，護士會拿著當天預約的病人名單按順序點名，遵循先來後到的規則。等一輪的病人都看完後，護士會重新出來點名，通常會重複前面點過但沒到的人名。

Unit
11 銀行業務

4-11

最常用的場景單句

1. ¿En qué puedo ayudarle? 有什麼我可以幫您的嗎？

(同) ¿Puedo ayudarle? 需要我幫忙您嗎？

2. Querría abrir una cuenta de banco / hacer una transferencia / hacer un depósito. 我想開個銀行帳戶 / 匯款 / 存款。

(關) Necesita depositar por lo menos 50 euros para abrir la cuenta.
您需要存至少 50 歐元才能開戶。

3. ¿Qué tipo de cuenta quiere abrir? 您想要開什麼類型的帳戶？

(答) No estoy seguro. ¿Qué me recomienda? 我不確定。您推薦我什麼？

Quería abrir una cuenta de ahorros. ¿Hay cargos bancarios?
我想開一個儲蓄帳戶，有手續費嗎？

4. ¿Podría decirme a cómo está el cambio hoy?
您能告訴我今天的匯率是多少嗎？

(答) A 8,5 yuanes un euro. 1 歐元兌 8.5 元。

5. Cuál es la tasa de interés anual? 年利率是多少？

6. No sé cómo usar el cajero automático.
我不知道如何使用自動櫃員機。

(答) Puedo mostrarle cómo usarlo. 我可以告訴您怎麼用。

7. No sé nada del fondo. ¿Qué hago?
我對基金一無所知。我該怎麼做？

（答）Bueno, necesitas un gestor de fondos que te pueda ayudar en las transacciones.
嗯，你需要一個能幫你進行交易的基金專員。

8. ¿Cuánto dinero quieres sacar? 你想領多少錢？

（同）¿Cuánto dinero puedo sacarte por ti? 你想領多少錢？

（答）Quiero sacar 100 euros. 我想領 100 歐元。

9. ¿Podría decirme cómo abrir una cuenta de cheques?
可以告訴我怎麼開支票帳戶嗎？

　　* cuenta conjunta 聯合帳戶

10. Necesitas rellenar un formulario, y firmar al dorso.
你需要填一張單子，並且在背面簽名。

（答）¿Qué información pongo en el recibo de depósito?
我要在存款單上填什麼資訊呢？

11. Entre su contraseña aquí. 請在這裡輸入您的密碼。

（同）Contraseña, por favor. 請輸入密碼。

▶ **Diálogo 1　Abriendo una cuenta**

Empleado de banco: Buenos días. ¿En qué puedo ayudarle?

Cliente: Buenos días. Quería **abrir una cuenta** de ahorros.

Empleado de banco: ¿Tiene otra cuenta en nuestro banco?

Cliente: Sí.

Empleado de banco: ¿Quiere transferir dinero desde la cuenta a la nueva?

Cliente: Vale. Por favor, transfiere 1000 euros.

Empleado de banco: Un momento. Voy a completar su transferencia.

Cliente: Gracias.

▶ **對話 1　開戶**

銀行員工：早上好，請問要辦理什麼業務呢？

顧　　客：早上好，我想要開一個儲蓄帳戶。

銀行員工：您在我們銀行有其他帳戶嗎？

顧　　客：有的。

銀行員工：您想從那個帳戶轉帳到新帳戶嗎？

顧　　客：是的。請轉 1000 歐元。

銀行員工：請稍等。我現在為您辦理轉帳。

顧　　客：謝謝。

文法點播

開戶在西班牙語裡用 abrir una cuenta 表示。abrir 原意是「打開」，也可以引申為開設帳戶、開門營業等意義。

cuenta de ahorros 儲蓄帳戶
cuenta de depósito a plazo fijo 定期帳戶
cuenta corriente 活期存款帳戶

▶ **Diálogo 2   Haciendo un depósito**

Empleado de banco: ¿En qué puedo servirle?

Cliente: Querría depositar una cantidad de dinero.

Empleado de banco: ¿En qué cuenta quiere depositar su dinero?

Cliente: Mi cuenta de ahorros, por favor.

Empleado de banco: Necesita rellenar un recibo de depósito.

Cliente: ¿Qué información necesito poner en el recibo de depósito?

Empleado de banco: Su nombre, número de cuenta y la cantidad de dinero que quiere depositar.

Cliente: Entendido. Gracias.

▶ **對話 2   存錢**

銀行員工：請問要辦理什麼業務？

顧　　客：我想存些錢。

銀行員工：您想把您的錢存到哪個帳戶裡？

顧　　客：請存到我的儲蓄帳戶裡。

銀行員工：您需要填寫一張存單。

顧　　客：我需要在存單上填寫什麼內容呢？

銀行員工：您的名字、帳號和想要存的金額。

顧　　客：我知道了。謝謝。

文化連結

在西班牙銀行開戶最好一併開通網路銀行，以便隨時隨地管理帳戶。另外，開戶時記得讓銀行提供國際銀行帳戶（IBAN 和 BIC/SWIFT）號碼，方便國內外轉帳等業務。最後，回國前切記關閉或註銷帳戶，以免出現銀行卡管理費持續扣款的問題。

Unit
12 學生生活

4-12

Step 1 最常用的場景單句

1. ¿En qué curso/grupo estás? 你上幾年級？/ 你在幾班？

(答) Estoy en el primer curso / el grupo 1. 我上一年級 / 我在一班。

2. ¿Cuál es la asignatura que más te gusta?
你最喜歡的科目是什麼？

(答) La que más me gusta es el inglés. 我最喜歡的科目是英語。

(關) He decidido la asignatura que elijo este semetre.
我已經想好這學期選什麼課了。

3. ¿Podrías decirme cómo ir al comedor?
你能告訴我怎麼去食堂嗎？

(關) ¿Qué edificio es el que está situado al sur de la biblioteca?
圖書館南面是什麼大樓？

4. Esta es nuestra aula de arte. Hemos empleado muchos profesores con experiencia.
這是我們的藝術教室。我們聘請了很多有經驗的老師。

5. ¿Cuándo se fijará el horario del examen? Estoy ocupado en repasar lecciones. 考試日期什麼時候定？我正忙著複習。

(關) ¿Cuándo es el examen final? 期末考試是什麼時候？

6. ¿Quieres jugar al baloncesto después de las clases?
放學後你想去打籃球嗎？

(答) Sí, quiero ir. 我想。

西班牙語發音

母音

雙母音

子音

三重母音

語音知識

書寫規則、詞性和文法

最常用的分類單字

最常用的日常會話

(關) Ha terminado la clase. Es hora de volver a casa.
放學了。現在是回家的時間。

7. **¿Qué quieres hacer hoy después de las clases?**
   ¿Qué te parece si vamos a jugar en el campo deportivo?
   你今天放學後想做什麼？你覺得我們到運動場玩玩如何？

(答) Me parece bien, vamos. 我覺得很好，我們去吧。

Lo siento. Prefiero leer en la habitación. 不好意思。我比較想在房間裡看書。

8. **¿Cómo pasas tu tiempo en la escuela?**
   你的校園生活是如何度過的？

(答) Hago trabajos a tiempo parcial cuando no tengo clases.
沒有課的時候，我會做兼職工作。

9. **Hay un concierto de música popular en el parque el próximo**
   fin de semana. ¿Vamos juntos?
   下週末在公園有一場流行樂演唱會。我們一起去好嗎？

(答) Vale. Debemos participar en más actividades fuera de clase.
好啊。我們應該多參加課外活動。

10. **Tengo el plan de estudiar en el extranjero. Estoy ocupado en**
    preparar una declaración personal bien escrita.
    我計畫出國留學。現在我正忙著準備一份寫得好的個人陳述。

(答) Es bueno para ti estudiar en el extranjero. Te puede ayudar a incrementar la
inteligencia. 出國留學對你來說很好，這有助於增長你的才智。

▶ **Diálogo 1　Hablando sobre las asignaturas y los profesores**

　　David: Hola, buenos días. ¿Adónde vas?

　Josefa: Hola. Estoy de camino a mi clase de arte.

　　David: ¿Es tu asignatura favorita?

> estar de camino a
> 在去…的路上

　Josefa: Sí. Y la señorita Gómez, mi profesora favorita, nos enseña este semestre.

　　David: ¡Qué suerte tienes! Sabes que me gusta el inglés mucho, pero mi profesor de inglés de este semestre es terrible.

　Josefa: ¿Qué problema tiene el profesor?

　　David: **Es fácil que** se enfade en clase y nos trata grosero.

　Josefa: Es horrible.

▶ **對話 1　談論課程和老師**

大　　衛：早上好。妳要去哪裡？

荷賽法：早上好。我要去上美術課。

大　　衛：這是你最喜歡的科目嗎？

荷賽法：是的。而且這學期由我最喜歡的戈麥斯小姐教我們。

大　　衛：你真幸運！你知道我非常喜歡英語，但是這學期我的英語老師非常糟糕。

荷賽法：這個老師有什麼問題？

大　　衛：他在課堂上易怒，而且對我們很無禮。

荷賽法：真糟糕。

文法點播

ser + 形容詞 + que 引導從屬子句，這樣的結構稱為「單一人稱系表結構」。
從屬子句是主詞從屬子句，需用虛擬式。

▶ **Diálogo 2　Comida**

Alexandro: ¿Qué hora es? Ha terminado la clase.

Tomás: Son las dos en punto. Es hora de comer.

Alexandro: Vamos a la cafetería a comer.

Tomás: Sí, vamos. Me muero de hambre.

...

> morirse de 強烈地感到，可以直譯為「…死了」，是一種誇張的說法。

Alexandro: ¿Cómo está tu comida?

Tomás: Es deliciosa. Me gusta mucho. ¿Qué te parece la tuya?

Alexandro: Muy buena. Me encanta.

▶ **對話 2　午飯**

阿歷桑德羅：幾點了？下課了。

湯　瑪　斯：2 點整了。該吃午飯了。

阿歷桑德羅：我們去餐廳吃午飯吧。

湯　瑪　斯：好的，走。我餓死了。

…

阿歷桑德羅：你的午飯怎麼樣？

湯　瑪　斯：很美味，我很喜歡。你的呢？

阿歷桑德羅：我的也很好吃。我很喜歡。

文化連結

西班牙語中，cafetería 含義更廣，不僅僅指咖啡廳，也指學校、企業、醫院內部的餐廳。西班牙的用餐時間也與其他國家不同，2 點吃午飯，9 點以後吃晚飯。

Unit
13 工作職場

4-13

Step 1 最常用的場景單句

1. ¿Qué haces? 你的工作是什麼？

(同) ¿A qué te dedicas? 你的工作是什麼？

(答) Trabajo de profesora. / Soy profesora. 我是老師。

2. ¿Qué tipo de trabajo quieres buscar? 你想找什麼樣的工作？

(同) ¿En qué tipo de trabajo estás interesado? 你對什麼類型的工作有興趣？

(答) Estoy buscando trabajo para recién graduados.
我在找一份適合畢業生的工作。

3. ¿Dónde trabajas? 你在哪裡工作？

(答) Trabajo en el hospital. 我在醫院工作。

(關) La empresa donde trabajo está lejos de mi casa. 我工作的公司離我家很遠。

4. Has hecho una presentación maravillosa la semana pasada. ¿Dónde has conseguido las imágenes para el Powerpoint?
你上週發表了很棒的簡報。你 PPT 裡的圖片是在哪裡取得的？

(答) Gracias. Las he encontrado en un buen sitio de web. Puedo enviarte el enlace si quieres. 謝謝。我在一個很不錯的網站上找到的。你想要的話我可以把連結寄給你。

5. ¿Estás en la oficina? 你現在在辦公室嗎？

(答) Hoy no trabajo. 我今天不工作。

Sí, ahora estoy en la oficina. 我現在在辦公室。

6. ¿Cuánto tiempo llevas trabajando en la empresa?
你在這家公司工作多久了？

(答) Medio año. 半年。

7. Aparcar es un problema para mí. ¿Cómo vienes a la compañía generalmente?
停車對我來説是個問題。你通常怎麼來公司上班？

(答) Vivo cerca, por eso vengo al trabajo a pie. 我住得很近，所以步行來上班。

8. ¿Qué prisa tienes? 你有什麼急事？

9. Actualmente hago trabajos a tiempo parcial en una empresa pequeña. Después de graduarme, quiero dedicarme a la ingeniería. 我目前在一家小公司做兼職工作。我畢業後想做工程方面的工作。

(關) Con muchas oportunidades de práctica y beca, creo que puedo desarrollar mi carrera aquí. 這裡有不少申請實習和獎學金的機會。我覺得我能在這裡發展我的職業生涯。

　* dedicarse a 從事…職業

10. Vacilo en aceptar una nueva oferta.
我在猶豫要不要接受一個新的工作機會。

(同) Dudo si aceptar una nueva oferta.
我在猶豫要不要接受一個新的工作機會。

11. Bienvenidos a la reunión. 歡迎大家參加會議。

(同) Gracias por venir. 感謝大家的到來。

(關) Estando todos aquí, vamos a empezar. 既然人都到齊了，我們就開始吧。

▶ **Diálogo 1　Hablando sobre el trabajo**

Alicia: ¿A qué te dedicaste?

José: Trabajé de profesor.

Alicia: ¿Te gustó el trabajo?

José: Fue interesante. Pero la escuela estaba lejos de mi casa.

Alicia: ¿Qué tipo de trabajo quieres hacer?

José: Prefiero un trabajo que puedo hacer en casa.

Alicia: Es difícil encontrar trabajo estos días.

José: Sí, nuestra escuela está haciendo una reducción de plantilla.

> hacer una reducción de plantilla 裁員

▶ **對話1　談論工作**

阿麗西亞：你做過什麼工作？

何　　賽：我當過老師。

阿麗西亞：你喜歡你的工作嗎？

何　　賽：當老師很有趣。但是我家離學校很遠。

阿麗西亞：你想做什麼樣的工作？

何　　賽：我比較要一份可以在家辦公的工作。

阿麗西亞：最近找工作很難。

何　　賽：是啊，我們的學校正在裁員。

文法點播

preferir 意為比較喜歡，通常表示在兩個或兩個以上的選項中會優先選擇其中一項。常用表達為preferir A a B，表示和 B 相比，更喜歡 A。如果後面要接動詞，也可以用 que，句型結構為：preferir + *inf.* + que + *inf.*。

西班牙語發音

母音

雙母音

子音

三重母音

語音知識

書寫規則、詞性和文法

最常用的分類單字

最常用的日常會話

▶ **Diálogo 2　Descripción de trabajo**

　　Ana: ¿Qué haces normalmente en tu tiempo de trabajo?

Mario: Unos trabajos rutinarios, papeles, documentos, faxes, etc.

　　Ana: ¿Estás ocupado generalmente?

Mario: Depende. Ahora estoy haciendo todos los esfuerzos para preparar el congreso de este viernes.

　　Ana: ¿Estás ocupado la próxima semana? ¿Quieres ir a hacer compras conmigo el próximo domingo?

Mario: No hay problema. Estaré libre aquel día.

▶ **對話2　工作內容**

安　　娜：你上班時間通常都做什麼？

馬里奧：一些日常工作，處理檔案、公文、傳真之類的。

安　　娜：你通常很忙嗎？

馬里奧：看情況。最近，我正全力準備這週五舉辦的代表大會。

安　　娜：你下週忙嗎？下週日你想和我一起去採買嗎？

馬里奧：沒問題。我那天有空。

文化連結

西方企業多數設有一個專門的員工休息室，稱為sala de personal。這個休息室一般會有簡單家具及冰箱、咖啡機等，也提供茶飲。在這裡，員工可以喝咖啡或泡茶，也可以在休息時間聚在這裡聊天。

Step 1 最常用的場景單句

1. **La Montaña Perfumada en esta estación merece la visita. Podemos tener una vista panorámica a todo el parque cuando lleguemos a la cima.**
這個季節的香山值得拜訪。我們到山頂時可以俯瞰整個公園。

2. **¿Podemos hacer foto en el museo?**
我們可以在博物館裡拍照嗎？

(答) Se prohíbe hacer foto en el museo, pero pueden hacerlo fuera del edificio.
博物館裡禁止拍照，但是你們可以在博物館大樓外面拍照。

3. **Tienen un poco de tiempo libre para dar un paseo alrededor de aquí después de la comida.**
午飯後，你們有一些自由活動時間，可以在這周圍走走。

(關) Reunámonos aquí dentro de una hora. 我們 1 小時後在這裡集合。

El autobús turístico va a salir a las tres en punto. 觀光巴士 3 點離開。

4. **¿Qué te parece si vamos al tiovivo?**
你覺得我們去坐旋轉木馬怎麼樣？

* ¿Qué te parece si + 句子? 用於給對方提出建議。也可以用 ¿Te apetece + *inf.*? 表達。

5. **La actividad de ocio que me gusta más es la natación.**
我最喜歡的休閒活動是游泳。

(同) Me encanta nadar en mi tiempo libre. 我閒暇時喜歡游泳。

Dedico mi tiempo libre a la natación. 我的閒暇時間都用來游泳了。

6. ¿Con qué frecuencia vas al parque de atracciones?
你多久去一次遊樂場？

(答) Voy al parque de atracciones raras veces. 我很少去遊樂場。

Una vez al mes. 每個月去一次。

(關) De verdad no me gusta mucho la montaña rusa, pero a mi hermano le gusta mucho. 我其實不怎麼喜歡雲霄飛車，但是我哥哥很喜歡。

¿Quieres divertirte con la noria? 你想坐摩天輪嗎？

7. Además de subir al monte, ¿qué podemos hacer?
除了爬山，我們還可以做什麼？

(答) Hay mucho para divertirnos. Tenemos equitación, escalada, y un zoo.
我們可以玩的項目有很多，有騎馬、攀岩，還有一個動物園。

8. ¿Cuánto cuesta la entrada? 門票多少錢？

(答) Es 30 euros para adultos, 20 euros para niños de 4 a 14 años, 90 euros para familias con dos adultos y tres niños. 成人票價 30 歐元，4 到 14 歲兒童票價 20 歐元，兩大三小的家庭票價 90 歐元。

(關) Niños menores de tres años pueden entrar gratis.
未滿 3 歲的兒童可以免費進場。

9. La montaña rusa se encuentra en el fondo del parque. Podemos encontrar el camino para ir allí.
雲霄飛車在公園靠裡面的位置，我們會找到去那兒的路的。

10. Pienso llevarte a visitar el parque. 我打算帶你參觀公園。

(關) Quiero ver todos los paisajes bonitos en el parque.
我想欣賞這個公園所有好看的景色。

西班牙語發音

母音

雙母音

子音

三重母音

語音知識

書寫規則、詞性和文法

最常用的分類單字

最常用的日常會話

▶ **Diálogo 1 En el parque de atracciones**

María: ¿Con qué quieres divertirte?

Josefa: Quiero algo interesante. ¿Cuál es más interesante, la montaña rusa o la noria?

María: No me gusta ninguna.

> ninguna 不定代名詞，意思是「任何一個都不」。

Josefa: Venga. Estamos aquí para la diversión.

María: Vale, déjame pensar. La montaña rusa parece más interesante.

Josefa: Me gusta más la noria.

María: No importa. Podemos ir a la noria más tarde.

Josefa: Vale, vamos.

▶ **對話 1 在遊樂場**

瑪麗亞：你打算玩什麼項目？

荷賽法：我想玩些有趣的。雲霄飛車和摩天輪哪個好玩？

瑪麗亞：這兩個我都不喜歡。

荷賽法：來嘛。我們是來玩的。

瑪麗亞：好吧，讓我想想。雲霄飛車好像比較有趣。

荷賽法：我比較喜歡摩天輪。

瑪麗亞：沒關係。我們可以一會兒再去坐摩天輪。

荷賽法：好的，我們走吧。

文法點播

importar 是不及物動詞，這裡的意思是「重要」，結構為algo importar (a alguien)，意為「某物對某人重要」。

西班牙語發音

母音

雙母音

子音

三重母音

語音知識

書寫規則、詞性和文法

最常用的分類單字

最常用的日常會話

▶ **Diálogo 2　Viendo la película**

Daniel: Hola, ¡David! ¿Adónde vas?

David: Voy al cine.

Daniel: ¿Qué ponen hoy?

David: No tengo idea. ¿Tienes algo que recomendar?

Daniel: *Contratiempo*. La vi ayer y no te decepcionará.

David: Suena bien. Estoy impaciente por verla.

▶ **對話2　看電影**

丹尼爾：嗨，大衛！你要去哪裡？

大衛：我去看電影。

丹尼爾：今天上映什麼電影？

大衛：我不知道。你有什麼推薦的嗎？

丹尼爾：《佈局》。我昨天去看了，不會讓你失望的。

大衛：聽起來很棒。我等不及要看了。

文化連結

西班牙語中尋求對方建議時，通常會用到幾個固定句型。例如：¿Qué te parece si...? ¿Te parece...? 建議對方時，也渴望得到對方的認可或同意，所以一般可以回答 Suena bien. / Buena idea.（聽起來不錯。/ 好主意。）

Unit
15 緊急情況

4-15

 Step 1 最常用的場景單句

1. Centro de emergencia. 這裡是報警中心。

2. Quiero poner una denuncia. 我要報案。

　　* denuncia 告發

3. ¿Podría darme la dirección? 您能給我地址嗎？

(答) Por supuesto. / Claro. / Desde luego. 當然可以。

4. La dirección es la calle Gongmenlu, número 19, Distrito Haidian. 地址是海淀區宮門路 19 號。

　　* 西班牙語中的地址資訊一般是從街道開始，然後是門牌號碼，之後是區、城市、國家，和漢語剛好相反。

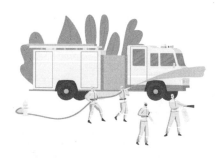

5. **La policía y los bomberos llegarán pronto.**
員警和消防員馬上就到。

6. **¿Podría hacer un chequeo inmediato?** 您能緊急檢查一下嗎？

7. **Se me ha perdido el equipaje. Es una maleta mediana.**
我的行李丟了。它是一個中等大小的行李箱。

8. **¿En su equipaje está su nombre?** 您的行李上有您的名字嗎？

(同) ¿Cuál es su nombre? 您的名字是？

(答) Sí, hay una etiqueta con mi nombre y mi número de teléfono.
是的，有個標籤寫了我的名字和電話號碼。

9. **Espere un momento mientras estamos investigando.**
我們正在調查，請稍等片刻。

10. **Por favor, envíen el equipaje a mi hotel una vez que lo encuentren.** 找到行李後請儘快送到我的飯店。

11. **¿De qué color es su maleta?** 您的行李箱是什麼顏色的？

(答) La mía es de color negro/rojo. 我的行李箱是黑色的 / 紅色的。

西班牙語發音

母音

雙母音

子音

三重母音

語音知識

書寫規則、詞性和文法

最常用的分類單字

最常用的日常會話

▶ **Diálogo 1　Llamando a la policía**

Operador: Buenos días. Centro de emergencia.

Marco: Quiero hacer una denuncia urgente. Un incendio en el edificio enfrente de mi casa.

Operador: ¿Podría darme la dirección?

Marco: Sí, la dirección es la calle Dongfang, número 19, Distrito Wenfeng.

Operador: La policía y los bomberos llegarán pronto. Gracias por su llamada.

Marco: Gracias.

▶ **對話1　報警**

接線員：您好，報警中心。

馬　克：我想報告一個緊急案件。我家對面的大樓發生火災了。

接線員：您能給我地址嗎？

馬　克：可以，位址是文峰區東方路 19 號。

接線員：員警和消防員馬上就到，謝謝您打來電話。

馬　克：謝謝。

文法點播

policía 一詞可以指員警這個群體，這時它是陰性名詞，且無複數變化。也可以指員警的個體，這時它根據所指的員警的性別和數量而有性、數變化，如 un policía（一個男員警），veintiuna policías（21 個女員警）。

▶ **Diálogo 2　Equipaje perdido**

Lucía: Por favor, señor. No puedo encontrar mi equipaje. ¿Qué hago?

Agente de equipaje: Voy a mirar si su equipaje se ha retrasado o se ha perdido. ¿Podría darme su número de etiqueta?

Lucía: Por supuesto. Aquí lo tiene.

Agente de equipaje: Espere un momento mientras estamos investigando.

Lucía: ¿Sabe cuánto tiempo tengo que esperar?

Agente de equipaje: Lo siento, no puedo darle una respuesta exacta. Puede darme su dirección. Podemos enviarle su equipaje una vez que llegue.

▶ **對話2　丟失行李**

露　西　亞：打擾了，先生。我找不到我的行李。我該怎麼做？

行李代辦人：我查一下看看您的行李是晚到了還是丟了。您能給我您的行李標籤號嗎？

露　西　亞：當然，給您。

行李代辦人：請稍候。我們查一下。

露　西　亞：您知道我需要等多久嗎？

行李代辦人：抱歉，我無法給您確切的回答。您可以留下您的地址。您的行李一到，我們便給您送過去。

文化連結

西班牙的員警有三類：城市治安警察、國民警衛隊和國家員警。城市治安警察是我們平時見得最多的員警，他們一般接受當地政府的命令，處理一些治安小問題，也被稱作policía local（當地員警）。

自學、教學都適用！基礎學習＋文法＋會話，你想要的西班牙學習教材，盡在國際學村！

最好學的西班牙語入門書
(隨書附重點文法手冊＋MP3)

從西班牙語字母、發音開始教起，每個發音都附有學習音檔，沒基礎也能學！大量表格、插圖輔助學習！內容最實用！簡明易懂！輕鬆了解西班牙語文法！　以有趣、幽默的圖畫解說西班牙文化，西班牙語怎麼學都不無聊！

作者：姜在玉

完全表格化呈現，
一看就懂的西語文法入門書
(附MP3)

「基礎詞性」→「進階詞性與慣用表達法」→「動詞與時態」。先學會基礎表達法，再逐步學習各種動詞變化！本書擁有一眼看懂的表格解析＋豐富的例句示範，真正做到「零壓力」、「零挫折感」，自然而然養成準確的文法直覺！

作者：Silvia田

專為華人打造，
解說詳盡的西語會話學習書！
(附MP3)

現學現用的60個實用簡短對話＋結合情境主題＆文法學習的24堂會話課，旅遊、留學、購物、交友…一本全搞定自學、教學、當地生活皆適用！

作者：鄭雲英

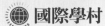 

台灣廣廈 國際出版集團
Taiwan Mansion International Group

國家圖書館出版品預行編目（CIP）資料

全新！自學西班牙語看完這本就能說 / 陳媛著.
-- 初版. -- 新北市：語研學院出版社, 2023.05
面； 公分
ISBN 978-626-96409-9-7(平裝)
1.CST: 西班牙語 2.CST: 讀本

804.78   112003500

語研學院
Language Academy Press

全新！自學西班牙語看完這本就能說

作　　　者／陳媛

編輯中心編輯長／伍峻宏
編輯／賴敬宗
封面設計／林珈仔・內頁排版／菩薩蠻數位文化有限公司
製版・印刷・裝訂／皇甫・秉成

行企研發中心總監／陳冠蒨
媒體公關組／陳柔彣
綜合業務組／何欣穎

線上學習中心總監／陳冠蒨
數位營運組／顏佑婷
企製開發組／江季珊

發　行　人／江媛珍
法律顧問／第一國際法律事務所 余淑杏律師・北辰著作權事務所 蕭雄淋律師
出　　　版／語研學院
發　　　行／台灣廣廈有聲圖書有限公司
　　　　　　地址：新北市235中和區中山路二段359巷7號2樓
　　　　　　電話：（886）2-2225-5777・傳真：（886）2-2225-8052

代理印務・全球總經銷／知遠文化事業有限公司
　　　　　　地址：新北市222深坑區北深路三段155巷25號5樓
　　　　　　電話：（886）2-2664-8800・傳真：（886）2-2664-8801
郵政劃撥／劃撥帳號：18836722
　　　　　　劃撥戶名：知遠文化事業有限公司（※單次購書金額未達1000元，請另付70元郵資。）

■出版日期：2023年05月
ISBN：978-626-96409-9-7

本書中文繁體版經四川一覽文化傳播廣告有限公司代理，由中國宇航出版有限責任公司授權出版